DE VERZOENING

Elizabeth Berg

DE VERZOENING

the house of books

Oorspronkelijke titel
The Art of Mending
Uitgave
Ballantine Books, New York
Copyright © 2004 by Elizabeth Berg
Copyright voor het Nederlandse taalgebied © 2006 by The House of Books,
Vianen/Antwerpen

Vertaling
Karina Zegers de Beijl
Concept & design
Studio Room
Omslagdia
Nikki Gibbs/Trevillion Images
Foto auteur
Joyce Ravid
Opmaak
ZetSpiegel, Best

ISBN 90 443 1459 9
D/2006/8899/85
NUR 302

Voor diegenen die dankzij de waarheid kunnen vergeven
en voor diegenen die via het vergeven de waarheid vinden.

Achter de concepten van goed en slecht
ligt een veld. Daar zullen we elkaar ontmoeten.

– Rumi

In ieders jeugd zijn momenten te vinden die, wanneer je ze in
een bepaald licht bekijkt of ze uit hun verband haalt, een vorm
van mishandeling blijken te zijn.

– Carol Shields, uit *Unless*

De vossen kregen hun jongen... Als er een vreemde bij de hokken
kwam, of als er iets gebeurde waar ze van schrokken, dan kon
het zijn dat ze besloten de indringer te vermoorden. Niemand
wist of ze dit uit blinde irritatie deden, of vanuit een te heftig
aangesproken, tot angst verworden moedergevoel.

– Alice Munro, uit *Lives of Girls and Women*

Dankwoord

Kate Medina is iemand die al vanaf het allereerste begin in mij gelooft, en daar maakt ze geen geheim van. En ik maak geen geheim van het volgende: Ik hou van haar en mijn dank is grenzeloos. En ik vind dat ze deze keer de hele bladzijde voor zichzelf mag hebben.

De foto, die ik ruim veertig jaar geleden met mijn Brownie-cameraatje heb genomen, toont een hal met een trap. Op de trapstijl hangen drie jassen. De onderste is van mij – een jack van paars ribfluweel met diepe zakken waarin ik de snoepjes bewaarde die ik elke ochtend op weg naar school at. Over mijn jack hangt dat van mijn broer Steve – een jack van denim met een voering van fleece. En daaroverheen de mooie bruine tweed carcoat van mijn moeder met, uit de zak hangend, een abri-kooskleurige sjaal. Late namiddagzon schijnt door het raam naast de trap naar binnen, en valt op de drie jassen en de drie papieren boodschappentassen van de supermarkt op de vloer eronder. Ik weet nog dat we met onze moeder naar Red Owl waren geweest en dat Steve en ik een eigen boodschappenwagen-tje hadden gekregen voor de dingen die we op onze boodschap-penlijstjes hadden gezet. Dat is waarom ik de foto had genomen – ik was trots op de volwassen klus die we hadden geklaard. Bij de rand van de foto zijn nog juist de ronde neuzen van onze schoenen te zien. Op de trap zit iemand te wachten tot ze door ons wordt opgemerkt.

I

Dit is de Minnesota State Fair, de vaste jaarlijkse kermis, die ik mij het beste herinner:

Het was 1960, zaterdagochtend, ik was elf en ik was het eerste op. Ik pakte mijn mayonaisepotje dat als spaarpot dienstdeed, ging ermee naar de zitkamer, kiepte de inhoud op de vloerbedekking en stapte er vervolgens overheen om de televisie zachtjes aan te zetten. Ik wilde mijn geld tellen en tegelijkertijd naar *The Three Stooges* kijken.

Ik had net alles bij elkaar opgeteld, toen mijn vader de kamer binnenkwam. Hij droeg een oude broek, een T-shirt en zijn afgedragen oude leren sloffen vol verfspatjes in de kleur van de muren van mijn kamer. Zijn kortgeknipte blonde haar was vochtig – je kon de waterdruppels erin zien glanzen, waardoor het net leek alsof hij een aura had – en hij rook naar een citroenachtige aftershave. Hij was op weg naar de keuken om koffie te zetten en spek uit te bakken. Dit was zijn vaste zaterdagochtendroutine. Aansluitend zou hij mijn moeder koffie op bed brengen, klaargemaakt zoals zij dat lekker vond: met een achtste kopje room en drie afgestreken eetlepels suiker. Daarna zou zij beneden komen in een van haar zijden peignoirs en pannenkoekjes bakken voor bij het uitgebakken spek.

Ik hoopte altijd dat ze haar perzikkleurige peignoir zou dragen. Het ruimvallende model met de vele ruches was mijn favoriet. Ik vond het altijd interessant om te zien wat mijn moeder aanhad, of dat nu de blouses met driekwart mouw waren die ze met opgezette kraag droeg, de wijde rokken met strak aangetrokken ceintuur, de pastelkleurige kasjmieren twinsets, of een van haar vele badpakken die in feite kunstwerkjes waren om haar spectaculaire figuur op zijn voordeligst uit te laten komen. Die badpakken kwamen met geraffineerde rokjes en jasjes om daaroverheen te dragen, en met breedgerande zonnehoeden die met lint in bijpassende kleuren waren afgezet. Voor haar huwelijk had mijn moeder een aantal jaren in een duur warenhuis gewerkt waar ze kleren showde voor echtgenotes van rijke mannen. Geen ander model wist zoveel kleren aan de man te brengen als zij – iedereen wilde er net zo uitzien als zij, hoewel natuurlijk niemand dat deed. Stel je Grace Kelly voor met rood haar en groene ogen – dat was mijn moeder. Het kwam echter niet alleen door het feit dat mijn moeder mannequin was dat ik zo graag keek naar wat ze droeg, het kwam vooral door wat ze uitstraalde. Volgens mijn vader was het charisma, volgens mij was het meer dan dat. Andere mensen hadden charisma. Niemand had wat mijn moeder had.

Ze bezat ook een grote verzameling juwelen. Soms mocht ik een ketting pakken en op het bed leggen, waar ik hem altijd zódanig schikte dat de zon erop viel. 'Zijn dat echte diamanten?' vroeg ik ooit eens, waarop ze antwoordde: 'Wat heeft het voor zin om diamanten te hebben als ze niet echt zijn?'

Die zaterdagochtend zag mijn vader me op de vloer zitten, en hij kwam naar mij toe om de stapeltjes dollarbiljetten en muntjes te bekijken. 'Hoeveel heb je daar?' vroeg hij.

'Zevenenveertig dollar en drieëntachtig cent.' Ik onderdrukte mijn glimlachje om niets van mijn trots te laten blijken, en stak mijn vingers tussen mijn tenen om extra van het fijne gevoel te genieten.

Mijn vader floot op de manier van een vallende bom die ik zo van hem bewonderde en die ik, ondanks vele uren oefenen, nooit heb kunnen nadoen. Hij nam zijn bril af, poetste de glazen schoon met de zoom van zijn T-shirt en hield hem vervolgens ter inspectie tegen het licht – nog steeds vies. Het lukte hem nooit zijn bril helemaal schoon te krijgen. 'Hoe kom je aan zoveel geld?' Hij zette zijn bril weer op en schoof hem omhoog in een gebaar dat ik zó sterk met hem associeer dat ik, wanneer ik het anderen zie doen, onmiddellijk aan hem moet denken.

Ik zei dat ik lange tijd had gespaard. Ik vertelde hem over de boodschappen die ik voor mevrouw Riley had gedaan. 'Mevrouw Vijf Operaties' noemde mijn moeder haar vanwege het feit dat ze voortdurend sprak over de chirurgische ingrepen die ze had ondergaan. Ik had onkruid getrokken voor Muriel en Helen Lockerby, de twee oude zusters met hun wild uitstaande haren die om de hoek woonden. Elke donderdag na schooltijd paste ik op de kleine Rachel Thompson terwijl haar moeder boodschappen deed, en soms liet ik ook hun hond wel eens uit – de reumatische oude Duitse herder die Heinz heette – van wie ik het gevoel had dat hij, telkens wanneer hij zijn poot optilde, een pijnlijke grimas trok. Ik maakte pannenlappen en verkocht ze in de buurt – ooit had een man die in zijn badjas de deur opendeed mijn volledige weekproductie gekocht, hetgeen hem in mijn ogen zowel geweldig als vreemd deed voorkomen. En ook, hoewel ik dit niet aan mijn vader vertelde, had ik onlangs een briefje van tien dollar op straat gevonden, en daarna geen enkele moeite gedaan de eigenaar ervan te vinden.

Mijn vader zei dat ik even moest wachten en verliet de kamer. Ik bleef in roerloze spanning zitten omdat ik dacht dat hij met mijn moeder wilde overleggen over hoeveel ik zou moeten delen met Caroline, mijn zusje van acht, die nauwelijks iets had gespaard, en Steve, mijn broertje van zeven, die helemaal niets had gespaard. In plaats daarvan kwam mijn vader terug met zijn portefeuille. Hij haalde er een briefje van twintig dollar uit en gaf het aan mij. Zonder iets te zeggen legde ik het biljet onder op mijn stapeltje opdat niemand het zou zien. Achteraf hoorde ik echter dat we alle drie hetzelfde bedrag hadden gekregen.

Ik weet nog steeds wat ik die dag op de kermis heb gekocht – een groen oplichtende zaklantaarn waarmee ik onder de dekens wilde lezen, een zak Tom Thumb-donuts die zo sterk naar kaneelsuiker roken dat ik er haast duizelig van werd, en een poster van een bruine merrie en haar veulen die in een veld vol margrieten lagen. De rest van het geld had ik uitgegeven aan attracties en bij tentjes op het middenpad waar iets gewonnen kon worden. Ik probeerde het telkens opnieuw, maar altijd zonder succes, en keer op keer vroeg de vrouw in het armoedige kassahokje of ik niet nog een poging wilde wagen. Ze wist van tevoren wat ik zou zeggen. Al van heel jongs af aan straalde ik een onmiskenbare vastberadenheid uit.

Toen mijn geld op was keerde ik terug naar de deken die mijn ouders op het gras aan de rand van het kermisterrein hadden uitgespreid. Dit was onze ontmoetingsplaats, de plek om bij te tanken – ons gezin ging elk jaar naar de kermis en we bleven er altijd de hele dag. We hadden een koelbox vol frisdank, broodjes en fruit, plastic bakjes met verschillende salades en koekjes, en dat alles terwijl we van tevoren wisten dat we een groot deel van ons geld aan lekkernijen zouden uitgeven. Verder hadden we ook kussens bij ons en pleisters, zonnebrandmiddel, spul tegen de muggen, aspirine en rekverband. Mijn ouders wisselden elkaar op het meldstation af en zaten zich op de tuinstoel op hun eigen manier te vermaken – mijn moeder bladerde in tijdschriften of haakte, mijn vader maakte kruiswoordpuzzels of las in een van de geschiedenisboeken waar hij zo dol op was. Vaak probeerde hij ons, kinderen, enthousiast te maken voor de geschiedenis. Voor hem was geschiedenis een onmisbaar gereedschap om de dingen in het juiste perspectief te zien. 'Vind je iets echt geweldig?' kon hij vragen. 'Lang geleden heeft zoiets al eens bestaan, mogelijk zelfs nog beter. En denk je dat een bepaalde gebeurtenis zich niet zal kunnen herhalen? Mis! De geschiedenis herhaalt zichzelf, dat is een ding wat zeker is.' Maar net als voor de meeste kinderen was voor ons eigenlijk alleen het heden maar belangrijk. Geschiedenis had niets met ons te maken. Mijn vader vond het ook leuk om mensen te observeren – hij kon zich urenlang amuseren met naar de langslopende kermisbezoekers te kijken. Mensen gaven hem een kick – zowel hun zwakheden en hun dwaasheden als hun meer bewonderenswaardige eigenschappen. Ik weet nog dat ik een keer in bed lag en mijn ouders ruzie hoorde maken. Dat was een uitzondering, want ze konden uitstekend met elkaar overweg. Maar die avond hoorde ik mijn moeder schreeuwen: 'Wil je daarmee dan zeggen dat alles oké is?' Even was het stil en toen antwoordde hij dat, ja, alles inderdaad oké was. Daarop volgde een verwijtende stilte. Ik hees me op een elleboog en leunde tegen de muur van de slaapkamer van mijn ouders. Ik hoorde het tikken van mijn wekker en het nachtelijk briesje in de bomen voor mijn raam en toen, uiteindelijk, het regelmatige, komische geluid van het snurken van mijn vader. Ik ging weer liggen en betastte de knopen van mijn nachtjapon terwijl ik peinsde over de verontrustende mogelijkheid dat mijn ouders misschien wel niet zo volmaakt waren als ik altijd had gedacht.

Die dag, toen ik terugkwam bij de deken, was mijn moeder op stap met mijn broertje terwijl mijn zusje de kermis op was met een nieuw buurmeisje van haar leeftijd dat we hadden meegenomen in de hoop dat zij en Caroline vriendschap zouden sluiten. Mijn vader was alleen. Ik ging naast zijn stoel op de deken zitten en hij gaf me een kneepje in mijn schouder. Toen stond hij op en kwam naast mij zitten. Nadat hij me lange seconden doordringend had aangekeken vroeg hij: 'Hoe gaat het, Laura?'

Ik hield mijn lege handen op. 'Ik heb alles uitgegeven.'

'Ja,' zei hij. 'Maar ik bedoelde eigenlijk hoe het in het algemeen met je gaat. Is er soms... nou ja, ben je blij met het leven?'

Ik glimlachte. Ik dacht dat hij een grapje maakte. Soms

vroeg hij mij op dezelfde quasi-opgewekte toon naar wat ik van de politiek vond. 'Wat vind je van die Eisenhower, hè?' kon hij dan vragen. Ik haalde in zo'n geval mijn schouders op en zei: 'Ik weet niet.' Maar nu stond zijn gezicht ernstig en hij vroeg me opnieuw hoe het met me was, en ik zei: 'Nou, wel goed, denk ik.' En toen, omdat ik het gevoel had dat hij meer wilde horen, voegde ik er enthousiast aan toe dat ik zo blij was dat we na de grote vakantie de juf zouden krijgen op wie ik zo gehoopt had – mevrouw Lindemeyer, die stokoud was en altijd goede cijfers gaf.

Mijn vader knikte. 'Dus alles is goed met je? Je bent gelukkig?' Dat vond ik een vreemde vraag, want eigenlijk had ik me nog nooit afgevraagd of ik wel of niet gelukkig was, maar ik zei ja. Het leek wel alsof hij iets van me wilde weten wat híj niet kon benoemen en ík niet kon ontcijferen. Om toch zoveel mogelijk aan zijn verwachting te voldoen scheen er voor mij niets anders op te zitten dan te zeggen dat alles goed met me was, dat ik gelukkig was. Hij ging weer op zijn stoel zitten waarna we ongemakkelijk bleven zwijgen tot de anderen terugkwamen.

Mijn broer, zijn mond rood van de appellollie die hij had gegeten, had ook geen geld meer over. Mijn zusje had niets uitgegeven. Ik weet nog dat ik daar niet alleen verbaasd over was, maar ook boos – hoe was het mogelijk dat Caroline zoveel geld over had en ik niets. 'Hoe kun je plezier hebben zonder geld uit te geven?' vroeg ik.

Er dwarrelde een zilverkleurige wikkel van een appellollie langs, en ze ving hem op onder de neus van haar schoen. 'Ik heb plezier gehad.'

Ik snoof. 'Hoe dan?'

Ze keek met een irritant kalme blik in haar ogen naar me op. 'Ik heb gekeken.' Het nieuwe buurmeisje, Linda Carmichael, bevestigde dit: terwijl Linda in het reuzenrad zat had Caroline vanaf de grond naar haar staan zwaaien.

'Dat is achterlijk,' vond ik. Ik zag dat Linda het met me

eens was, en ik weet nog dat ik me afvroeg of zij en Caroline ooit vriendinnen zouden kunnen zijn – dit was de zoveelste kans die Caroline verspeeld had.

'Bemoei je met je eigen zaken, Laura,' zei mijn moeder zacht. Dat zei ze ook toen ik tegen Caroline had gezegd dat ze stom was om niets van de traktaties te eten die bij de verschillende gelegenheden op school werden uitgedeeld. Telkens wanneer er op school iets gevierd werd, weigerde Caroline het uitgedeelde lekkers, zoals het snoepgoed dat met Halloween, met Valentijnsdag, en met Kerstmis door school werd verstrekt, of de zelfgebakken cakejes die met verjaardagen werden uitgedeeld. In plaats daarvan pakte ze alles zorgvuldig in een servetje en nam het mee naar huis waar ze het aan mijn moeder gaf, die het wel opat.

Dat had ik nooit van Caroline begrepen. Nu deed ik dat wel. Intussen is mij alles duidelijk – de keren dat Caroline op de gang voor de deur van de badkamer lag terwijl mijn moeder zich douchte. De cadeautjes die ze van haar zakgeld voor mam kocht – de haarspelden, de sjaals en de lippenstiften. Pockets en fluwelen rozen. 'Slijmerd!' siste ik haar ooit eens toe, nadat ze mijn moeder een flesje goedkope eau de cologne had gegeven. Caroline negeerde mij. Ze ging aan de keukentafel zitten waar ik mijn huiswerk zat te maken en begon boeken en schriften uit haar schooltas te halen. In die tijd zat zij in groep zes en ik in groep acht. 'Slijmerd,' zei ik opnieuw, ditmaal hardop.

'Laura,' zei mijn moeder op berispende toon, en ik ging verder met mijn huiswerk. Er speelde een glimlachje rond Carolines lippen en ik schopte haar onder tafel tegen haar schenen. Ze schopte niet terug maar ging in plaats daarvan op een andere stoel zitten en legde een aantal papieren netjes op een stapel die al netjes op een stapel lagen, waarbij ze haar hoofd een beetje naar rechts, en vervolgens een beetje naar links bewoog. Ik kon haar op dat moment niet uitstaan en keek haar zo fel aan dat ik het gevoel had dat mijn ogen vuur schoten, maar ik had me de moeite kunnen besparen, want het enige waar Caroline naar keek was haar huiswerk.

Daarna kwam een cadeautje dat ik me nog bijzonder goed herinner – het cadeautje dat de toen zestienjarige Caroline met Kerstmis aan mijn moeder gaf. De ingelijste foto van tien bij achttien centimeter was het laatste cadeautje dat dat jaar uitgepakt zou worden. Mijn moeder bekeek het vluchtig, mompelde een bedankje en maakte aanstalten om de lijst met foto weer in het doosje terug te stoppen.

'Wat is het?' wilde ik weten. 'Laat eens kijken?' Ik griste het lijstje uit haar handen. Het was een foto van Caroline in een van de sexy avondjaponnen van mijn moeder. Ze stond met haar hand op haar heup en had haar lange kastanjebruine haar – dezelfde kleur als het haar van mijn moeder – net zo opgestoken als mijn moeder dat altijd deed. Ze had zich precies zo opgemaakt als mijn moeder zich altijd opmaakte, en keek met een strak gezicht in de camera. De manier waarop Caroline in de lens keek bezorgde me de rillingen – de doffe blik in haar ogen, de strakke lijn van haar mond, de totale gevoelloosheid. Ik had nog nooit iemand zo zien kijken. 'Wat moet dit voorstellen?' vroeg ik.

Mijn broertje nam de foto van me over en bekeek hem. Hij begon te lachen – het dwaze lachje van een puber – waarop Caroline de foto uit zijn hand rukte en op de vloer gooide. 'Hij is niet voor jou,' zei ze, waarna ze mijn moeder smekend aankeek. Toen mijn moeder haar negeerde stond ze op en verliet de kamer.

'Caroline!' riep mijn vader haar na. 'Kom terug!' Ze kwam niet terug. Mijn vader kwam uit zijn stoel en even leek het alsof hij haar achterna wilde gaan. Maar toen zag hij de foto, en ging weer zitten.

En dat begrijp ik nu ook – evenals wat mijn vader, die dag zo lang geleden op de kermis, bedoeld had met zijn vraag. Die vraag waarmee hij in feite van me had willen weten of ik het wist.

2

Ik werd geacht als eerste te zullen trouwen. Ik was de oudste, ik was de jongensgek, en ik was degene met de sterkste huishoudelijke neigingen. Ik vond het bakken van koekjes leuker dan rolschaatsen, verstoppertje spelen of zwemmen. Ik deed vaak alsof ik telefoneerde, en hield ervan om in het gras te liggen en naar de hemel te turen. Van tijd tot tijd wilde ik wel eens een spelletje spelen, of kaarten, of alleen de natuur in gaan – waar ik vaak aangenaam verrassende ontdekkingen deed. Maar mijn gedachten werden vooral in beslag genomen door alles wat met het huishouden en imitatievlees te maken had – ik ging vooral de natuur in om thuis te kunnen komen met een veldboeket voor op de kartonnen keukenkast van mijn 'huis' – een royale hoek van de kelder die ik mijzelf op mijn vijfde had toegeëigend en niet van plan was ooit weer af te staan. Mijn woonkamer was een rest vloerbedekking, en de 'bank' bestond uit twee tuinstoelen met een beddensprei erover. Op de muur was een foto van een televisie geplakt die ik uit de catalogus van Sears had geknipt. Natuurlijk was die foto bespottelijk klein, maar in mijn fantasie was hij even groot als een echte televisie. Op de als salontafel dienstdoende gekantelde kartonnen doos had ik de afgedankte tijdschriften van mijn moeder – net zoals zij dat deed – in een waaier neergelegd. Niet ver daar vanaf lagen mijn poppen in hun bedjes, terwijl er altijd wel eentje op de gammele oude kinderstoel zat te wachten.

Jaren later beschreef ik dat alles aan een therapeute, een zekere dr. Madeleine Marrone, die me vroeg 'ons werk' te beginnen met de beschrijving van de plek waar ik als kind het liefste vertoefde. Mijn bezoek aan die therapeute was het gevolg van een weddenschap met mijn chronisch ongelukkige flatgenootje die beweerde dat ik, zonder het te beseffen, in feite zwaar depressief was. Pas achteraf realiseerde ik mij dat ze alleen maar iemand had willen hebben om haar leed mee te kunnen delen. De therapeute was van mening dat het feit dat ik me in mijn eigen 'huisje' zo thuis voelde, het rechtstreekse gevolg was van een ongezonde situatie binnen ons gezin. Daar was ik het niet mee eens. Ik dacht dat ik het gewoon leuk vond om voor anderen te zorgen en koekjes te bakken, om die dan, vers uit de oven, op te peuzelen. Ik weigerde een tweede afspraak te maken en zocht een ander flatgenootje.

Binnen de familie wordt er nog steeds gelachen om die huishoudelijke neigingen van mij, met name door mijn tante Fran, die me, wanneer we haar bezoeken, altijd zegt dat ze haar strijkgoed en verstelwerk voor me heeft bewaard. En dat zou ik best voor haar willen doen. Ik hou van strijken – het is het lichamelijke equivalent van met niets-ziende ogen voor je uit staren. Volgens mij is strijken de ideale manier om rustig na te kunnen denken, als je snapt wat ik bedoel. En wat verstellen betreft – ik trek liever wat tijd uit om iets te repareren, want iets weggooien kan altijd nog. Ik hou niet van verspilling, en onmiddellijke bevrediging hoeft niet voor mij. Ik ben een voorstander van het beleven van een volledig proces – van begin tot eind – en daar is niets abstracts aan. Je ziet natuurlijk altijd waar iets gerepareerd is, maar stoppen is een kunst. Als je het goed doet kan iets wat gerepareerd is mooier zijn dan het was, want het getuigt van de waarde ervan.

Mijn zusje Caroline trouwde jong – ze was amper twintig. Ze was altijd een beetje vreemd gebleven, en we hadden van haar gedacht dat ze wel nooit iemand zou vinden. Maar ze trouwde met een jaargenoot die ze tijdens haar studie architectuur aan de Universiteit van Minnesota had leren kennen. Dat is intussen eenendertig jaar geleden, en zij en haar man wonen op een uur rijden van onze ouders. Haar dochter, Eva, is volwassen en werkt als public relations consultant in Los Angeles.

Mijn broer Steve trouwde ook eerder dan ik. Hij is zelfs meerdere keren getrouwd. Momenteel is hij aan nummer vier toe, een lieverd die Tessa heet en van wie ik hoop dat het de ware zal zijn. Hij heeft geen kinderen. Zijn kinderen bestaan uit zijn boot en zijn vliegtuig, de nieuwe auto die hij elk jaar koopt en de bar – Pud's – die hij bezit. De bar bevindt zich in Rush Street, en volgens hem is het de meest populaire tent van de stad.

Ik heb lang met trouwen gewacht. Toen ik eindelijk verliefd werd op een man, een weduwnaar, was ik veertig. Hij was op de kop af één week getrouwd toen zijn vrouw om het leven kwam. Een auto-ongeluk – ze was snel even in de auto gestapt om een flesje karamelglazuur te kopen voor op het ijs dat ze zouden eten zodra ze klaar waren met het behangen van de badkamer. Het duurde vijf jaar voor hij zo ver was dat hij weer uit wilde met een vrouw, en vijftien jaar voor hij opnieuw wilde trouwen – en dat was nadat hij mij had leren kennen. Zijn eerste vrouw heette Kate. Ze was een lieve vrouw met zwart haar, die kleuterleidster was en de prachtigste gedichten schreef. Ik weet dat Pete stapel op me is, maar ik weet ook dat Kate altijd een plaatsje in zijn hart zal blijven behouden. Dat vind ik niet erg. Ze verdient het. En hij ook.

Pete stamt uit een grote Italiaanse familie. Zijn ouders, Rosa en Subby (afgeleid van Sabastiano) Bartone, zijn gepensioneerd en wonen in een dorp in Arizona. Ze komen ons minstens twee keer per jaar in ons bouwvallige huis in North Dakota bezoeken. Ik kan met mijn hand op het hart zeggen dat ik ze altijd weer met spijt zie vertrekken. Voor ze komen zet ik bloemen op hun kamer, en bij hun vertrek staat de diepvries vol met door Rosa gemaakte pastasauzen.

Pete en ik hebben een vaste dagelijkse routine die al vroeg in onze relatie is ontstaan. Elke avond na het eten vertellen we elkaar iets dat ons die dag is overkomen, en daarna delen we een herinnering uit het verleden. Het is begonnen als een wat sentimentele maar doeltreffende manier om elkaar te leren kennen, maar intussen is het iets wat onze interesse voor elkaar levend houdt. Mijn buurvrouw en beste vriendin, Maggie, zegt dat je in je huwelijk veel seks moet hebben omdat dat de functie van lijm zou hebben. Maar dat geldt net zo goed voor dit.

Een groot deel van de herinneringen die Pete met me heeft gedeeld gaan over zijn ouders. Hij heeft me verteld over vakanties in Alaska, en over minder indrukwekkende momenten aan de keukentafel. De herinnering aan die keer dat hij 's middags met zijn drie zusjes en broertje aan de keukentafel biscotti in chocolademelk zat te soppen terwijl ze naar zijn moeder keken die stond te koken, behoort tot mijn favorieten. Ze sprak zachtjes in het Italiaans tegen de rode saus die op een klein vlammetje stond te pruttelen, tegen de stevige gehaktballen die ze rolde, en tegen de goudkleurige, naar rozemarijn geurende focaccia die ze buiten op de veranda had gezet om af te koelen. Ze ging de tuin in en hield haar schort op voor Pete die het vulde met kroppen sla en paprika's en tomaten met witte sproeten.

Hij heeft me verteld over zijn vader die op de rand van het bad banjo zat te spelen en Italiaanse liederen zong voor zijn vrouw, die in haar bad met melk lag te weken. En over die keer dat zijn vader van Rosa de opdracht kreeg om Pete en zijn broertje Danny een flink pak rammel te geven voor het feit dat ze een van de enorme onderbroeken van de waslijn van de buren hadden gestolen en gebruikt hadden om hun fietsen mee schoon te maken. Subby nam de jongens mee naar de slaapkamer, deed de deur dicht en fluisterde dat ze het moesten uitschreeuwen terwijl hij de matras met zijn broekriem te lijf ging. Dat deden ze net iets té overtuigend, want toen ze even later allemaal de keuken weer binnenkwamen, keek Rosa hen aan, zette haar handen in haar zij, en zei: 'En jullie hebben zeker nog om me gelachen ook, hè?'

Mijn herinneringen gaan niet vaak over mijn ouders, en als dat wel zo is, dan zijn het heel andere verhalen dan die van mijn man. Een groot deel van ons eten kwam bijvoorbeeld uit blik, en bij ons aan tafel werd vrijwel nauwelijks gesproken. Bij ons thuis was een maaltijd niet iets feestelijks. Je at omdat het nodig was – zoals het nodig was om je oren schoon te maken. Je at je bord leeg om dan zo snel mogelijk terug te keren naar de leukere en interessantere dingen in je leven. Het heeft jaren geduurd voor ik zo ver was dat ik begreep wat mensen bedoelden wanneer ze genietend over een goede olijfolie spraken, of over het volmaakte evenwicht tussen geitenkaas met vijgencompote en tapenade van zwarte olijven.

Bij ons thuis gingen we niet samen met vakantie. Onze zomers waren lui en ongestructureerd. Wij kinderen waren de baas over onze tijd, en dat vond ik heerlijk. Eén jaar werden we naar zomerkamp gestuurd – elk kind naar een ander kamp – maar dat beschouwden mijn ouders kennelijk niet als een succes, want het bleef bij die ene keer. Daar was ik blij om. In mijn kamp werd huishoudelijkheid niet belangrijk gevonden en er werd, naar mijn smaak veel te veel, aan lichamelijke oefening gedaan. Bovendien was ik bang voor Cynthia Mayfield, een veel te dik meisje dat me om voor mij onduidelijke redenen voortdurend in elkaar wilde slaan. Even bang, maar om andere redenen, was ik voor Jinxie Benson met de ravenzwarte haren, die elke zondagavond met gekruiste benen op haar bed zat en lijstjes maakte van wie tof was en wie niet – en waarom. Deze lijsten circuleerden door het kamp en werden gretig – en met angst en beven – gelezen en ter harte genomen – niet alleen door de kinderen zelf, maar ook door de leiders die ze in beslag namen en ermee aan hun tafeltje achter in de kantine gingen zitten om te lezen hoe er door hun pupillen over hen werd gedacht. Ik keek met achterdocht naar de Chapel Under de Pines, het kapelletje, waarvan ik het vermoeden had dat het tot verafgoding leidde. En wat móest je als mens eigenlijk met Ogen van God?

Dus de verhalen die ik aan Pete vertelde gingen niet zozeer over mijn ouders als wel over mij en mijn broertje en zusje. Er was die keer dat ik Caroline wijsmaakte dat ik mijzelf in iemand anders kon veranderen, in een meisje dat Kathy heette en dat zo sterk op me leek dat iedereen dacht dat ik het was, maar in feite iemand anders was, en Caroline geloofde me. 'Wat vind je van Laura?' vroeg ik haar, om haar dan later, wanneer ik zogenaamd weer mezelf was, te straffen voor alle lelijke dingen die ze over mij had gezegd. 'Hoe weet je dat?' had Caroline gevraagd, terwijl ze haar bont-en-blauw gestompte arm masseerde, waarop ik dan zei dat Kathy me alles had verteld.

Ik vertelde Pete over die keren dat ik mijn broertje urenlang in de hoek van mijn 'huis' in de kelder had laten zitten om hem voor mijn man te laten spelen. 'Maar wat moet ik dan dóen?' vroeg hij, waarop ik antwoordde: 'Niets. Je bent naar je werk.' Terwijl hij daar zo afwezig zijn enkel zat te krabben en oefende in boeren laten en ten slotte in slaap viel, was ik druk in de weer. Ik wiegde baby's in slaap, haalde de stofzuiger (een oud, afgedankt exemplaar dat ik bij de vuilnis had gevonden – een gouden vondst!) door het 'huis' en maakte een aantal anjers van vloeipapier voor een bloembak op de vensterbank waarvoor ik de eerste de beste lege schoenendoos die ik tegenkwam wilde gebruiken. Ik voerde gesprekken door mijn plastic telefoon. Uiteindelijk bakte ik een chocoladetaart in mijn Easy Bake-oven en maakte mijn man wakker om hem samen met mij op te eten. 'Hij is nog ráuw,' klaagde hij, waarop ik hem op staande voet de kelder uit stuurde. Niet dat hij daar rouwig om was.

Onder het vertellen van die verhalen aan Pete realiseerde ik me meer dan eens dat ik als kind eigenlijk behoorlijk wreed was geweest, maar waarschijnlijk is dat normaal voor die leeftijd. Een vriendin van me vertelde me wat ze vrijwel elke dag boven aan de nieuwe bladzijde van haar dagboek had geschreven: J.H.G. Dit was geen religieus ritueel maar een vermelding van het feit dat haar broertje, Jason, die dag had gehuild. Ze deed geen enkele poging om uit te zoeken waarom – ze had een hekel aan huilebalken. Later, toen zij en haar broer ergens in de veertig waren en onder het genot van een drankje jeugdherinneringen ophaalden, zei ze dat het haar speet dat ze hem nooit gevraagd had waarom hij altijd zo had moeten huilen. Ze verwachtte dat hij zou zeggen dat hij werkelijk niet wist waar ze het over had, maar in plaats daarvan werd hij ernstig, en zei: 'Nou, dat werd tijd.'

Pete en ik kregen vrijwel meteen kinderen, en hoewel ik bang was voor de uitslagen van het vruchtwateronderzoek en daarna voor beide geboortes, had zowel onze zoon – Anthony – als onze dochter – Hannah – niet gezonder kunnen zijn. Intussen zijn ze respectievelijk veertien en twaalf, en Pete en ik beginnen te beseffen dat we onze vrijheid terug hebben. We hebben al twee jaar lang geen oppas meer laten komen, en eindelijk ben ik zo ver dat ik urenlang geconcentreerd achter elkaar kan doorwerken.

Ik verdien de kost met het maken van quilts, en werk vooral in opdracht. Ik reken tweehonderdvijftig dollar per halve vierkante meter – en dat niet zonder enige schaamte. Maar soms sta ik hele dagen achter mijn ontwerptafel stukjes stof heen en weer te schuiven, en dat zonder ook maar één steek te doen. Dan opeens klikt er iets en kruip ik achter de naaimachine. Het geld dat ik reken is ook voor de denktijd die er bij elk werkstuk komt kijken, en dat probeer ik mijn klanten duidelijk te maken. En de mensen betalen het – grif en zonder mokken. Ik heb meer klanten dan ik aankan. De wachttijd voor een kant-en-klare quilt is vier tot zes maanden, en ook dát schijnen de mensen geen probleem te vinden. Volgens mij bestaat er een zeker heimwee naar dingen die een bepaalde traagheid uitstralen – misschien is de slinger wel aan zijn onvermijdelijke terugzwaai begonnen. En daar zou ik blij om zijn – ik heb een computerfobie en ben een van de weinige mensen in Amerika die geen e-mail hebben. Een vriendin van mij zei ooit eens dat ze geen e-mail wilde omdat ze niet snapte hoe het werkte. Nou, zei ik, je weet ook niet hoe een mixer werkt, en die gebruik je wel. Dat klopt, zei ze, en voegde eraan toe dat het behoorlijk deprimerend was om te beseffen dat knijpers het enige huishoudelijke gereedschap was dat ze begreep, en dan nog niet eens de knijpers met zo'n metalen veertje erin, maar de meest primitieve variant ervan.

Ik heb zelfs geen mobiele telefoon, maar moet eerlijk toegeven dat het waarschijnlijk niet meer zo heel lang zal duren voor ik er uiteindelijk toch eentje zal aanschaffen, vooral omdat Anthony zegt dat hij binnenkort auto mag rijden en hij een mobiel moet hebben voor eventuele noodgevallen onderweg. Ik heb een redelijk beeld van die 'noodgevallen': 'Hé, joh! Ik heb de auto. Zal ik je komen halen?'

Pete zegt maar steeds dat hij, als ik zoveel succes met mijn quilts blijf hebben, op zal houden met werken en dat ik kostwinner mag zijn. Ik zeg dat hij dat dan maar doen moet, maar tot nu toe heeft hij het niet gedaan en ik denk ook niet dat hij het zal doen. Hij is de eigenaar van de ijzerhandel in het centrum, en hij vindt het heerlijk om daar te zijn. Daar heb ik hem leren kennen. Ik was voor een quilt-conferentie naar de stad gekomen en had houten pluggen nodig. Voor mij was het liefde op het eerste gezicht – ik vroeg hem diezelfde avond nog mee uit eten, en tegen de tijd dat we aan het toetje zaten fantaseerde ik al over onze vijftigjarige bruiloft. Pete is het type dat er geen enkele moeite mee heeft om oude dametjes een kwartier lang te helpen bij het uitzoeken van het juiste zilverkleurige haakje. Vaak komen diezelfde vrouwtjes de volgende dag terug met een mand vol zelfgebakken cakejes voor hem en zijn personeel. Dan geeft hij ze een zoen op de wang waarop ze dan verlegen geluidjes maken en glimlachen, en het scheelt maar een haar of ze halen hun zakdoekje uit hun mouw om er in een mengeling van opwinding en spijt mee te wapperen. Ik ontmoette Pete op een moment dat ik klaar was voor een relatie met een goede, lieve man, na genezen te zijn van de misvatting dat gevaarlijke mannen leuk, en onverschillige mannen interessant zouden zijn. Je kunt ze van me krijgen, die onbeschofte types. Geef mij maar een man die sentimenteel is. 'Dat komt omdat je oud bent,' zei Hannah, toen ik haar onlangs vertelde over wat ik belangrijk vind in een man – en daar heeft ze waarschijnlijk gelijk in. Zelf ben ik trouwens ook behoorlijk sentimenteel.

Vandaag moest ik naar de stoffenzaak om een lapje te vinden voor de rand van de Japanse quilt die ik aan het maken was. De quilt was voor een vrouw die geloofde dat ze een groot aantal levens achter de rug had, en één daarvan als geisha. Het is grappig om te zien hoe de mensen zichzelf blootgeven in de quilts die ze bestellen. Eén van mijn klanten had een zware scheiding achter de rug, maar wilde dat ik haar bruidsjapon zou verwerken in een quilt die het huwelijk als thema had. Een vrachtwagenchauffeur bestelde een vrouwelijk aandoende bloemenquilt om onder te slapen wanneer hij onderweg was. Een vrouw die vervreemd was geraakt van haar kinderen, vroeg me om een quilt waarin ze wilde dat ik alle kleertjes die ze van haar kinderen als baby en kleuter bewaard had, en haar eigen kleren in cirkelvormige motieven zou verwerken. Ze huilde toen ik haar mijn werkstuk kwam brengen, en borg hem vervolgens op in de kist die ze er speciaal voor had gekocht.

Toen ik thuiskwam van de stoffenzaak moest ik pakken voor onze jaarlijkse rit naar Minnesota de volgende dag. Het was weer kermis. Mijn hele familie ging erheen, elk jaar weer – in de laatste week van augustus. Onze jaarlijkse familiebijeenkomsten waren, zoals van de meeste mensen, een mengeling van vreugde en verdriet. En hoewel ik me elk jaar weer voornam om het volgende jaar thuis te blijven, kon ik, wanneer het augustus werd, amper wachten tot het zo ver was.

3

Het was ongewoon stil bij Fabric World, de stoffenzaak. Bij de blauwe stoffen treuzelde ik langer dan ik normaal gedaan zou hebben, omdat ik wist dat ik niet lang zou hoeven wachten tot ik geholpen zou worden. Twee verkoopsters, Joanne en Ellen, stonden met de armen over elkaar zachtjes pratend en lachend tegen de kniptafel geleund. Ik kwam hier al jaren – Hannah had haar eerste stapjes hier gedaan – en het was pas sinds kort dat het personeel er zo'n ontspannen indruk maakte. Voor de komst van de nieuwe manager – een flamboyante homo – hadden de verkoopsters er geen moment mogen rusten en hadden ze, wanneer er geen klanten waren, zichzelf bezig moeten houden met het netjes recht leggen van de rollen, het afstoffen van de planken en het knippen van de restjes stof in stukjes voor quilts. Met Gregory's komst was ieders leven er stukken draaglijker op geworden. Hij werkte in de winkel, ontwierp bruidsjaponnen en roddelde op amusante wijze over zijn klanten. Hij nam de telefoon van de winkel op met: 'Fabric World, wat nú weer?' Het was me nog steeds niet duidelijk waarom hij indertijd was aangenomen, laat staan waarom de eigenaar hem tot manager had benoemd, te meer daar het gerucht de ronde deed dat de baas van Fabric World een uiterst conservatief iemand was. Ik vermoedde dat het was omdat Gregory het niet kon helpen dat hij – zelfs wanneer hij je beledigde – charmant was. En de mensen vertrouwden op zijn smaak – met als gevolg dat ze alles kochten wat hij hun aanraadde.

'Dit is prachtig,' zei Joanne, toen ik de baal kobaltblauwe stof waar ik uiteindelijk voor had gekozen op de kniptafel legde. De stof was voorzien van een motief van zwarte kraanvogels – sommige stonden op één poot, andere vlogen met wijd gespreide vleugels.

'Het is voor de rand,' zei ik. 'Ik heb genoeg aan anderhalve meter.'

Ze begon te knippen en we zwegen, ik denk om naar het geluid van de schaar te luisteren. Voor iedereen die verliefd is op de wereld van de stoffen, heeft dit geluid iets van een symfonie. Het roept beelden op van een hoofd dat ver over de naaimachine zit gebogen, de stof die door je vingers glijdt en het schijnsel van een klein lampje op die paar vierkante centimeter waar het werk zich afspeelt.

Ik zag Gregory die aan de andere kant van de winkel, op de afdeling kinderstoffen, bezig was om een paar bontgekleurde balen recht te leggen. Toen hij me zag kwam hij naar de kniptafel gelopen. 'Help,' zei hij, 'ik droom al drie nachten achter elkaar van lovertjes.'

Lovertjes! Misschien moest ik er een paar op de quilt naaien waar ik mee bezig was. Of lint van een materiaal dat water suggereerde – golvende lijnen blauw op wit.

'Waar werk je aan?' vroeg hij.

'Iets Japans-achtigs. Vooral cirkels en vierkanten.'

'Klinkt beeldig. Alles klinkt beeldig, zo lang het maar geen trouwjapon is. Ik heb zin om voor mijn nichtje een te gekke broek te naaien, maar in plaats daarvan moet ik een bruidsjapon voor een walvis maken. Ik bedoel, waarom wikkelt ze zichzelf niet gewoon in een douchegordijn met kantpatroon?'

'Mijn idee.'

'De waarheid doet nu eenmaal pijn. Hé, heb je tijd voor een kop koffie? Kom mee naar achteren, dan laat ik je de monsters zien van de stoffen die ik net besteld heb.'

Ik keek op mijn horloge. 'Geen tijd. Ik moet naar huis om te pakken – we gaan morgen met vakantie. Maar ik hou me aanbevolen zodra ik weer terug ben.'

'Doei,' zei hij, terwijl hij wegliep en over zijn schouder zwaaide, om er tegen Joanne en Ellen aan toe te voegen: 'Wie van jullie tweeën wil me een grondige massage geven? En geen ruziemaken, alsjeblieft.'

In de auto haalde ik de stof die ik had gekocht uit de zak en legde de lap over mijn schoot om er op weg naar huis van tijd tot tijd naar te kunnen kijken. Voor ik de schaar erin zette had ik er al duizend verschillende dingen mee gedaan.

We aten pasta met wat van de puttanescasaus die Pete's moeder, Rosa, gemaakt had en die ik in de magnetron had ontdooid. Ik verbaasde me over het feit dat de smaak zo goed behouden bleef – Rosa kookte als de beste.

'Heb je al gepakt?' vroeg ik aan Anthony.

Hij knikte met volle mond.

'Ja?'

Hij knikte opnieuw maar met minder overgave, en haalde zijn schouders op. 'Bijna.'

'Wat wil je daar precies mee zeggen?' vroeg Pete.

'Dat ik weet wat ik mee wil nemen. Ik moet het alleen nog in de koffer stoppen.'

'Meteen na het eten,' zei ik. 'We willen zo vroeg mogelijk weg.'

'Ja, dat wéét ik,' zei hij, met zijn ogen rollend. Ik kon het niet zien, maar ik vermoedde dat zijn knie onder tafel op en neer ging.

'En jij, Hannah?' vroeg ik. 'Heb je de dingen klaargelegd die je mee wilt nemen?'

'Ja, en ik ben oud genoeg om het zelf in te pakken. Dat hoef jij niet voor mij te doen.'

'Goed,' zei ik, maar wat ik bedoelde was: 'Natuurlijk moet ik dat wel voor je doen.' Als ik Hannah zelf liet pakken, zou ze haar boeken, haar zakmes en haar tekenspullen meenemen – de hele mikmak, op de kleren na die ze nodig zou hebben. 'Waarom moet je toch altijd overal met je neus bovenop zitten?' vroeg ze.

Ik wierp een snelle, verbaasde blik op Pete, hoewel hij me datzelfde vaak genoeg verweet. 'Waarom kun je ons nooit iets zelf laten doen?' had hij ooit eens gevraagd. We zaten in de woonkamer en keken naar een film die we hadden gehuurd. Geen van ons vond er wat aan, maar niemand had de energie om hem uit te zetten. In plaats daarvan spraken we erdoorheen. 'Maar ik laat jullie toch alles zelf doen!', had ik uitgeroepen, waarop hij me half grijnzend had aangekeken. Toen zei hij: 'Ja? Ik zei zonet: "Ik heb trek in iets lekkers," en jij zei toen: "Er is yoghurtijs en er zijn zoutjes." Waarom laat je me niet gewoon zelf iets zoeken?'

'Ik geef je alleen maar een idee,' had ik gezegd. 'Ik weet wat we in huis hebben omdat ik de boodschappen doe. Ik weet wat vers is – het enige wat ik doe is je behoeden voor wat wel eens een nare snoepervaring zou kunnen zijn.'

Hij kon er niet om lachen. 'Hou op met steeds te proberen om dingen te voorkomen,' had hij gezegd. 'Waar ben je zo bang voor?'

'Niets,' had ik geantwoord. 'Beslis in het vervolg zelf maar wat je wilt snoepen. Alsof het mij iets kan schelen als je voedselvergiftiging oploopt.' Maar toen hij de keer daarop zei dat hij trek had in iets lekkers – we bevonden ons in dezelfde situatie en zaten in de woonkamer naar een film te kijken – zei ik: 'Er is drop in de kast.' En daarop staarde ik strak naar het scherm om te voorkomen dat hij zou zeggen: 'Kijk, dat bedoel ik nou.'

Maar dit was anders. 'Hannah,' zei ik, 'het is niet dat ik er met mijn neus bovenop wil zitten, maar je hebt alleen een beetje hulp nodig bij het pakken. Dat is alles.'

Hannah trok haar haarband naar voren en voelde aan haar kruin. Ze besteedde uren aan haar uiterlijk. In de kinderbadkamer stonden minstens zeven verschillende haarproducten op het kastje. 'Ik ben klaar,' zei ze. 'Ik ga Gracie bellen, en daarna kun je me helpen pakken omdat ik te stom ben om dat alleen te doen.' Ze verliet op hoge poten de kamer, met een air waar we alleen maar om moesten lachen.

'Waarom help je míj niet, mam?' vroeg Anthony. 'Je mag alles voor me pakken, als je dat wilt.'

'Dat kun je best zelf.'

'Maar dat is niet eerlijk,' zei hij, grinnikend. Hij wipte zijn stoel op de beide achterpoten. 'Hé, pap. Verderop, twee straten verder, staat een auto te koop.'

'Nee.'

'Alleen maar om aan te knutselen. Ze willen er maar vijftig dollar voor hebben. We zouden hem – '

'Nee,' herhaalde Pete.

En toen, hoewel ik wist dat het de zaak alleen maar erger op zou maken, zei ik: 'Anthony.'

'Wat?'

'Stoel.'

Hij liet zijn stoel op de voorpoten neerkomen, en sputterde: 'Jezus.'

'Wat zei je daar?' vroeg Pete.

'Ik zei "Tjee". Nou goed?'

'Ik heb je wel gehoord.'

Anthony keek me aan en schudde zijn hoofd. We hadden alletwee moeite met het feit dat Pete geen enkele vorm van vloeken kon verdragen. Meestal zei ik er echter niets van, want uiteindelijk was ik op mijn eigen manier ook wel een beetje ouderwets.

'Hé, pap.'

'Ja?'

'Koop je een kaartje voor me voor het concert op de kermis?'

'Dat zou ik kunnen doen.'

'En zou je er ook twee voor me willen kopen?'

'Voor wie is het tweede kaartje?'

'Dat weet ik niet. Misschien vind ik wel iemand die mee wil.'

Pete begon de tafel af te ruimen. 'Ja, goed, ik koop twee kaartjes voor je.'

'Te gek!' Anthony stond op en rekte zich uit. 'Ik ga pakken. En dan denk ik dat ik de hele nacht opblijf om morgenochtend niet vroeg op te hoeven staan.' In het voorbijgaan trok hij de strik uit mijn schort om dan, zoals hij altijd deed, te zeggen: 'Hé, mam, je schort is los.'

Ik begon de borden te spoelen terwijl Pete de laatste dingen van tafel pakte. 'Vandaag komt er een oud dametje in de winkel. Ze vraagt waar de knijptangen zijn. Ik wijs haar het schap achter in de zaak, en ze gaat erheen. Lange tijd later komt ze bij de kassa en ik zie dat er een knijptang uit haar tas steekt. "Neemt u mij niet kwalijk," zeg ik, "zou u die knijptang niet betalen?" En weet je wat ze zegt? "Nou, dat was ik eigenlijk niet van plan."'

Ik keek hem aan en lachte.

'Echt waar!'

'Wie was het?'

Hij haalde zijn schouders op. 'Geen idee. Volgens Jeannie zou het Theresa Haggerty's moeder geweest kunnen zijn, die over is uit Florida. Volgens mij heeft ze ze niet allemaal meer op een rijtje.'

'Daar heeft het alle schijn van. Maar heeft ze uiteindelijk betaald?'

'Ja, en ze heeft me zelfs een fooi gegeven.'

Ik schudde glimlachend mijn hoofd, spoelde het laatste bestek af, vulde de afwasmachine en stelde hem in voor een paar uur later.

'En wat is jou vandaag overkomen?' vroeg Pete, nadat hij weer aan de keukentafel was gaan zitten.

Ik nam tegenover hem plaats. 'Eens zien. Ik ben gebeld door een vrouw die voor elk van haar zeven kleinkinderen een quilt wil. En ik heb bij de supermarkt drie jonge eendjes zien oversteken. Alle auto's stopten en wachtten tot ze naar de overkant waren gewaggeld. Ik vind het altijd weer heerlijk om dat soort dingen te zien. Het maakt ineens zoveel goed.'

Pete glimlachte. 'Ja, dat is zo.'

'En ik heb ook een herinnering voor je,' zei ik. 'Ik ben ooit eens op de kermis alleen in de Liefdesgrot gegaan. Ik was zo oud als Hannah nu is. Voor me zat een stel te zoenen. Ik kon het gewoon niet uitstaan, want zelf snakte ik naar een vriendje. Ik haalde mijn kauwgum uit mijn mond en gooide het naar hen toe. Ik wou dat het in het haar van het meisje kwam.'

'Aardig.'

'Ja, dat weet ik.'

'En wat deed ze?'

'Ik miste. Het landde in de nek van de jongen. Hij werd woedend. Hij draaide zich om en keek me moordlustig aan, en ik riep: "Dat heb ik niet gedaan! Ik weet niet waar het vandaan kwam. Ik zag het langs komen. Ik heb het niet gedaan!" Ik weet zeker dat hij wist dat ik loog, maar uiteindelijk draaide hij zich weer naar zijn vriendinnetje toe.'

'Wil je dit jaar samen met mij in de Liefdesgrot?'

'Ja. En in het Reuzenrad. En in de Varkensstal. En ik wil naar de kwarkstand. En ik wil gegrilde maïskolven met je eten, en appellollies. En taart. En Zweedse koffie. En ik wil met je naar de landbouwwerktuigen. En naar de stand met de laatste huishoudelijke snufjes. En als je met me mee komt naar de handvaardigheidsstand, dan ga ik met jou mee naar die stand met al die technische dingen. Ik wil naar de honden. En naar de paarden – dit jaar wil ik dat hogeschoolrijden niet nog eens missen.'

'Ga Hannah maar helpen pakken,' zei Pete. 'Ik ben nu al uitgeput.'

Ik was bijna ingeslapen toen de telefoon ging. Pete nam op, en zei: 'O, hallo, Caroline, hier is Laura.' Hij gaf me de telefoon.

Pete, die de telefoon een bescheiden martelwerktuig noemt, houdt niet van telefoneren, maar je zou toch denken dat hij heeft geleerd wat minder kortaf te zijn. Mijn zusje was er intussen aan gewend, maar ik voelde me altijd geroepen om nieuwe vriendinnen uit te leggen dat mijn man in feite een ontzettend aardige vent is, maar dat hij alleen geen telefoonmanieren heeft.

'Sliep je al?' vroeg Caroline.

'Nog niet.'

'Je was toch niet...'

'Néé!'

'Goed. Luister, het spijt me dat ik zo laat bel, maar ik wilde je spreken voor je bij mam en pap bent. Ik heb... Ik moet iets doen.'

'Ja? Wat?'

'Nou, ik wil met jullie twee praten, wij met z'n drietjes – jij, Steve en ik. Misschien dat we ergens kunnen gaan eten, of zo.'

'Hoezo?' Ik vroeg me af of ze plannen wilde maken voor de trouwdag van onze ouders. Komende september waren ze vijfenvijftig jaar getrouwd – bewonderenswaardig, maar niet iets waarvan je normaal gesproken een grote happening maakte.

'Ik wil een paar dingen met jullie bespreken.'

'Wat voor dingen?' Ik begon me een beetje zorgen te maken. 'Is er iets met je gezondheid?' Pete deed het lampje op het nachtkastje aan, en vroeg heel zachtjes: 'Wat is er?' Ik haalde mijn schouders op en gebaarde dat ik het niet wist.

'Nee, het is... Ik heb de laatste tijd veel nagedacht over hoe we zijn opgevoed, en ik – nou, er zijn een paar dingen die ik jou en Steve wil vragen, met verder niemand anders erbij. Dit lijkt me daar een goede gelegenheid voor. Bill komt niet mee dit jaar, want hij wil de laatste hand aan onze nieuwe badkamer leggen. En Tessa komt ook niet. Steve zegt dat ze naar Atlanta moet. Pete heeft er vast niets op tegen als we een paar uur met z'n drieën op pad gaan, wel?'

Ik wist niet of Pete daar wel of niet iets op tegen zou hebben. 'Maar... Caroline, kun je me niet gewoon zeggen waar je het over wilt hebben?'

'Nee, niet nu. Maar het is voor mij belangrijk om met jullie te praten. Wil je me helpen om dat te organiseren?'

'Nou, goed. Zodra we er allemaal zijn kijken we wel wanneer het kan. Zo moeilijk kan dat niet zijn.'

'Ik had eigenlijk gehoopt dat we nu al iets zouden kunnen afspreken. En misschien zou je Steve kunnen bellen om het hem te zeggen. Als jij en ik al iets hebben afgesproken zal hij minder snel nee kunnen zeggen. Zou je dat alsjeblieft voor me willen doen?'

'Best. Wat vind je van de tweede avond dat we daar zijn? De eerste avond kunnen we moeilijk weg, maar de tweede avond kunnen we uitgaan. Wat vind je van Snuffy's? Heb je zin om naar Snuffy's te gaan?'

'Het kan me niet schelen. Ik vind alles best. Dank je, Laura. Dus dan bel je Steve vanavond nog?'

'Het is met Steve veel beter om de dingen niet van te voren vast te leggen. Ik zeg het hem wel wanneer we gaan. Ik weet zeker dat hij meegaat.'

'Goed. Nou, tot morgen dan maar.'

Ik leunde over Pete heen om de telefoon terug te leggen en ging weer liggen. 'Caroline wil een gesprek met Steve en mij, alleen. Ik weet niet waarover.'

'Is ze ergens over van streek?'

'Nee, van streek zou ik het niet willen noemen, maar ze klinkt een beetje... emotioneel.'

'Doet ze dat niet altijd?'

'Dit voelde anders. Ze zegt dat ze het wil hebben over dingen die in onze jeugd zijn gebeurd. Ik hoop dat ze niet die keer bedoelt dat ik haar over Jezus aan het kruis heb verteld. Ik hoop dat ze dat vergeten is.'

'Hoezo? Wat heb je dan gezegd?'

'O, gewoon... je weet wel. Ik heb haar het verhaal van de kruisiging verteld. En haar aan het huilen gemaakt.'

Pete deed het licht uit, ging weer liggen en geeuwde. 'Zo erg is dat nu ook weer niet.'

'Nee, je snapt het niet. Het ging me niet om de religieuze gedachte erachter. Het ging me om haar tranen. Niet dat daar veel voor nodig was. Caroline is altijd al overgevoelig geweest. Ze huilde al wanneer je haar een beetje boos aankeek.' Ik ging tegen Pete aan liggen en sloot mijn ogen.

'Ik wacht,' zei hij.

'Waarom moet je toch zo'n goede luisteraar zijn?'

'Wat heb je tegen haar gezegd?'

'Nou, laten we zeggen dat ik het een beetje extra dramatisch heb gemaakt. Ik wees haar op de pijn van een speld in je hand. En toen zei ik: "En stel je voor, ze sloegen geen spelden in zijn handen, maar *spijkers!*" Op die toer.'

'Heb je dat echt zo gezegd? Dat is wel erg.'

'Ja, dat weet ik. Maar jij hebt ook heel gemene dingen gedaan met je broer en zusjes.'

'Ik geef je de verzekering dat ik het nooit over God heb gehad.'

'Ja, maar toen Stella nog maar net vier was, heb je haar verteld dat je 's nachts in een weerwolf veranderde.'

'Hoe weet jij dat?'

'Omdat ze me dat verteld heeft. En ze heeft me verteld dat je schoenen boven op de deur hebt gezet en dat je Danny toen hebt geroepen dat hij heel snel moest komen, en toen hij de deur opendeed kreeg hij alle schoenen op zijn hoofd. En daar hield hij een blauw oog aan over.'

Stilte.

'En je hebt twee keer Tina's spaarpot leeggestolen.'

'Zo kan-ie wel weer. Welterusten.'

'O. O! En je –'

Hij boog zich over me heen en kuste me. 'Welterusten. We moeten morgen vroeg op.' Hij draaide zich op zijn zij, sloot zijn ogen en viel in slaap. Het is gewoon niet te geloven. De man legt zijn hoofd op het kussen en is vertrokken.

Ik lig wakker en vraag me af wat er met Caroline aan de hand is. Ik denk aan de rit die we voor de boeg hebben, en hoe de kinderen elkaar voor het grootste gedeelte zouden negeren, maar ook dat ze zeker een keer of wat ruzie zouden hebben. Maar alles bij elkaar was het slechts vijf uur rijden, en dan waren we er. De tuin zou er schitterend bij liggen en in alle vogelhuisjes zou eten liggen. Waarschijnlijk zouden er lakens en op zijn kop wapperende overhemden en broeken aan de waslijn hangen – mijn moeder hield ervan om de was aan de lijn te drogen. Ooit heb ik dat gedurende een zomer ook eens geprobeerd, maar ik vind het te veel gedoe.

Het eten zou niet echt bijzonder zijn, maar de omgeving was prettig. We zouden op de veranda aan de achterkant eten, aan de groen geschilderde tafel met een geborduurd tafelkleed, het oude, vriendelijk gebloemde servies, een enorme vaas bloemen en het kristallen peper-en-zoutstelletje dat van mijn grootouders was geweest – telkens wanneer ik dat zag, kon ik het in gedachten weer op hun keukentafel met formicablad zien staan. Dan herinnerde ik me ook hoe mijn opa, om ons aan het lachen te maken, zijn tong gebruikte om zijn onder-gebit uit zijn mond te wippen, om hem dan snel weer naar binnen te zuigen. Het duurde heel lang voor ik er achter kwam dat de man een vals gebit had – ik heb jarenlang ge-dacht dat mijn opa een uiterst getalenteerd mens was. Ik had liggend op mijn bed eindeloos geprobeerd hem die interessan-te truc na te doen. Op een dag was mijn moeder mijn kamer binnengekomen met de schone was, en had me aan mijn kie-zen zien rukken. 'Wat doe je?' vroeg ze. En toen ik zei dat ik opa's truc probeerde te imiteren, schoot ze in de lach en ver-telde me dat hij een vals gebit had.

'Maar wat is er dan met zijn echte tanden gebeurd?' vroeg ik.

'Weg.'

'Weg waar naartoe?'

'Ik weet niet,' zei ze. 'Gewoon weg.'

'Maar – '

'Laura.' Ze legde haar hand even op mijn schouder. 'Vraag niet zoveel. Je vraagt altijd zoveel. Dat moet je niet doen. Probeer de dingen nu maar gewoon te aanvaarden zoals ze zijn.' Ze liep naar mijn commode om de stapel keurig opgevouwen onderbroekjes op te bergen, en stond met haar rug naar mij toe. 'Stel geen vragen en laat het verleden rusten. Geloof me, op die manier zul je een stuk gelukkiger zijn.'

Ik hield mijn mond en vroeg me af wat ze daarmee bedoelde, maar daarna keerden mijn gedachten weer terug naar het gebit van mijn opa.

Mijn geheugen was aan het veranderen. Het overkwam me steeds vaker dat iemand het over iets had dat vrij recent was gebeurd, waar ik me dan niets meer van kon herinneren. Ik wist niet meer waar ik mijn bril had neergelegd, of waar ik de kaneel had gelaten, en ook de naam van een acteur die ik mijn hele leven had gekend, wilde me ineens niet meer te binnen schieten. Een schrale troost was dat het Pete net zo verging. 'Drie keer raden wie er vandaag in de winkel was?' begon hij te vertellen, maar dan gleed er opeens een paniekerige uitdrukking over zijn gezicht. 'Het was... och, je weet wel. Je weet wel wie ik bedoel.' Dan stonden we elkaar in de keuken onderzoekend aan te kijken. 'O, help,' zei hij dan. 'Wacht even.' Hij dacht diep na met diepe rimpels op zijn voorhoofd, de armen over elkaar geslagen, met zijn voet een ritme op de vloer tikkend, maar uiteindelijk maakte hij een wanhopig gebaar en gaf het op. Uren later schoot de naam hem meestal wel weer te binnen. Of niet.

Andere dingen, vooral van heel lang geleden, wist ik nog precies. Zo weet ik nog elk detail van een keer dat ik op mijn buik had gelegen bij het beekje op een paar honderd meter van ons huis. Het was een warme ochtend in juli. Ik was net tien geworden en ik had ergens naartoe willen gaan waar ik in eenzaamheid over mijn ouderdom na kon denken – twee cijfers! Ik herinnerde me de heen en weer wiegende planten in het groenige water, de school stekelbaarsjes die langs zwom en de korrelige aarde tegen het stukje blote buik boven de tailleband van mijn korte broek. Het hoge gras daar rook een beetje naar ui, en als je er een poosje in had gelegen maakte het een afdruk in je huid.

Diezelfde zomer begroef ik een paar koekjes in de aarde, waarna ik ze weer opgroef en opat om te bewijzen dat ik niet bang was voor vuil. Het was een prachtige zonsondergang geweest toen ik de koek in mijn mond had gestopt – ik weet nog dat de hemel eruitzag alsof hij in brand stond. Er had een kring van bewonderende buurkinderen om mij heen gestaan, met inbegrip van een meisje van zes dat met één hand vol overgave in haar neus stond te peuteren terwijl ze in haar andere hand een popje hield dat in een roze-wit geblokt dekentje was gewikkeld. Ik wilde dat popje dolgraag vasthouden, maar ik durfde het niet aan te raken. Een jongen van twaalf, de oudste van dit, zo spontaan ontstane groepje, gooide een honkbal van zijn ene in zijn andere hand terwijl hij zich afvroeg of hij me een complimentje moest maken of me moest beledigen. Uiteindelijk hield hij het op het veilige midden, zei 'Poeh' en liep weg.

Dit is ook zo'n levendige herinnering: mijn moeder die op een dag met de wasmand op haar heup mijn kamer binnenkwam en me vertelde wat er naar haar idee nodig was om een gelukkig mens te kunnen zijn.

Het is mijn opa die in de zitkamer op zijn grote, groene leunstoel zit. De flits van de camera weerkaatst in de glazen van zijn bril. Hij draagt zijn grijze vest, een geruit overhemd en een wijde, ruimvallende broek. Ik zit op zijn knie tegen hem aan geleund en eet een lolly. Caroline zit op zijn andere knie. Hoewel mijn opa zijn armen om ons heen heeft geslagen, probeert zij zijn arm nog strakker om zich heen te trekken. Het lijkt alsof haar vingers in zijn vel drukken. Ze maakt een gespannen en verdrietige indruk, en probeert het moment dat hij ons van zijn schoot zal zetten zo wanhopig uit te stellen, dat ze daarmee juist het tegendeel bereikt. Ik kan me het moment nadat die foto is genomen nog heel goed herinneren: een plotselinge windstoot die de roodbruine gordijnen met het geelgroene bladmotief deed opwaaien, de geur van gebraden kip, mijn opa die opstond en naar de keuken wilde 'om oma te helpen bij het maken van de jus', en ik die Caroline kneep omdat ik wist dat het haar schuld was dat hij was opgestaan. Ik zei haar dat ze het niet mocht vertellen, omdat ik haar anders nog harder zou knijpen.

4

Mijn vader had ons een artikel uit de *Pioneer Press* gestuurd waarin stond wat er dit jaar op de kermis te beleven zou zijn, en Anthony, die onderuitgezakt op de achterbank zat, las eruit voor. We waren intussen al drie uur onderweg, het nieuwtje van de rit was eraf en de sfeer was gespannen.

'Ze hebben tweehonderdveertien draagbare toiletten neergezet,' las Anthony. 'En er is gerekend op een gebruik van tweeëntwintigduizend rollen wc-papier.'

'Getver,' mompelde Hannah.

'Wat is er nou getver aan wc-papier?' vroeg Anthony. 'Het zou pas getver zijn als er geen wc-papier was.'

'Oooo!' Ze boog zich weer over haar pocket – een verhaal over drie tienermeisjes die samen op poolexpeditie gaan.

'Ze hebben elandragout,' zei hij. 'En snoekbaars op een stokje.'

'Die snoekbaars is toevallig erg lekker,' zei Pete. 'Die heb ik vorig jaar gegeten. Misschien dat ik hem dit jaar weer neem.'

'Moet je dit ontbijt horen,' zei Anthony. 'Gerookte varkenskotelet, roerei, gefrituurde knoedels en vlechtbrood. Dat neem ik.'

'Ik ga alleen maar gefrituurde dingen eten,' verklaarde Hannah.

'Nou je boft. Moet je dit horen. Ze hebben gefrituurde ravioli, patat, gepaneerde kaas, uienringen en preibroodjes. En moet

je dít zien! Gefrituurde zure bommen! Godsamme nog aan toe!'
Ik zag dat Pete, in reactie op Anthony's milde krachtterm,
een kleur kreeg. Hij wilde zich omdraaien, maar beheerste zich
en bleef zich op de weg concentreren. Maar via de achteruitkijkspiegel zocht zijn blik die van zijn zoon.

'Het spijt me,' zei Anthony zacht.

'Weet je, Anthony, soms lijkt het wel alsof je de dingen gewoon niet snapt,' zei Pete.

'Ik heb toch gezegd dat het me spijt!'

'Hij grijnst,' zei Hannah. 'Het spijt hem helemaal niet.'

'Hannah!' zei ik, op hetzelfde moment dat Pete zei: 'Ik kan
hem ook zien, Hannah.'

Even hing er een geladen stilte in de auto, en toen zei Pete:
'Weet je, als jij geen respect kunt opbrengen voor mijn regels,
dan zie ik niet in waarom ik je kaartjes voor het concert zou
geven.'

'O, pap, ik heb toch gezegd dat het me spijt, oké? Het glip-
te er gewoon uit. Het is heus niet... Ik snap niet waarom je je
hier zo druk over maakt. Het is een doodnormale uitdrukking. Ik begrijp niet waarom je altijd zo – ' Hij zweeg, trok een
wanhopig gezicht en keek naar buiten. 'Het is gewoon niet
normáál,' zei hij zacht.

Pete zette de richtingaanwijzer aan om naar de rechterrij-
strook te gaan en vandaar naar een wegrestaurant.

'O, o,' zei Hannah. 'Nou zul je het krijgen.'

'Pete,' zei ik, 'wees niet zo – '

Maar hij parkeerde, zette de motor af, keek me aan alsof hij
me om steun wilde vragen en draaide zich om naar de kinderen. 'Elk mens heeft in zijn leven een paar dingen die erg belangrijk voor hem zijn,' zei hij. 'En niet iedereen is in staat om
uit te leggen waarom die dingen zoveel waarde hebben. Maar
je verwacht van de mensen die van je houden, van je familie,
dat ze die dingen van je zullen respecteren. Dus als jullie de
behoefte hebben om te vloeken dan vind ik dat best, maar doe
het alsjeblieft ergens anders. Het stóórt mij.'

'Maar – je moet niet meteen boos worden, pap, oké?' zei Anthony. 'Ik wou alleen dat je me kon vertellen waarom je er zo veel moeite mee hebt.'

Pete draaide zich weer naar voren en masseerde zijn nek. 'Doe... doe het nou gewoon maar niet, goed? In ieder geval niet in mijn buurt. Punt uit.' Hij startte de motor.

'Zal ik een poosje rijden?' vroeg ik.

'Dat hoeft niet.'

'Ik rij wel,' zei Hannah, en ik was blij toen ik Pete's mondhoeken omhoog zag komen. Ik had Pete lange tijd geleden ook al eens gevraagd waarom hij geen vloeken verdroeg. We kenden elkaar nog maar kort en maakten een wandeling in het park. Hij bleef staan en bestudeerde een blaadje aan een boom. Hij stond met zijn rug naar mij toe, en zei: 'Het is gewoon.... Het is een behoefte van me. De reden doet er niet toe.'

'Goed,' zei ik, en ik vroeg me af of ik er verstandig aan zou doen om onze relatie te verbreken. Zijn antwoord gaf me een akelig gevoel, en ik had de gewoonte om veel en vaak te vloeken. Maar voor het overige maakte hij nergens een probleem van, en bovendien was het eigenlijk ook al te laat. Ik hield van zijn hoekige gezicht, van zijn zwarte haar en blauwe ogen, van zijn keurige tafelmanieren, zijn diepe stem, zijn liefde voor kinderen en dieren en zijn laconieke manier van doen. Ik hield van hém. Ik zou hem deze vreemde trek vergeven en hij zou me mijn irritante eigenaardigheden vergeven.

'Er zijn vijfenzestig attracties,' las Anthony verder uit de krant.

Stilte.

'In 1965,' zei hij, 'ging prinses Kay van de Milky Way gekleed in een baljapon die van boterwikkels was gemaakt.'

'O, ja hoor,' zei Hannah. 'Waarom hou je niet gewoon je mond? Ik probeer te lezen.'

'Goed, maar nog één ding. Weet je wat?'

Ze zuchtte. 'Wat?'

'Weet je die beelden van boter? De buste van prinses Kay van de Milky Way?'

'Ja, en haar hofhouding.'

'Precies. Nou, de meeste bustes worden ingevroren, maar haar buste werd gesmolten voor over de warme maïskolven.'

'Laat zien,' zei Hannah.

Ik leunde mijn hoofd tegen het zijraampje en probeerde, nu de rust was weergekeerd, een dutje te doen, maar het lukte niet. Eerst dacht ik aan die praktische prinses Kay en zag ik haar in gedachten in spijkerbroek en ruitjeshemd en met haar haren in een paardenstaart, ergens in een grote keuken van een ouderwetse boerderij voor het fornuis staan kijken naar hoe haar boterbuste in de pan lag weg te smelten. Toen dacht ik aan mijn ouders die op ons zaten te wachten. Mijn moeder zou iets nieuws dragen dat ze speciaal voor de gelegenheid had gekocht. Ze zou de deur voor ons opendoen en aan één stuk door kletsen. Mijn vader zou in de kelder aan het knutselen zijn, en als we er waren zou hij langzaam en met een ernstig gezicht de keuken in komen om ons te begroeten. Ik dacht aan die vreemde mengeling van gevoelens die ik altijd had wanneer ik thuis was. Een deel ervan had te maken met het onvermijdelijke heimwee en een even onvermijdelijke irritatie die iedereen voelt die niet meer bij zijn ouders woont. De rest was iets waarvan ik me altijd bewust ben geweest maar wat ik nooit heb kunnen benoemen. Mijn moeder keek me altijd recht in de ogen alvorens me omhelzen, maar toch voelde ze op dat soort momenten altijd mijlen ver weg. Mijn vader, die zijn blik daarentegen altijd afwendde alvorens me in zijn armen te sluiten, voelde juist heel dichtbij.

5

Toen we arriveerden was mijn moeder in de tuin bloemen aan het plukken. Ze stond over een struik rozen gebogen die zo donkerrood waren dat ze bijna zwart leken. Op het moment dat ze de autoportieren hoorde slaan keek ze op en hield haar hand boven haar ogen tegen de felle zon. Ze droeg een wit-linnen blouse, een zwartlinnen broek die tot even boven de enkels viel, en rode sandalen met heel dunne bandjes – ze zag er echt leuk uit. 'Hé, jullie zijn er!' riep ze uit, waarna ze haar tuinhandschoenen uittrok en met wijd gespreide armen naar ons toe kwam. 'Jullie zijn de eersten! O, wat gezellig!' Ze om-helsde Pete en mij, en daarna de kinderen. 'Wat ben je ge-groeid!' zei ze tegen Hannah.

'Dat zeg je altijd,' zei Hannah, glimlachend.

'Dat weet ik, en iedere keer is het waar. Je bent een bijzon-der knappe jongedame geworden.' Ze wendde zich tot An-thony. 'En jij! Jij bent een regelrecht stuk!'

Anthony lachte verlegen, haalde zijn weekendtas uit de auto en liep naar de achterdeur. 'Is opa binnen?'

'In de kelder,' antwoordde mijn moeder. 'Achter de werk-bank.' Ze wilde een van de koffers oppakken, maar Pete hield haar tegen. 'Spaar je krachten maar liever voor iets anders, Barbara,' zei hij.

Net toen we naar binnen wilden gaan hoorden we een auto toeteren. Het was Steve die langs de stoeprand parkeerde, en toen zagen we ook Caroline die haar auto achter de zijne zette.

'Kijk aan,' zei mijn moeder.

'Perfecte timing,' zei Pete, maar mijn moeder maakte eerder een zenuwachtige, dan een blijde indruk. Ze trok het kraagje van haar blouse omlaag. Stak haar kin in de lucht. Op de een of andere manier kwamen haar gebaren op mij over alsof ze zich opmaakte voor de strijd. Het volgende moment realiseerde ik me echter dat die gedachte waarschijnlijk alleen was ingegeven door wat ik de vorige avond van Caroline had gehoord. Ik zwaaide naar Caroline en Steve en ging naar binnen.

Het was bijna middernacht. Pete en ik lagen in bed in de slaapkamer in de kelder, een ruimte die mijn ouders voornamelijk gebruikten om er in de zomer de winterkleren, en in de winter de zomerkleren te bewaren. Naast ons kon ik, in het licht van de maan dat door de smalle, hoge vensters naar binnen viel, ons geïmproviseerde nachtkastje zien – een groot dienblad met daarop een wekker, een lampje, een doos Kleenex en een porseleinen schaaltje. Dat schaaltje had mijn moeder daar neergezet voor Pete's kleingeld. Een prettig aandoend stilleven dat vooral nuttigheid uitstraalde. Ik realiseerde me dat één van de positieve kanten van het huis uitgaan het besef was dat veel dingen minder gecompliceerd waren dan je altijd had gedacht. Het overkwam me steeds vaker dat ik me, wanneer ik bij mij thuis om me heen keek, afvroeg waar ik dit of dat in feite voor nodig had. Maggie en ik hadden het gehad over deze behoefte om je van alle overtollige rommel te ontdoen, en over wat dat zou kunnen betekenen. 'Het is de eerste stap om je op de dood voor te bereiden,' had Maggie op die pragmatische manier van haar gezegd. 'Niet waar!' had ik uitgeroepen, hoewel ik me realiseerde dat ze waarschijnlijk gelijk had.

Boven hoorde ik de gedempte stemmen van mijn ouders die nog op waren en in de tv-kamer zaten. Ze zouden weldra naar bed gaan en – zo wist ik uit ervaring – net zolang blijven praten tot ze in slaap vielen.

Ik lag daar, met Pete aan mijn zij, en het geluid van de stemmen van mijn ouders leek hem uit te wissen – leek ook mijzelf uit te wissen, in ieder geval als de vrouw van middelbare leeftijd die ik was. In plaats daarvan was ik weer het jonge meisje dat net in bad was geweest en nog naar Ivory-zeep rook. De pop die ik voor de nacht had uitgekozen lag, stevig in een dekentje gewikkeld, in het holletje van mijn elleboog. Ik hoefde me nergens echt druk om te maken, alleen maar om het simpele bestaan van dag tot dag. Het enige wat ik van de krant las waren de strips. Mijn geldzorgen waren beperkt tot wat voor snoep ik zou kunnen kopen van het wisselgeld dat ik over had van de boodschappen die ik voor mijn moeder had gedaan. Mijn ouders waren mijn klok en mijn agenda – zij zeiden waar ik naartoe moest en wanneer. Ook waren mijn ouders degenen die beslisten over wat mooi of lelijk, en goed of slecht was. Ik trok hun waarden aan als het stel kleren dat ze op bed voor me hadden klaargelegd. Later vormde ik natuurlijk mijn eigen mening en kwam ik in verzet tegen bijna alles wat ze me hadden bijgebracht. Maar telkens wanneer ik thuiskwam werd ik voor een deel weer kind en genoot ik van het gevoel dat er voor me werd gezorgd, al was het maar in de vorm van een dienblad dat als nachtkastje dienstdeed. Ik was midden vijftig, maar bij mijn ouders thuis bezorgde het zachte praten van mijn vader en moeder voor het slapengaan, me altijd weer het gevoel dat ik veilig en geborgen was, en dat er voor me werd gezorgd. Het maakt niet uit wat de mensen zeggen – voor mij is het zo dat je niet naar huis terug kunt zonder dit te voorkomen.

Ik dutte een beetje, maar werd weer wakker. Ik had van Caroline gedroomd, of liever, ik had aan haar gedacht in dat soort van niemandsland dat aan in slaap vallen voorafgaat. Tijdens het eten was ze opvallend stil geweest, en ze had op de meest vreemde momenten geprobeerd mijn blik op te vangen. Het was duidelijk dat haar echt iets dwarszat.

De wekker wees één uur. Ik boog me over Pete heen, legde

mijn hand even op zijn kruin en fluisterde zijn naam. 'Slaap je?' Zijn ademhaling bleef onveranderd diep en regelmatig. Ik kroop uit bed en liep op mijn tenen naar boven, naar de keuken. Nadat ik het licht van de afzuigkap had aan gedaan, keek ik wat er in de koelkast stond. De inhoud bestond voornamelijk uit dingen die ik nog maar zelden kocht, maar waar ik altijd trek in had – boter, salami, slagroom, kaas, mayonaise. De voorraadkast bood een grote verscheidenheid aan koekjes en chips. En in de broodlade vond ik een wit brood en een pak kaneelbroodjes met een dikke laag glazuur. Mijn vader had verhoogde bloeddruk en cholesterolproblemen, maar er waren aspecten aan de eigentijdse geneeskunst waar mijn moeder totaal geen geloof aan hechtte. Waar ze vooral niets van moest hebben was de geestelijke gezondheidszorg. Toen ik haar ooit eens vertelde over een vriendin van mij die in therapie was, zei ze: 'Psychologen. Dat zijn de grootste gekken.' Er had geen greintje humor in haar woorden doorgeklonken, alleen maar venijn.

Ik zat aan de keukentafel een boterham met salami te eten toen Caroline binnenkwam. In het zwakke licht leek ze net een spook. 'Hoi,' fluisterde ze. Mijn mond was vol dus ik zwaaide. Ze trok de broodlade open, haalde het pak kaneelbroodjes eruit en kwam ermee naar de tafel. 'Ik kan gewoon niet geloven dat ik alwéér trek heb,' zei ze. 'Het lijkt wel alsof ik weer op de middelbare school zit en laat thuis ben gekomen van een feestje. Weet je nog dat we voortdurend honger hadden?'

Ik glimlachte en knikte. 'Ja. Weet je nog die keer dat jij, Steve en ik aan het eten waren en hij die kom spaghetti op de vloer liet vallen?'

Caroline nam een grote hap van haar broodje en antwoordde met volle mond. 'En omdat hij er zo'n ontzettende trek in had heeft hij het toen rechtstreeks van de vloer gegeten.'

'Ja.' Ik had mijn boterham op en liep naar de kast om de inhoud te inspecteren. 'Wil je ook een paar Oreo's? O, help, deze zijn dubbel gevuld.'

Ze gaf geen antwoord, en toen ik me naar haar omdraaide zag ik dat ze haar handen voor haar gezicht had geslagen. 'Wat is er?' Ik deed de kast dicht en liep terug naar de tafel. 'Caroline? Wat is er?'

'Neem me niet kwalijk,' zei ze, met een verdrietig glimlachje. 'Ik wil het er nu niet over hebben. Niet hier. Ik... heb me alleen maar even laten gaan.'

'Ze slapen,' zei ik. Niet te geloven hoe snel je weer in die oude codes kunt vervallen – wij kinderen aan de ene kant, zij, de ouders, aan de andere kant.

'Ik wil ermee wachten tot we met z'n drietjes uit zijn. Steve hoort er ook bij.'

Ik leunde naar achteren, pakte een kaneelbroodje en begon het uit elkaar te trekken. 'Ik heb zojuist van je gedroomd, maar toen werd ik wakker en ben ik naar boven gegaan.'

'O, ja?'

'Ja. Je was van streek.'

'Nou, dat ben ik ook.'

'Ja, dat weet ik.'

Ze stond op, trok de ceintuur van haar kamerjas aan en stopte het pakje kaneelbroodjes terug in de la. 'Hoe dan ook... Ik ben blij dat je er bent. Dat we alledrie hier zijn.'

'Ja. Ik ook.'

'Nou... Tot morgen dan maar.' Ze zuchtte. 'Het spijt me dat ik zo'n wrak ben. Maar daar hebben we het nog wel over, goed?'

Ze draaide zich om en wilde weglopen, maar ik pakte haar hand. 'Hé, heb je zin om nu uit te gaan? Om een eindje te gaan rijden?'

'Ik wil dat Steve er ook bij is.'

'Zal ik hem wekken?'

'Nee. Maar ik weet dat je dat dolgraag zou doen.'

'Vroeger vond hij het fijn wanneer ik hem zo laat wakker maakte.'

'Ja, maar intussen is hij een paar jaar ouder.'

Boven hoorden we iemand de wc doortrekken. 'Ik ga weer naar bed,' haastte Caroline zich te zeggen. Het ganglicht ging aan, en ze verdween naar de zitkamer waar ze op de bank sliep.

Het volgende moment ging het grote licht van de keuken aan en stond mijn moeder op de drempel. Ze kneep haar ogen dicht tegen het felle schijnsel. 'Is alles in orde?'

'Ja, ik had alleen maar honger. Ik heb iets gegeten.'

'Ben jij de enige die op is? Ik dacht dat ik hoorde praten.'

'Caroline was ook op. Maar ze is weer gaan slapen.'

'O?' Ze keek achterom naar de zitkamer, en keek mij vervolgens vragend aan.

'Ze was maar heel even op. Je hebt niets gemist. Ga maar weer naar bed.'

Ik liep naar de keldertrap, en ze vroeg: 'Is alles in orde daar beneden? Hebben jullie het niet te warm?'

'Alles is best.'

'Want ik heb nog een ventilator als jullie er eentje willen hebben.'

'Nee, nee, dat is niet nodig.'

'Misschien dat kleintje, dat ronddraait. Je zou hem op het nachtkastje kunnen zetten.'

'Mam!'

Ze maakte een gebaar van overgave, waarna ze zich omdraaide en – zoals ze vroeger zo vaak had gedaan – weg wilde gaan.

'Mam?'

Ze draaide zich weer om.

'Maar in ieder geval bedankt.'

'Niets te danken.'

Pete werd wakker toen ik weer in bed kroop. 'Hoi,' zei hij slaperig, terwijl hij me tegen zich aan trok. Hij kuste mijn nek en begon mijn borst te strelen.

'Niet doen,' fluisterde ik.

'Waarom niet?'

'Dit is het huis van mijn ouders.'

'Ja, en?'

'Toe zeg, ik kan het niet in het huis van mijn ouders.'

'Ik wel,' zei Pete.

Ik kuste hem vluchtig, wendde me van hem af en zei: 'Ga slapen.' Maar het volgende moment reikte ik toch weer naar achteren en legde mijn hand op zijn dij. En het duurde nog een poosje voor we weer gingen slapen. Soms schaamde ik me er wel eens voor dat we zo gelukkig waren. Soms leek het wel alsof ik het alleen maar verzon.

6

Ik was vroeg opgestaan en naar de keuken gegaan om koffie te zetten, toen mijn moeder binnenkwam. 'Ik geloof dat ik hooguit drie uur heb geslapen,' zei ze.

Ik draaide me, met het koffieschepje in mijn hand, naar haar om. 'Hoezo?'

Ze ging zwaar aan tafel zitten. 'Je vader. Hij was duizelig gisteravond, en vanochtend had hij geen gevoel in zijn arm.'

'O, god, zijn hart!'

'Nee, nee, dat is het niet. Hij heeft net een check-up gehad. Volgens mij heeft hij alleen maar in een verkeerde houding gelegen.'

'Laat me even naar hem kijken,' zei ik. Alsof ik dat soort dingen wist. Maar ik was de oudste, en zo gedroeg ik mij ook.

'Hij slaapt weer. Ik weet zeker dat het niets dringends is. Laat hem maar.'

'Echt?' Ik wierp een vragende blik in de richting van de grote slaapkamer.

'Ja, echt. Het is niet de eerste keer dat hij me de hele nacht wakker houdt met het ene probleempje na het andere, dat uiteindelijk helemaal niets blijkt te zijn. Hij begint een beetje een hypochonder te worden. Maar ja, eigenlijk is dat ook geen wonder op onze leeftijd, met zo veel vrienden die...' Ze stond op en nam het koffieschepje van me over. 'Ik zal het wel even doen. En laat me dan het ontbijt voor je maken. Waar heb je zin in? In toast met boter? Pannenkoekjes?'

Ik ging weer aan de keukentafel zitten. 'Alleen koffie. De kinderen komen zo, en dan gaan we meteen naar de kermis.'

'Gaan jullie allemaal samen?' Ze zette het koffiezetapparaat aan en kwam bij me zitten. Vrijwel op hetzelfde moment verspreidde zich een heerlijke koffiegeur door de keuken. 'Gaan Caroline en Steve ook met jullie mee?'

'Ja. En jij en pap gaan toch ook?'

'Misschien is het beter dat jullie vast vooruitgaan – hij heeft zo weinig geslapen. Bel me over een paar uur. Tegen die tijd zal hij wel op zijn, en dan kunnen we ergens afspreken.'

'Weet je echt zeker dat er niets ernstigs met hem is?'

'Ja, heel zeker. Wanneer hij zo wakker wordt is hij fitter dan ik.'

Caroline kwam geeuwend de keuken binnen. 'Is de koffie klaar?'

'Nog heel even,' zei mijn moeder.

'Ja, maar ik heb nu meteen een kop nodig. Heeft dat apparaat niet een knop waarmee je het zetproces even kunt onderbreken?'

'Caroline, de koffie is zo klaar.'

Caroline kwam bij ons aan tafel zitten. 'Je zult wel weer in de achtbaan willen,' zei ze tegen mij.

'Dat wil ik toch altijd?'

'Zijn we daar intussen niet te oud voor? Ik weet niet of onze ruggen er nog wel tegen kunnen.'

'Vorig jaar was dat geen probleem.'

'Wel waar.'

'Deed alleen jouw rug maar pijn, of die van ons allemaal?'

Ze glimlachte, draaide haar lange haren in een knoet en zette ze vast met de speld die ze uit de zak van haar kamerjas had gehaald. 'Dan ben je zeker vergeten dat je na afloop van de rit urenlang over pijn in je rug hebt geklaagd.'

'Meen je dat?'

'Ja.'

'O.'

Mijn moeder stond op om de mokken op tafel te zetten. 'Ik ben al zeker dertig jaar niet meer in dat soort attracties geweest. Je vader wilde altijd dat ik er samen met hem in ging, maar ik heb het altijd vreselijk gevonden. Ik zat de hele tijd met mijn ogen stijf dicht en met mijn kiezen op elkaar geklemd.'

'Was jullie eerste afspraakje niet op de kermis?' vroeg ik. Tijdens onze jeugd hadden we talloze verhalen over de opbloeiende liefde tussen onze ouders te horen gekregen. De meest interessante anekdote ging over de tijd waarin mijn vader bij de marine zat en een brief kreeg van mijn moeder, die op dat moment zijn verloofde was. Het was een winderige dag en hij stond aan dek toen hij de envelop openmaakte, en toen hij de brief eruit haalde woei deze uit zijn hand. Hij landde in zee, en mijn vader is hem direct achterna gedoken.

'Maar dat is niet normaal!' riep ik uit, toen ik het verhaal voor het eerst hoorde. En hij zei: 'Nee, waarschijnlijk niet. De jongens aan boord zeiden hetzelfde. Ze vonden het niet gezond dat een man zoveel van een vrouw kon houden.' Hij grinnikte. 'Maar zo was het nu eenmaal.' Nadat hij zich naar mij toe had gebogen, voegde hij er fluisterend aan toe: 'En zo is het nog steeds.'

Ik zei: 'Nou, dat is fantastisch, pap,' maar ik wist niet zeker of ik dat wel meende. Ik had bewondering voor iemand die zo waanzinnig sentimenteel was om voor zijn geliefde in zee te springen, maar ik was het ook eens met zijn vrienden – het leek me ongezond om zoveel van iemand te houden.

Het koffiezetapparaat piepte en ik stond op om voor ons allemaal in te schenken. Mijn moeder nam een slokje, en zei: 'Nou, je weet vast nog wel dat we elkaar in de bioscoop ontmoet hebben en dat we die avond naast elkaar hebben gezeten. Maar ons eerste officiële afspraakje was de kermis. Negentien waren we, stel je voor! Je vader had nog nooit een toegangskaartje voor de kermis gekocht – dat was een erezaak voor hem. Dus hij gaf me het geld voor mijn kaartje en zei waar we elkaar zouden ontmoeten. En toen ging hij naar de plek waar je onder het hek door kon kruipen.'

'Welk hek?' vroeg ik. 'Dan stuur ik de kinderen erheen, want dat scheelt weer een paar dollar.'

'Dat hek bestaat al lang niet meer,' zei mijn moeder. 'En schaam je een beetje.'

'Schaam je een beetje?' herhaalde Caroline luid. 'Waarvoor zou ze zich moeten schamen?'

Mijn moeder en ik keken haar aan. 'Het is maar een grapje,' zei ik ten slotte.

'Nee,' zei Caroline. 'Dat is het niet.'

'Caroline,' zei ik, met een zucht.

'Mam?'

Mijn moeder, die heel even een verwarde indruk maakte, wilde net antwoord geven toen de deur van de kelder openging en Pete verscheen. 'Goeiemorgen,' zei hij, gevolgd door: 'Is er iets?'

'Niets,' antwoordden we alledrie in koor. En vervolgens, terwijl mijn moeder voor Pete koffie inschonk, ging Caroline naar de badkamer en liep ik de trap op om de kinderen te wekken.

7

Pete, Steve en de kinderen maakten hun tweede ronde in de achtbaan. Caroline en ik zaten op een bankje op hen te wachten. Caroline had gelijk – we waren te oud voor dat ding. Mijn ribben deden pijn doordat ik tegen de zijkant van het wagentje was geslagen, en Carolines knie zag blauw van de veiligheidsstang. 'Weet je wat?' zei Caroline, 'laten we afspreken dat we elkaar wederzijds zullen bijstaan om nooit meer in dat verrekte ding te gaan. En als er vragen worden gesteld, dan steunen we elkaar in wat een absolute weigering is.'

'Mij best,' zei ik. Mijn rug deed ook pijn.

Caroline leunde naar achteren en keek glimlachend naar een moeder die een karretje voorttrok met twee slapende kinderen erin. Ze keek op haar horloge. 'Elf uur. Is dat niet een beetje vroeg voor een middagslaapje?'

'Het zou me niets verbazen als bleek dat ze om zes uur al hier waren,' zei ik. In de blaadjes van de bomen tegenover ons zag ik een patroontje dat me beviel, en ik haalde een klein schetsblokje uit mijn tas om er een tekeningetje van te maken. Wat me erin aansprak was de manier waarop de blaadjes elkaar overlapten – rand tegen rand tegen rand.

Caroline keek over mijn schouder. 'Waar is dat voor?'

'Ik weet niet. Zomaar.'

Ze zuchtte. 'Je bent altijd bezig.'

Ik keek haar verbaasd aan. 'Dat is niet waar!'

'Ja, dat is het wel. Je bent altijd wel iets aan het doen. Je zit nooit eens echt stil.'

'Wel waar.'

'O, maak je niet zo druk. Het is geen kritiek. Het is alleen maar een observatie. Dat heb je altijd al gehad, dat je voortdurend iets om handen moet hebben.' Ze schudde haar haren, die nu in losse krullen hingen, naar achteren en zette haar zonnebril op haar hoofd. 'Het betrekt. Ruik je de regen?'

'Nee.' Dat was gelogen, want ik rook het wel. Maar omdat ik boos was weigerde ik het met haar eens te zijn. Ik dacht aan wat ze had gezegd – dat ik altijd iets om handen moest hebben. Was dat waar? Ik strekte mijn benen voor me uit. 'Waar wilde je het met mij en Steve over hebben, Caroline?'

'Niet nu.'

'Zeg me alleen maar waar het over gáát.'

'Dat heb ik je al gezegd. Ik wil herinneringen vergelijken. Ik heb een heleboel slechte dingen in mijn geheugen, en ik wil nu eindelijk wel eens weten of...' Ze sloeg haar armen over elkaar, en toen ook haar benen. Als ze een schildpad was geweest, dacht ik, dan zou ze haar kop hebben ingetrokken. Maar toen keek ze me opeens recht aan. 'Goed ik zal het je zeggen,' zei ze. 'Ik heb het gevoel dat ik pas weer verder kan met mijn leven zodra ik dit heb uitgepraat met iemand die erbij was toen ik klein was.'

Ik wilde iets zeggen, maar bedacht me. In plaats daarvan knikte ik. Of daar leek het in ieder geval op.

'Ik weet het,' zei Caroline.

'Wat weet je?'

'Ik weet dat je me een ontzettende zeurkous vindt.'

'O, nee, dat is het niet,' zei ik. 'Het is alleen... nou, Caroline, je mag best weten dat ik me zorgen om je maak. Ik bedoel, waarom moet je overal altijd zo'n probleem van maken? Waarom hou je niet gewoon eens op met altijd zoveel te denken? Met altijd zoveel te voelen?

'Ik kies daar heus niet bewust voor. Het gebeurt gewoon. Je

kunt rustig van me aannemen dat ik veel liever niet zoveel zou voelen.'

Ik keek haar aan en probeerde een meelevende, redelijke toon aan te slaan. 'Maar... kun je niet gewoon besluiten wat je met die gevoelens wilt? Kun je niet – '

'Laura, ik ben op een punt gekomen waarop ik dingen moet weten. Dat is alles. Ik kan zelfs niet meer werken. Ik word zo geobsedeerd door de vraag naar wat er in werkelijkheid gebeurd is, naar hoe het komt dat ik zo... Nou, ik wil gewoon een aantal dingen uitzoeken, en als blijkt dat het is zoals ik denk dat het is, dan kan ik ze tenminste plaatsen. Dan hoef ik me niet meer zo verschrikkelijk...' Ze kreeg tranen in haar ogen, balde haar vuisten en keek strak voor zich uit. Toen ze opnieuw het woord nam, klonk ze boos. 'Ik weet niet waarom ik je dit vertel. Volgens mij snap je niets van wat ik je probeer duidelijk te maken.'

'O, hou op, zeg, ik – '

'Nee, voor jou is het heel anders, Laura. We zijn zo verschillend. Dat zijn we altijd geweest. Ik hou van je, maar we zijn gewoon... anders.' Ze keek omlaag naar haar handen. 'Ik ben in therapie. Ik ben een paar maanden geleden begonnen en ik ga twee keer per week. In het begin kwam ik geen steek verder. Ik voelde me schuldig dat ik honderdvijfentwintig dollar per uur uitgaf en er geen barst mee opschoot. Dat wil zeggen, ik amuseerde een vrouw die geacht werd mij te helpen. Maar uiteindelijk hield ik op mijzelf voor het lapje te houden, en ben ik serieus naar de kwestie gaan kijken. En dat helpt. Voor ik had besloten om in therapie te gaan was ik er echt heel beroerd aan toe. Op sommige dagen kon ik zelfs mijn bed niet uit, maar bleef ik gewoon...' Ze keek me aan. 'Ik kon niet opstaan.'

'Waarom heb je me dat nooit verteld?'

'Dat soort dingen vertel ik je niet. Dat soort dingen vertel ik aan niemand van de familie. Jij wel? Ik bedoel, om te beginnen weet ik van jou dat jij, hoe ellendig je je ook voelt, nooit de hele dag in bed zult blijven liggen. Zoiets zou jij nooit doen. Je zou opstaan en een kop thee zetten.' Ze raakte mijn hand even aan. 'En dat bedoel ik als een complimentje, oké? Echt, dat meen ik.'

Ze had gelijk. Ik leek meer op Maggie die, de laatste keer dat ze verdrietig was, haar garage had geschilderd, en daarna – als goede buur – ook de onze een beurt had gegeven.

'Eigenlijk kende ik niemand aan wie ik het zou willen vertellen. En daarom ben ik maar in therapie gegaan. We spraken over mijn kinderjaren en ik herinnerde me dingen die... ik herinnerde me dingen die bepaald afschuwelijk waren. En toen begon ik opeens aan mijzelf te twijfelen. Ik vroeg me af of ik die dingen niet had verzonnen, of het geen fantasie van me was als gevolg van de therapie. En daarom wil ik met jou en Steve praten, want ik wil van jullie weten of jullie je dat soort dingen ook herinneren.'

'Bedoel je... dat je mishandeld zou zijn?'

'Nou ja, daar komt het wel op neer. Maar op een heel specifieke manier.'

'Je bedoelt... seksueel?' In gedachten zag ik mijn vader – de meest populaire leraar van de hele school, leerlingen die vol bewondering naar hem opkeken.

'Nee. Nee.' Ze keek naar de achtbaan. 'Ik wil er nu niet over beginnen. We hebben er tijd voor nodig. En verder wilde ik het met je hebben over... Ik geloof dat Bill en ik gaan scheiden.'

'Wat?' riep ik geschokt uit.

'Ja.' Ze trok haar wenkbrauwen op en glimlachte een ironisch lachje. 'Ja.'

'Nou, Caroline, je... Ik bedoel, je voegt het er zomaar aan toe alsof het iets onbenulligs zou zijn, maar dat is het niet. Dit is belangrijk. Beide dingen zijn heel belangrijk!'

Ze stond op en hees haar tas hoger op haar schouder. 'Daar komen de kinderen.'

Ik stond ook op. 'Ik kan het niet uitstaan wanneer je dat doet,' zei ik zacht, terwijl ik naar het groepje dat onze kant uit kwam zwaaide en glimlachte. 'Ik kan het niet uitstaan wanneer je iets begint te vertellen of te doen, en dat je dan opeens – '

'Nou, jíj bent degene die erover wilde beginnen. Ik had er tot later mee willen wachten.' Ze glimlachte enthousiast naar Hannah die naast haar was komen staan. 'Hoe was het?'

'Te gek! We gaan nog een keertje! De laatste keer!'

'Hé, mam,' zei Anthony. 'Kom ook mee, ja? Toe!'

Ik wilde nee zeggen, maar zei ja. Het gebeurde tegenwoordig niet meer zo vaak dat mijn kinderen iets met me wilden delen. Ik gaf mijn tas aan Caroline zonder haar eerst te vragen of ze hem voor mij vast wilde houden.

Er stond een rij en het duurde een poosje tot we aan de beurt waren, maar uiteindelijk klommen we in het wagentje. Op een gegeven moment, toen het wagentje waarin ik met Hannah zat langzaam naar het hoogste punt van de baan klom, vlak voordat het aan zijn wilde afdaling begon, keek ik naar beneden en zag Caroline alleen, met onze beide tassen op schoot, op het bankje zitten. Ze maakte een ongewoon kleine indruk. Ineens herinnerde ik me dat we elkaar hadden beloofd om nooit meer in de achtbaan te gaan. En toen besefte ik dat ik die belofte geen moment vergeten was geweest.

Caroline zit op haar hurken in het zand. Ze draagt haar blauwe jurk met de zigzagzoom. Ze is een jaar of zeven. Ik ben voor haar gaan staan om de foto te nemen – naast haar, op de grond, is mijn langgerekte schaduw te zien, compleet met mijn korte, uitstaande vlechtjes waardoor het lijkt of mijn hoofd twee afgebroken handvatten heeft. Ik heb Caroline betrapt terwijl ze iets aan het begraven is, maar ze wil me niet vertellen wat het is. Ik zeg dat ik een foto van haar wil nemen omdat ze er zo mooi uitziet, maar dat is niet de reden. Ik maak een foto van haar om te weten waar ik moet zoeken als ik later terug wil gaan om op te graven wat ze probeert te verstoppen. Ze zit met haar handen gevouwen in haar schoot, knijpt haar ogen dicht tegen het felle licht en glimlacht verlegen. Ik ben nooit teruggegaan naar die plek. Uiteindelijk interesseerden haar zaken me onvoldoende om er extra moeite voor te willen doen.

8

Eindelijk waren we bijna aan de beurt in het drukbezochte tentje waar kwarklekkernijen werden verkocht, toen er opeens werd voorgedrongen door een veel te dikke man in een vuile spijkerbroek, een zwart T-shirt en een zwartleren jasje. Hij deed alsof het de normaalste zaak van de wereld was, alsof we een plaatsje voor hem hadden vrijgehouden. Hoewel hij kalend was, had hij een iel staartje dat tot halverwege zijn rug hing, en zijn rechteroor was voorzien van een aantal gouden ringen. Hij stonk naar bier. Ik keek de kinderen aan en schoot in de lach. Maar Caroline tikte hem op de schouder en zei: 'Neemt u mij niet kwalijk, maar u gaat voor uw beurt.'

De man draaide zich om.

'Caroline...' begon ik.

'Nee! Hij dringt voor!'

De man maakte een spottend geluid en keek weer voor zich.

'Pardon,' probeerde Caroline het opnieuw, maar luider. Nu was het Steve die zachtjes zei: 'Caroline. Laat gaan.'

Ze keek Steve even doordringend aan en ik zag aan haar gespannen wangen dat ze haar kiezen op elkaar klemde. Toen: 'Best,' zei ze. 'Ik wacht buiten wel op jullie.'

Ze liep weg en Hannah riep haar na: 'Tante Caroline! Wil je dat we iets voor je kopen?'

Ze keek om, schudde haar hoofd en verdween in de menigte.

'Help,' mompelde Anthony.

'Ze is vandaag een beetje zenuwachtig,' zei ik.

'Dat is ze altijd. Het lijkt wel alsof het minste geringste – '

'Genoeg,' zei Pete. 'Die man gedroeg zich erg onbeschoft, en daar kan ze niet tegen. En ze heeft gelijk – hij heeft geen enkel recht om zo voor te dringen.'

De man draaide zich om, liet een boer in Pete's gezicht en ging weer met zijn rug naar ons toe staan. Ik zag dat Pete, net als ik zelf, even aarzelde, waarna we allemaal in de lach schoten.

Toen we aan de beurt waren nam ik ook een portie kwark voor Caroline. Ze zou het eten – ik kende haar.

Weer buiten zagen we haar aan een picknicktafel zitten die vol lag met bergen afval van andere mensen. Ze hield haar mobiele telefoon tegen haar oor gedrukt en er lag een bedenkelijke rimpel op haar voorhoofd. Toen ze ons zag hield ze haar hand op om te gebaren dat we stil moesten zijn. Je bent altijd bezig, wilde ik tegen haar zeggen, maar toen ze haar telefoon dichtklapte zei ze: 'Dat was mam. Pap ligt in het ziekenhuis. In het St. Joseph's.'

In gedachten zag ik mijn moeder voor me zoals ze die ochtend in haar kamerjas voor me had gestaan en hoe ze mijn zorgen om mijn vader van de hand had gewezen.

'Moeten we weg?' wilde Hannah weten.

'Ja.' Ik pakte haar hand en begon snel naar de uitgang te lopen. Het hek was zeker tien minuten te gaan, en daarna zou het nog minstens een kwartier duren voor we thuis waren – maar lopen zou in ieder geval sneller zijn dan te proberen om met deze drukte een taxi te krijgen. Ik had haar gezegd dat het zijn hart was, maar ze had niet naar me willen luisteren. Ik had geweten dat ik gelijk had. Ik had het geweten, maar ik had me door haar laten bepraten.

'Mag ik mijn kwark eten?' vroeg Hannah fluisterend, en ik gaf een kort knikje. Zonder verkeer was het minstens een kwartier rijden naar het ziekenhuis.

Gedurende de haastige en zwijgzame wandeling naar huis

dacht ik niet aan mijn vader. In plaats daarvan dacht ik aan Caroline en aan al die keren dat ze huilend uit school was gekomen. Aan hoe ze, telkens wanneer er in het boek dat ze las een paard was gestorven, in snikken was uitgebarsten. En dat ze altijd maar weer dezelfde verdrietige films wilde zien. Ik had schoon genoeg van haar theatrale gedoe, haar overgevoeligheid, haar opzettelijke zoeken naar treurige situaties en haar gecompliceerde geheimzinnigheid – niet alleen nu, maar van kind af aan. Ik wond me lekker op en werd goed boos op haar zodat ik niet hoefde te denken aan hoe mijn vader er op dat moment uit zou zien. Tot nu toe had ik in mijn leven nog maar één keer een dode man gezien. Hij had in het winkelcentrum op de vloer gelegen, vlak voor de ingang van J.C. Penney. Zijn gezicht had een grauw-blauwe tint gehad en zijn mond stond een beetje open. Er had een vrouw naast hem gezeten die vergeefs mond-op-mondbeademing probeerde toe te passen. Haar handtas en boodschappentassen stonden in het wilde weg om haar heen, en een van haar schoenen was van haar hiel gewipt. 'Hij is dood,' zei ze keer op keer, maar dan beademde ze hem opnieuw en drukte ze weer op zijn borst terwijl ze met een hoog, onvast stemmetje telde.

Ik weet nog dat ik dacht: *Vanochtend heeft hij dat overhemd uitgekozen om aan te trekken. Ik vraag me af waarom hij vandaag naar het winkelcentrum is gekomen.* En toen ben ik weggelopen. Ik hield mezelf voor dat ik wegging omdat het onbehoorlijk was om naar die man te staren terwijl hij daar in het openbaar lag te sterven. Maar in werkelijkheid was ik weggegaan omdat ik de gedachte aan sterven niet kon verdragen. Ik had me nog niet omgedraaid of ik deed een bewuste poging om hem te vergeten. En met succes. Ik was drie deuren verder een winkel in gegaan, had naar badolie gekeken en er een fles van gekocht. Op weg naar huis dacht ik niet aan de plotselinge dood van een medemens, maar stelde ik me voor hoe heerlijk het zou zijn om in het warme water te liggen en de geur van witte gardenia op te snuiven. Het was een koud kunstje geweest om een barricade op te werpen tegen angst, tegen verdriet en tegen het besef dat de dood onverbrekelijk met het leven was verbonden. Nu voelde het alsof mijn huis om mij heen was weggeblazen. Mijn ontmoeting met de wolf was onvermijdelijk.

Toen we arriveerden zat tante Fran in de wachtkamer van de Intensive Care. Ze droeg een lichte broek met donkere vlekken op de knieën – het was duidelijk dat ze in de tuin aan het werk was geweest toen het telefoontje was gekomen. Ze deelde haar liefde voor het tuinieren met mijn moeder, maar daarmee hield hun onderlinge gelijkenis op. Tante Fran had een... vriendelijk uiterlijk. Datzelfde kon worden gezegd van Steve en van mij – Caroline was de enige die mijn moeders oogverblindende schoonheid had geërfd. Ik 'zag er niet onaardig uit' – dat had ik mijn leven lang moeten horen – met mijn wijd uit elkaar staande bruine ogen en regelmatige trekken. Vroeger had ik een goed figuur gehad, maar de jaren hadden hun sporen nagelaten. Steve zag er, ondanks zijn leeftijd, nog steeds uit als een typisch Amerikaanse jongen.

Er was nog een ander, belangrijker verschil tussen mijn moeder en mijn tante. Mijn moeder was altijd zenuwachtig en gespannen, terwijl haar zuster een totaal relaxte en aimabele vrouw was. Als kind had ik het altijd heerlijk gevonden om bij haar op bezoek te gaan. Ik vroeg haar wel eens waarom zíj niet mijn moeder kon zijn. Ik verzon situaties waarin zij in werkelijkheid mijn echte moeder was – ze had me alleen aan haar zuster gegeven omdat ze al te veel kinderen had. Mijn voorkeur ging duidelijk uit naar tante Fran. Je mocht bij haar op schoot zitten en ze las je met oprecht enthousiasme voor. Ze maakte grapjes, liet je tussen de maaltijden door koekjes snoepen, zong luidkeels met de radio mee, hielp je bij het bouwen van tenten van lakens en lege kartonnen dozen, en ze vroeg je hoe het met je ging omdat haar dat daadwerkelijk interesseerde.

Een keer had ze op een warme zomeravond op de ligstoel in haar tuin gelegen, en haar veertienjarige zoon en ik zaten aan weerszijden van haar in het gras. We dronken limonade uit aluminium bekers met badstoffen hoesjes er omheen om te voorkomen dat onze handen te koud zouden worden. We hadden zojuist de laatste paar brownies opgepeuzeld die tante Fran zomaar – in een spontane opwelling, zonder recept – had gemaakt. 'Vertel me over de sterren, Eric,' had tante Fran gezegd. En dat had hij gedaan en ze had vol verwondering naar hem geluisterd terwijl ze ondertussen met grote ogen naar de donkere hemel boven haar hoofd had getuurd.

Hij zei: 'Nou, onze zon is een ster,' waarop tante Fran helemaal opgewonden was geraakt en had gezegd: 'Echt? Echt waar?' Ik luisterde naar de rest van Erics relaas terwijl er voortdurend een gedachte door mijn hoofd heen en weer schoot: Zo hoort een echt gezin te zijn. Zo. Zo.

Meestal had het iets uitbundigs om in de buurt van tante Fran te zijn. Alles mocht en alles kon. Bij ons thuis hing altijd een geladen sfeer, een voortdurend onduidelijk besef dat er iets niet goed was. Dat voelde je pas echt wanneer je ergens anders was. Maar op een keer, toen ik tante Fran voor de zoveelste maal had gevraagd of ik bij haar mocht komen wonen, zei ze dat ik moest gaan zitten omdat ze me een paar dingen te vertellen had. Ik was zeven, maar ze behandelde me als een volwassene. Ze zei dat mijn moeder erg veel van me hield, ook al leek dat vaak wel eens anders. Ze vertelde me dat mijn moeder problemen met háár moeder had gehad. 'Het was net alsof mam jaloers was op Barbara,' had tante Fran gezegd. 'En voor wat haar betrof kon Barbara niets goed doen – echt helemaal niets. Tegen mij was onze moeder heel anders, maar ze behandelde Barbara op een verschrikkelijke manier. Daar heeft ze natuurlijk heel erg onder geleden. Je moeder doet haar uiterste best. Je moet begrijpen dat mensen zich om bepaalde redenen gedragen zoals ze zich gedragen. Het enige wat ik kan zeggen is dat het een bof is dat je moeder je vader heeft ontmoet. Ik weet niet wat er zonder hem van haar zou zijn geworden. Ik hou met heel mijn hart van haar, maar ik heb haar nooit zo tot steun kunnen zijn als je vader.'

Het was gemakkelijk geweest om te geloven dat mijn oma wreed was geweest tegen mijn moeder – ik had zelf ook geen goede herinneringen aan haar. Ze had altijd iets afkeurends uitgestraald. Ze had een witte porseleinen poedel met puppy's waar je niet aan mocht komen. Als je het huis in wilde moest je je schoenen uit. Als je niet uit een glas dronk, was je een ketter. Een keer, in haar badkamer, had ik een irrigator aan de douchestang zien hangen. Toen ik mijn oma vroeg wat dat was, rukte ze het met een nijdig gebaar uit mijn hand en snauwde: 'Ben je niet normaal? Wie vraagt er nu zoiets?'

Ik was een jaar of vijf toen ik een dag alleen bij haar thuis was – ik weet niet meer waarom. Maar ik was haar slaapkamer binnengekomen op een moment dat ze naar zichzelf in de spiegel stond te kijken, en ik verbaasde me over de ontspannen uitdrukking van genot die er op haar gezicht lag. Toen ze me opmerkte draaide ze zich met haar gebruikelijke glimlach die geen glimlach was naar me om. Het was de geforceerde vriendelijkheid van de gestreste verkoopster die een klant vraagt hoe ze hem of haar kan helpen terwijl ze in feite het liefste naar huis wil. 'Wat is er, Laura?' had ze gevraagd. Er was niets – ik dwaalde zomaar wat door het huis en had behoefte gehad aan haar gezelschap. Maar bij mijn oma moest overal altijd een bedoeling achter zitten. Als je 'zomaar' iets deed dan voerde je duidelijk iets in je schild.

Het enige moment waarop ze ons kinderen aanraakte, was wanneer we weggingen – dan kregen we een vluchtige omhelzing waarbij ze haar wang zoveel mogelijk afwendde van de onze. Het voelde alsof je tegen een muur werd gedrukt. Ik wist dat ze de kinderen van tante Fran veel warmer behandelde, en gedurende een tijdje zat me dat behoorlijk dwars. Uiteindelijk besloten we – alledrie – geen moeite meer voor haar te doen, en telkens wanneer we van haar huis terugreden naar het onze maakten Steve en ik de meest gemene grapjes over haar. Caroline lachte om onze opmerkingen, maar ze deed er niet aan mee. Onze ouders lieten ons altijd begaan, en uit hun ontspannen reactie maakten we op dat ze het er in zekere zin zelfs mee eens waren.

Mijn oma overleed toen ik twaalf was, ruim negen maanden na haar man die we eigenlijk zo goed als nooit hadden gezien. Op haar begrafenis speelden Steve en ik galgje. Voor wat mij betrof hadden we maar één stel grootouders, en dat waren de ouders van mijn vader. Mijn moeder huilde dagenlang om de dood van haar moeder, en toen ik haar vroeg waarom, zei ze: 'Nu is elke kans dat er ooit nog iets zal veranderen verkeken, kun je dat begrijpen? Ik ben niet verdrietig over het feit dat ze er niet meer is, zoals ze was. Ik rouw om wat nu nooit meer werkelijkheid kan worden. Ik ben verdrietig om mijzelf.'

Nu, voordat iemand had kunnen vragen hoe het met mijn vader was, legde tante Fran haar tijdschrift neer en zei: 'Hij heeft helemaal niets. De onderzoeken hebben aangetoond dat hij helemaal in orde is, maar voor de zekerheid willen ze hem een nachtje in observatie houden. Morgen mag hij weer naar huis.'

Ik ging zwaar zitten op een bank van oranje plastic. 'O, mooi. Mooi.' Opnieuw dat beeld van mijn moeder in haar kamerjas. *Heb ik het niet gezegd?*

'Ik wil met de verpleegster praten,' zei Caroline, en Steve zei dat ze even moest wachten omdat hij met haar mee wilde.

'Stel je voor, ik was er zeker van dat er iets verschrikkelijks was gebeurd,' zei ik tegen tante Fran. 'Ik was ervan overtuigd.'

'Helemaal niet. Je moeder zegt dat hij gisteravond hete pepertjes heeft gegeten, en die mag hij eigenlijk niet meer hebben. Maar hij vindt ze zo lekker.'

'Mam zou ze niet voor hem moeten kopen.'

'Dat heeft ze ook niet gedaan. Hij heeft ze zelf gekocht!'

Ik glimlachte en schoof een stukje op zodat Pete naast me kon komen zitten.

'Ik denk dat ik een poosje naar huis ga,' zei tante Fran. 'Zal ik de kinderen naar het huis van je moeder brengen?'

Ik keek naar Anthony die ziekenhuizen haatte en het niet verder had gebracht dan de hal voor de wachtkamer, en naar Hannah, die, met het lege kwarkbakje nog steeds in haar hand, zenuwachtig op het puntje van haar stoel zat. 'Wat vinden jullie daarvan, jongens?' vroeg ik. 'Willen jullie liever naar het huis van oma?'

'Als je wilt dat we blijven, dan blijven we,' zei Anthony. Ik kon de smeekbede in zijn stem horen doorklinken: *Zeg nee alsjeblieft.*

'We hoeven niet allemaal hier te zijn,' zei ik tegen Pete. 'Waarom ga jij ook niet naar huis? Of beter nog, waarom gaan jullie niet terug naar de kermis?'

'Mag dat?' vroeg Hannah.

'Ik vind dat we nog een poosje zouden moeten blijven,' zei Pete.

'Nou, als je wilt dan kunnen jullie bij hem naar binnen,' zei tante Fran. 'Maar er is echt niets met hem aan de hand. Hij voelt zich vooral slecht op zijn gemak in dat malle ziekenhuishemd.'

'Ik blijf hier,' zei ik tegen Pete. 'En Caroline en Steve ook. Gaan jullie nu maar. Het heeft echt geen zin om allemaal hier te zijn.'

Hij stond op, stak zijn handen in zijn zakken en dacht na. Toen zei hij: 'Goed dan.' Hij gaf me een zoen op mijn hoofd. 'Tot straks. Ik ga terug naar de kermis en nog wat van die lekkernijen eten zodat ík hier straks kom te liggen.'

Ze waren amper weg of Caroline en Steve kwamen de wachtkamer weer binnen. 'We mogen alleen maar om de beurt naar binnen,' zei Caroline. 'Mam is nu nog bij hem, maar ze zegt dat ze zo naar buiten komt.'

'En dan ga ik,' zei ik.

'Waarom moet jij eerst?' wilde Steve weten.

'Omdat ik de oudste ben.'

Hij plofte op een stoel. 'Ja hoor, ik wist wel dat je dat zou zeggen.'

'Waarom vroeg je het dan?'

'Omdat ik het je wilde horen zeggen. Vanwege dat lekkere warme gevoel dat ik ervan krijg. En al die fijne herinneringen die het oproept.'

Mijn moeder kwam de wachtkamer in en knikte ons toe. Ze zag er doodmoe uit: bleek en met diepe lijnen in het gezicht. Ze had haar haren niet gekamd; het zat nog in dezelfde slordige knoet als die ochtend. Ik keek haar aan alsof ze een vreemde was en vroeg me af of ik haar ooit eerder zo buitenshuis had gezien. Alsof ze zich van mijn gedachten bewust was, streek ze haar haren uit haar gezicht en drukte haar paarlen oorknopjes aan. 'Ik zie er vast niet uit. Ik ben zó, zonder iets aan mijn uiterlijk te doen, de deur uit gegaan.'

'Ik kan me niet voorstellen dat ze hier op dat soort dingen letten, mam,' zei Caroline.

'Nou, ik geef om mijn uiterlijk.'

'Ja, dat is ons bekend.'

'Caroline, hou op!' riep ik uit.

'Laat maar gaan,' zei mijn moeder. 'We zijn allemaal een beetje gespannen, dat is alles.'

'Ik ga naar hem toe.' Ik liep de korte gang af naar de Intensive Care. Op de afdeling was het licht gedempt. Achter de balie zaten twee verpleegsters op de computer te werken. Eén van hen keek glimlachend naar me op en ik zei dat ik mijn vader wilde zien.

'Hoe heet hij?'

'O,' zei ik. 'Natuurlijk. Stan Meyer.'

'Meneer Meyer ligt hier,' zei de verpleegster, en ze deed de deur van een van de kleinere kamers open.

Mijn vader lag een beetje te dutten en snurkte zacht. Ik ging naast zijn bed zitten en bekeek de apparatuur die ik voor het grootste gedeelte alleen maar van de televisie kende. Drie lichtgevende groene lijnen bewogen over het scherm van een kleine monitor. Er drupte een infuus in mijn vaders arm, en de plaats waar de naald was ingebracht vertoonde een blauwe plek. Ik zag een van de elektroden op zijn borst – ze hadden het haar eromheen weggeschoren. Rond zijn pols zat een plastic naambandje, en om de een of andere reden vond ik dat heel onplezierig om te zien. Hij kon een willekeurig iemand in dat ziekenhuis zijn, en dat betekende dat hem in principe alles zou kunnen overkomen. Ik dacht aan een vriendin die haar vader onlangs had verloren. Ze had in het ziekenhuis in een stoel naast zijn bewusteloze gestalte gezeten en hem gezegd dat ze hem alles had vergeven en dat ze hoopte dat hij haar ook had vergeven. En enkele minuten later had ze hem zien sterven.

Ik ging verzitten en schraapte mijn keel. En toen fluisterde ik: 'Pap?'

Aarzelend sloeg hij zijn oogleden op, keek me aan en knipperde. 'O, hallo, Laura. Ik droomde. Ik droomde dat ik thuis in de tuin het hek stond te schilderen.' Hij glimlachte. 'Is dit geen giller? Ik zweer je, dit is de laatste keer dat ik die pepers heb gegeten.'

'Wat is er gebeurd, pap?'

'Nou, je gelooft het nooit. Ik had er gisteravond een paar gegeten, en een paar uur later word ik verschrikkelijk duizelig wakker. En vanochtend had ik geen gevoel in mijn arm – je moeder zegt dat ik erop heb gelegen. Maar toen werd ik opnieuw duizelig en ik geef toe dat ik ook bang werd, en toen heb ik om een ambulance gebeld. Hoe dan ook, volgens de dokter is het niet mijn hart. Het kan zijn dat het een kleine beroerte is geweest, maar ik mag volgende week terugkomen om dat nader te laten onderzoeken.'

Hij sprak met een dikke tong en zijn mond was droog. Ik had met hem te doen, zoals hij daar lag met een halfvolle urinaal aan de stang van zijn bed – hij was normaal gesproken erg pietluttig ten aanzien van dat soort dingen. En toen realiseerde ik me dat ik ontzettend bofte met het feit dat ik medelijden met hem kon hebben omdat hij in het ziekenhuis lag en niet met ons over de kermis had gelopen. Hij mankeerde niets en mocht morgen weer naar huis. Zoveel andere mensen hadden drama's te verwerken, maar onze familie was daarvoor gespaard gebleven.

'Weet je wel dat je een streep door ons record hebt gehaald?' zei ik.

'Wat bedoel je?'

'Afgezien van voor bevallingen heeft er van onze familie nog nooit iemand in het ziekenhuis gelegen.'

Hij knikte langzaam en zei: 'Nou, dat is niet helemaal waar.'

'O nee?'

'Het was... Heel lang geleden is er ooit eens iets gebeurd waar ik jullie kinderen nooit over heb verteld. Ik wist niet of ik daar goed aan zou doen. Maar toen ze me hier binnenbrachten bedacht ik dat dit wel eens het einde zou kunnen zijn, en ineens... nou, ineens wilde ik nog zoveel tegen jullie zeggen. Ik wilde jullie zeggen dat het me spijt dat ik zoveel dingen voor jullie verzwegen heb. Ik wou dat ik dat niet had gedaan. En dat realiseerde ik me pas nadat ik hier op de Intensive Care terecht was gekomen. Maar nu is gebleken dat er niets met me aan de hand is vraag ik me ineens weer af of het wel zo'n goed idee is om al die oude koeien weer uit de sloot te halen.' Hij glimlachte. 'Snap je wat ik bedoel? Misschien is het beter om de boel gewoon de boel te laten.'

'Waar heb je het over, pap?' Ik vroeg me af of hij in de war was, en of dat kwam door de medicijnen die hij had gekregen, en of ik dat tegen de zuster moest zeggen.

Toen glimlachte hij zijn eigen vertrouwde glimlachje en pakte mijn hand. 'Ik weet niet. Ik weet niet of ik er goed aan doe. Maar aan de andere kant vraag ik me af of je, wanneer je denkt dat je doodgaat en opeens zo'n sterke behoefte voelt, daar niet hoe dan ook gehoor aan moet geven, ook als blijkt dat je toch niet doodgaat.'

'Wat bedoel je precies, pap?'

'Nou... dat ik jullie mijn verontschuldigingen aan moet bieden, denk ik.'

'Maar voor wat?'

Hij aarzelde even, en toen glimlachte hij. 'Weet je wat, lieverd? Het is al zo lang geleden. Ik weet niet. Laat maar zitten.' Hij ging iets rechter op zitten. 'Is je moeder nog ergens in de buurt?'

Even overwoog ik om erop aan te dringen dat hij me zou zeggen wat hij had willen zeggen, maar toen besloot ik het toch maar niet te doen. We zouden het er later nog wel eens over hebben, wanneer hij weer thuis was. Het kon nooit echt belangrijk zijn, want anders zou hij er al veel eerder over zijn begonnen.

'Ja, mam zit in de wachtkamer. Tante Fran is naar huis, en ik heb Pete en de kinderen teruggestuurd naar de kermis.'

'Mooi. Morgen mag ik weer naar huis en dan ga ik met jullie mee. Maar ik zal geen gefrituurde dingen mogen eten.'

'Mooi.' Ik stond op, boog me over hem heen en drukte een zoen op zijn voorhoofd. 'Ik hou van je,' zei ik, waarop hij zei: 'Je bent mijn meisje.' En dat was wat hij altijd had gezegd wanneer ik hem zei dat ik van hem hield.

'Zal ik vragen of mam weer komt?'

Hij knikte en sloot zijn ogen. 'Zeg haar dat ze niet boos moet zijn dat ik slaap. Ik ben zo moe.'

Toen ik de wachtkamer weer binnenkwam zaten Caroline en Steve naast elkaar op een van de oranje banken.

'Waar is mam?' vroeg ik, en Steve zei: 'Met tante Fran mee. Over een uurtje is ze weer terug.'

'Nou, hij ziet er goed uit,' zei ik. 'Hij slaapt.'

Caroline sloeg het tijdschrift dicht waarin ze had zitten lezen. 'Kom mee naar de kantine. Ik heb behoefte aan koffie.'

Steve zei: 'Ik zit vol.'

Caroline zei: 'Nou, kom dan toch maar mee, oké?'

Hij keek me even aan, stak zijn handen in zijn zakken en we gingen op weg naar de lift alsof we een loopplank af liepen.

9

'Jullie weten dat ik met jullie alletwee wil praten, dus dat kunnen we net zo goed nu doen,' zei Caroline. Ze was zenuwachtig en hield haar handen, die voor haar op tafel lagen, stevig in elkaar geslagen.

We zaten in een stil hoekje aan een kleine ronde tafel. De kantine was zo goed als leeg. Maar Caroline sprak zo zacht dat ik haar amper kon verstaan.

'Nu?' vroeg Steve verbaasd.

'Heb je daar iets op tegen? Ik bedoel, we zijn hier.'

Steve en ik keken elkaar aan, en toen leunden we naar achteren in afwachting van het moment waarop ze zou beginnen.

Ten slotte zei ze: 'Goed dan. Niet zo lang geleden was ik op bezoek bij een vriendin. Ze had een nieuwe parfum op en ze vertelde hoe ze haar man altijd haar parfum liet uitzoeken omdat haar moeder haar had bijgebracht dat je, om je man gelukkig te houden, het kiezen van je parfum aan hem moest overlaten en dat je altijd lekker voor hem moest koken. En toen vertelde ze me al die andere dingen die haar moeder haar op het hart had gedrukt – de meeste dingen waren ronduit grappig, maar er waren ook echt wijze raadgevingen bij. Het gevolg daarvan was dat ik begon na te denken over wat mam míj had bijgebracht. En toen realiseerde ik mij ineens dat ze me nooit ook maar íets had geleerd.'

Van haar koffie keek ze eerst naar mij, en toen naar Steve.

Hij keek strak voor zich uit en deed waarschijnlijk zijn uiterste best om niet met zijn vingers op tafel te trommelen.

'Ik weet niet wat je bedoelt,' zei ik.

'Ik bedoel dat ze me nooit zelfs maar dát heeft bijgebracht. Dingen als... hoe je moet strijken, of naaien of koken.' Bij dat laatste rolde ik met mijn ogen – wie wilde er in vredesnaam leren koken zoals onze moeder dat deed? – maar Caroline zag het en zei: 'Of over mode. Of hoe je met jongens moet omgaan. Of met meisjes! En toen ik daarover na begon te denken, realiseerde ik me – '

'Caroline,' zei Steve.

'Ja?'

'Wordt dit... Ik bedoel, ben je van plan om ons te vertellen over al die verschrikkelijke dingen die onze slechte moeder je heeft aangedaan?'

'Steve,' zei ik.

'Wat?'

'Laat haar uitpraten.'

'Dat mag ze. Ik vraag alleen maar waar ze het over wil hebben.'

Caroline boog zich naar voren en zei op ernstige toon: 'Ik wil iets weten, Steve. Ik wil van je horen of je haar zelfs maar een keertje teder hebt gezien. Laten we daarmee beginnen.'

'Mam, bedoel je?'

'Ja.'

'Nou... ja hoor. En vaak.'

'Noem eens een voorbeeld?'

Hij zakte onderuit en keek ongeduldig om zich heen. 'Ik weet niet. Wanneer ik me bezeerd had en zo. En wanneer ik ziek was.'

'Wat deed ze dan?'

'Moet je horen, Caroline, ik weet dat je problemen hebt met mam. Dat is altijd zo geweest. Maar ik heb er geen enkele behoefte aan om over mijn relatie met haar te praten. Ik heb geen problemen, oké? Dus als je het over die dingen wilt hebben, dan zul je het over jezelf moeten hebben. Maar doe me één plezier, en maak er geen drama van en zeg gewoon wat je op het hart hebt, ja?'

'Zal ik je eens wat zeggen, Steve?' Ze glimlachte bitter, wilde iets zeggen, maar bedacht zich. 'Laat ook maar. Hoe heb ik zo stom kunnen zijn om te denken dat er met jou te praten valt. Je bent niet wakker. Je bent nooit wakker geweest. Je weigert over de dingen na te denken, je koopt gewoon speelgoed voor grote jongens en – '

Steve stond op en schoof zijn stoel onder tafel. 'Toen ik hoorde dat je met mij en Laura wilde praten vermoedde ik al dat het over dit soort onzin zou gaan. Weet je wat ik denk, Caroline? Het is hoog tijd dat je volwassen wordt. Je bent vijftig, verdorie nog aan toe.'

'Eénenvijftig. En neem me niet kwalijk, maar ik vraag me echt af wíe van ons twee volwassen moet worden.'

'Ik ga weer naar boven,' zei hij. 'Pap ligt in het ziekenhuis. Daarom zijn we hier, weet je nog? Geloof het of niet, maar we zijn betrokken bij iets wat niets met jou te maken heeft.'

'Steve,' zei ik, maar het was te laat. Hij liep al weg.

Caroline keek hem na tot hij door de klapdeuren was verdwenen. 'Ik had het kunnen weten. Hij heeft nooit iets om mij gegeven.'

'Dat is niet waar,' zei ik.

'Wel. En het zou me niets moeten kunnen schelen. Ik zou eraan gewend moeten zijn.'

'Hij geeft wel om je. Hij houdt er alleen niet van om over dat soort dingen te praten. Ik bedoel, je moet bij hem niet aankomen met dingen als tederheid. Hij is een man, en eentje van het ergste soort. En, nou ja, hij heeft wel gelijk. Pap ligt in het ziekenhuis.'

'Dat weet ik ook wel, maar er is niets met hem aan de hand! En omdat we toch alledrie hier waren leek me dit een goed moment. Ik wil iets van hem weten, dat is belangrijk voor me, en het leek me goed om het te vragen.'

'Nou, dan vraag je het toch. Bij hem moet je je vragen recht op de man af stellen.'

Ze sloeg haar blik neer. 'Dat is niet gemakkelijk.'

Ik moest me beheersen om niet op een vermoeid toontje tegen haar te zeggen: 'Niets is ooit gemakkelijk voor je, Caroline.' In plaats daarvan keek ik naar buiten, naar de vliegende vogels, en zei: 'Nou, vraag het dan maar aan mij. Ik ben hier. Ga je gang.'

Ze knikte, haalde diep adem en blies de lucht uit. 'Een van de dingen die ik wil weten is wat ik aan Steve vroeg. Echt. Ik wil weten of je je iets liefs kunt herinneren van mam, iets teders.'

'Je bedoelt of ik me kan herinneren dat ze me een zoen heeft gegeven, of me omhelsd heeft? Dat soort dingen?'

'Nee. Ik weet dat ze dat soort dingen soms deed, maar het was altijd... het voelde alsof het alleen maar voor de show was. Ze deed het altijd alleen maar wanneer er andere mensen bij waren. Nee, ik bedoel andere dingen. Dingen die ze alleen voor jou deed, zonder publiek erbij. Zoals... is ze ooit bij je op bed komen zitten om met je te praten?'

Ik probeerde me dit soort voorvallen te herinneren, maar in alle eerlijkheid, er wilde mij niets te binnen schieten. En dus zei ik: 'Nee, volgens mij heeft ze dat nooit gedaan. Maar ik geloof niet dat ik dat ooit erg heb gevonden.'

Ze schoof haar kopje opzij en boog zich naar me toe. 'Goed, laat me je dan het volgende vragen. Kun je je herinneren of ze ooit openlijk wreed tegen je is geweest?'

'O, Caroline. Ben jij dat dan nooit geweest? Ben jij dan nooit wreed tegen Eva geweest?'

'Ja. Ja, natuurlijk wel. Maar niet... niet opzettelijk. Niet op een ijskoude, berekenende manier.'

'Wat wil je daar precies mee zeggen? Denk je dat mam opzettelijk wreed tegen je is geweest?' Op dat moment wou ik dat ik samen met Steve was weggegaan. Gezien mijn moeders achtergrond was het begrijpelijk dat ze niet overdreven aanhalig was en dat ze een onduidelijk duister geheim met zich meedroeg. Maar ze had ons nooit geslagen en had alleen bij hoge uitzondering tegen ons geschreeuwd.

'Ja. En daar heeft ze me heel erg mee beschadigd, erger dan ik je...' Ze zweeg en wreef over haar voorhoofd. Toen keek ze me met harde groene ogen aan. 'Dit is wat ik met de psychologe heb afgesproken, oké? Ik heb beloofd dat ik er met jou en Steve over zou praten. En het zou reuze fijn zijn als jullie tenminste naar me zouden willen luisteren – '

'Caroline, ik vind het echt heel naar voor je dat je dat allemaal zo voelt, en dat meen ik. Ik weet dat je het als kind moeilijk hebt gehad en dat je altijd erg gevoelig was. En... ook dat je een levendige fantasie had en dat je daar mogelijk onder te lijden hebt gehad. Ik denk dat je het jezelf onnodig moeilijk hebt gemaakt door vaak eindeloos lang over de dingen te blijven piekeren. Weet je nog hoe je eraan toe was nadat we Bambi hadden gezien? Het scheelde een haar of je had opgenomen moeten worden.' Ik glimlachte, maar ze glimlachte niet terug.

Ik boog me naar haar toe en koos mijn woorden met zorg. Ik wilde niet dat ze zou weten wat ik dacht, namelijk, dat ze loog. Ik wilde een minder harde manier vinden om dat te zeggen – en om het te denken. Dat ze zich alleen maar bepaalde dingen verbeeldde, dat zou een betere manier zijn om het te zeggen. Er zou me wel iets te binnen schieten.

Voorlopig zei ik alleen maar: 'Moet je horen. In snap dat je het op het moment erg moeilijk hebt. Ik wou dat ik je kon helpen, want ik maak me zorgen om je. Maar je praat in kringetjes. Ik stel voor om weer naar boven te gaan. Ik beloof je dat we hier later op terug zullen komen en dat we het er dan uitvoeriger over zullen hebben.' Ik stond op en pakte mijn tas. Caroline bleef zitten.

'Kom je mee?'

Ze keek me niet aan, maar zei: 'Ik was een jaar of zeven toen ze mijn kamer binnenkwam. Ik lag op bed, naakt, omdat ik wilde kijken hoe die zijdeachtige sprei die ik toen had tegen mijn huid voelde. Ze rukte me van het bed, duwde me tegen de muur en zei: "Schaam je! Je moet je schamen!" En toen rammelde ze me zo hard door elkaar dat ik vreesde dat mijn nek zou breken.' Ze slikte. 'En toen kneep ze mijn keel dicht. Ze kneep niet echt hard, maar ze wilde me ook niet loslaten. Pas toen ik haar beet liet ze haar handen vallen.'

Ik ging weer aan tafel zitten.

'En zo heeft ze nog meer dingen gedaan. Ze zei me dat het mijn schuld was, dat het door mij kwam dat ze me dat soort dingen aandeed. En ik geloofde haar.' Ze lacht. 'En zal ik je eens wat zeggen? Terwijl ik je dit nu zo zit te vertellen, is er nog steeds iets in mij dat het gelooft.'

'Caroline, is dit echt waar?' Ze keek even naar me op en ik zei: 'Het spijt me. Neem me niet kwalijk, maar ik wil het weten. Is het echt waar?'

Caroline lachte een kort, bitter lachje. 'Ja, hoor.' Ze kwam van haar stoel en liep haastig weg terwijl ik me afvroeg wat ik moest doen, wat onder de omstandigheden een juiste reactie zou zijn. Moest ik haar roepen en vragen om terug te komen? Moest ik haar een scheldwoord naroepen? Ik geloofde haar niet, dat wil ik best bekennen. Ik kon me niet voorstellen dat mijn moeder tot dat soort dingen in staat was. Of misschien was het wel zo dat ik me niet kon voorstellen dat ik het niet wist. En dan natuurlijk de volgende stap, dat ik er niets aan had gedaan.

Ik weet nog een winteravond toen Caroline en ik een jaar of acht en tien waren. We lagen samen in mijn bed, diep weggedoken onder de dekens. We hadden een zaklantaarn die we als microfoon gebruikten, en we speelden een soort spelletje waarin ik de gastvrouw was en Caroline een beroemde filmster die mij over haar glamourvolle leven kwam vertellen. 'En hoeveel kerstcadeautjes heb je dit jaar gekregen?' vroeg ik, waarop Caroline op prettig geaffecteerde toon geantwoord had: 'O, hemeltje, zoveel. Te veel om op te noemen. Ik heb een paard gekregen, een Tennessee Walker. En een juwelendoos vol diamanten sieraden. En wc-papier van satijn en zijde.' Ik weet nog dat we daarom hadden moeten giechelen, en toen was ze opeens ernstig geworden en had ze me aangekeken en gezegd: 'Ik wou dat ik dood kon gaan.' Eerst begreep ik het niet, en dacht ik dat het de filmster was die dat zei. Maar toen drong het tot me door dat het Caroline zelf was. 'Jij niet?'

'Ik niet, wat?' Ze maakte me bang, en ik voelde een koude rilling over mijn rug lopen. Ik kon die scheefgeknipte pony van haar niet uitstaan, en ik had een bloedhekel aan haar bleke gezicht met die donkere kringen onder haar ogen.

'Wou jij ook niet dat je nu dood kon gaan?' fluisterde ze. 'Zomaar?'

'Nee!' had ik uitgeroepen, en mijn gezicht betrok. Ik geloof dat ze oprecht verbaasd was over mijn reactie. 'Waarom zou je in 's hemelsnaam dood willen?'

'Nou, gewoon. Als we nu dood konden gaan zouden we in de hemel terechtkomen. Als we langer blijven leven lukt dat ons waarschijnlijk niet meer omdat onze zonden steeds groter worden.' Ze was op haar zij gaan liggen en keek me aan. 'En trouwens, ik vind het hier helemaal niet fijn. Ik vind het hier echt niet fijn.'

Ik was een poosje stil blijven liggen en zei toen: 'Ga terug naar je eigen bed. Ik vind je eng. Ik vind je een ontzettende engerd. En ik ga het vertellen wat je hebt gezegd.'

'Nee, dat zul je niet,' had ze gezegd. En daar had ze gelijk in gehad. Ik had haar die vreemde lasten altijd in haar eentje laten torsen.

In de wachtkamer zat Steve, met een been over de armleuning van zijn stoel, over een tijdschrift gebogen. 'Waar is Caroline?' vroeg ik.

'Weet ik niet. En het interesseert me niet.' Hij keek me aan en haalde zijn schouders op.

'Ze heeft me zojuist iets onvoorstelbaars verteld.' Ik herhaalde wat Caroline me over onze moeder had verteld.

Toen ik klaar was ging hij recht zitten, legde het tijdschrift weg en zei: 'Jezus.'

'Ja.' Ik nam aan dat hij hetzelfde dacht als ik had gedaan: Hoe was het mogelijk dat mijn moeder dergelijke dingen had gedaan?

De deur van de wachtkamer ging open. Er kwam een somber kijkende vrouw binnen die op de stoel naast de deur ging zitten. Ze droeg een short van denim, een mouwloze witte blouse en gympen zonder sokken. In plaats van een tas had ze een grote, rieten mand bij zich waar een oude, gehavende teddybeer in lag. Ze knikte ons toe en ik zag dat haar ogen vochtig waren van de tranen.

'Dag,' zei ik zacht.

'Dag.' Ze pakte een tijdschrift van de tafel, keek ernaar en rilde in de kilte van de airconditioning. Het vertrek stond bol van die specifieke stilte die zwanger was van talloze onuitgesproken dingen. Ik keek naar Steve, wees op de deur en hij volgde me de gang op.

'Ik denk dat er een kind van haar is opgenomen,' zei hij. 'Goeie god. Kun je je dat voorstellen? Je kind op de Intensive Care? Ik zou gek worden als het een van mijn kinderen overkwam.'

'Over kinderen gesproken. Waar denk je dat Caroline naartoe is gegaan?'

'Geen idee.'

Hij leunde tegen de muur en sloeg zijn armen over elkaar. 'Nou voel ik me dus echt een rotzak. Maar denk je... niet boos worden, goed? Geloof je haar?'

'O... Nee. Ik denk van niet. Daarom is ze ook weggegaan. Omdat ik haar het gevoel heb gegeven dat ik haar niet geloof. Ik weet zeker dat het niet letterlijk waar kan zijn, want Caroline houdt nu eenmaal van overdrijven. Maar als ze – '

Het belletje van de lift ging, de deuren schoven open en we zagen mijn moeder de gang af komen. Ik nam haar aandachtig op en probeerde iets aan haar te ontdekken op grond waarvan

Carolines woorden ontkend of bevestigd zouden kunnen worden. Maar ze was gewoon mijn moeder, de vrouw die haar handtekening onder mijn rapporten zette, die in haar handen klapte toen ik voor het eerst zonder steunwieltjes kon fietsen, die uien sneed met een lucifer tussen haar tanden om niet te huilen, die de vloerbedekking in de woonkamer stofzuigde, die met de pasgeboren Anthony op de arm aan de voet van mijn bed stond en liefdevol zijn hoofdje ondersteunde. Ik wilde met Carolines man praten. En zo nodig ook met haar therapeute.

Mijn moeder had zich verkleed, had haar haren gekamd en was weer haar oude, vertrouwde en onverstoorbare zelf. Maar toen ze dichterbij was gekomen zag ik een uitdrukking op haar gezicht die ik niet helemaal kon plaatsen. 'Toen ik binnenkwam ben ik Caroline tegengekomen,' zei ze. Steve en ik zeiden niets terug. 'Ze zei dat ze naar huis ging en dat ze niet terugkomt.'

'Ach,' zei ik, alsof ik het volkomen logisch vond. Alsof dat de uitleg was waarop ik had gewacht.

'Ik begrijp dat kind niet,' zei mijn moeder. 'Dat heb ik nooit gedaan en dat zal ik ook nooit.'

'Bedoel je dat ze teruggaat naar haar eigen huis?' vroeg ik.

Mijn moeder knikte. 'Ik ga naar je vader. Ik zal hem zeggen dat Caroline door haar werk is gebeld en dat ze dringend terug moest. Hij hoeft niet te weten dat ze niet voldoende om hem geeft om erbij te willen zijn wanneer hij morgen weer naar huis mag.'

'Ik weet zeker dat ze terugkomt,' zei ik.

Mijn moeder keek me boos aan. 'Je snapt heus wel wat ik bedoel.'

'Weet je wat?' zei ik. 'Ik ga naar haar toe. Ik ga naar haar huis om met haar te praten.'

'Wil je dat ik meega?' vroeg Steve. Ik schudde mijn hoofd. 'Nee. Zeg maar tegen Pete dat ik ben gegaan, wil je? Tot straks.'

10

Anthony had gelijk, ik had een mobiele telefoon nodig. Ik bevond me voor een rij openbare telefoons in de hal van een wegrestaurant en stond ingeklemd tussen twee andere opbellers: de een was een jonge vrouw met donker haar die ver voorovergebogen stond en kennelijk een geheim gesprek voerde, de ander een pezige vrachtwagenchauffeur die als een bezetene trekjes van zijn sigaret nam en in de hoorn brulde dat hij onmogelijk op tijd aan kon komen – nee, op tijd aankomen was onmogelijk, en waar was Phyllis, verbind me door met Phyllis, want Phyllis was de enige van de hele tent die snapte hoe het in elkaar zat, en waar was Phyllis, verdomme?

Op weg naar Caroline had ik ineens behoefte gehad aan mijn vriendin Maggie, aan een stem van thuis die me zou zeggen dat alles goed was, dat alles daar nog net zo was als bij ons vertrek. Als ik haar stem maar even zou kunnen horen, dacht ik, dan zou ik me het beeld van mijn huis gemakkelijker voor ogen kunnen halen – mijn huis in de late namiddagzon die een ellips van licht op de muur van de woonkamer werpt, mijn huis met de stapeltjes gevouwen stoffen op mijn naaitafel, de houten lepels in de pot op het aanrecht en de half openstaande deuren van de kinderkamers. Ik zou de rijk bloeiende hortensia's in de achtertuin kunnen zien, en de boomhut waarin Hannah zich terugtrekt wanneer ze wil lezen. Afgezien van het feit dat ik die beelden nodig had om troost uit te kunnen putten, wilde ik Maggie vertellen wat er gebeurd was, en haar vragen wat zij meende dat ik zou moeten doen. Ze was heel goed in dit soort situaties.

Maar ze was niet thuis.

Als er íets is wat ik niet kan uitstaan, dan is het wanneer ik de dringende behoefte heb om een vriendin te spreken en haar man de telefoon opneemt en zegt dat ze niet thuis is. Dan heb je twee problemen: de mens aan wie je op dat moment een enorme behoefte hebt is niet aanspreekbaar, én je moet je emoties op ingrijpende wijze herzien om een gesprek met een man te kunnen voeren. Er mankeert helemaal niets aan Maggies man. Doug is bijzonder aardig en gul en hij kan nog eens fantastisch koken ook. Maar voor wat emotioneel begrip aangaat behoort hij tot de school van het Y-chromosoom. Dus in plaats van hem te vertellen wat er aan de hand was, haalde ik diep adem, onderdrukte mijn heftige gevoelens en zei: 'Oké, nou, dan probeer ik het later nog wel.' En daarop vroeg ik hem op de meest vriendelijke toon die ik op dat moment kon opbrengen: 'En hoe komt het dat jij midden op de dag thuis bent?'

'Het is zaterdag,' zei hij.

En ik zei: 'O, o ja.'

Toen ik had opgehangen bleef ik een poosje met over elkaar geslagen armen voor de telefoon staan. Ik overwoog Caroline te bellen, om een boodschap in te spreken en haar te zeggen dat ik naar haar onderweg was en kort na haar zou arriveren, maar ik besloot het niet te doen.

Ik stapte weer in de auto, startte de motor, zette hem uit, draaide het raampje open, legde mijn voorhoofd op het stuur en sloot mijn ogen. Ik had alleen maar, net als ieder jaar, naar het huis van mijn ouders en naar de kermis willen gaan. In plaats daarvan voelde het alsof ik een kamer binnen was gegaan waarvan de deur achter me in het slot was gevallen en ik er niet meer uit kon.

Op een paar straten van Carolines huis stopte ik bij een benzinepomp. Ik was tot de conclusie gekomen dat ik haar toch wilde bellen om te zeggen dat ik eraan kwam, want dat leek me alleen maar eerlijk. Maar ik kreeg haar voicemail. Het was mogelijk dat ze nog niet thuis was, maar waarschijnlijk was dat niet. Het zou me niet verbazen als ze met haar kleren aan in bed was gekropen zoals ze dat vroeger, na een moeilijke dag op school, ook wel had gedaan.

Ik kocht een pakje Twinkies – wat als kind altijd ons lievelingssnoepgoed was geweest – en een *National Enquirer. De snoepjes bij wijze van grapje, ha, ha, kom op, Caroline, vertel me de rest van je verhaal, dan hebben we dat tenminste gehad.*

Haar auto stond op de oprit en ik zette de mijne erachter. Caroline woonde in een prachtige oude Victoriaanse villa die ze als een bouwval had gekocht – er had een familie wasberen in gewoond. Maar ze was helemaal weg geweest van de structuur van het huis en had onmiddellijk gezien wat de mogelijkheden ervan waren. En intussen was het het mooiste huis van de straat.

Ik liep naar de voordeur, klopte zachtjes aan en probeerde de deur open te doen, maar hij zat op slot. Ik riep haar naam. Twee keer. Niets. Ik belde aan, en daarna keek ik met mijn hand boven mijn ogen door het grote, gordijnloze raam van de woonkamer. En daar zat ze, op een stoel met haar tas naast haar voeten, en ze keek me recht aan.

'Doe open,' zei ik.

Ze verroerde zich niet.

Luider zei ik: 'Caroline, doe open!'

Ze stond langzaam op, liep naar de voordeur en trok hem open. En toen keerde ze terug naar haar stoel.

Ik ging naar binnen, deed de deur dicht en liep naar de bank naast haar. De klok op de schoorsteenmantel tikte luid in de stilte. Ik meende een vragende klank in dat tikken te bespeuren, net alsof de klok in plaats van Caroline het woord had genomen: *Wat-kom-je-hier-doen?* Ik boog me naar haar toe en legde mijn hand even op de hare. 'Hé.'

Niets.

'Ik heb iets voor je meegebracht.' Ik haalde de Twinkies uit mijn tas, en de *National Enquirer*.

Ze weigerde ernaar te kijken.

'Wil je een Twinkie?' vroeg ik, maar realiseerde me vrijwel op hetzelfde moment hoe stom dat was – hoe onaardig eigenlijk. 'Caroline,' zei ik zacht, 'wat is er?'

'Toen ik je dat eerder probeerde te vertellen, heb je me voor leugenaar uitgemaakt.'

'Ik heb niet gezegd dat je een leugenaar bent.'

Ze keek me aan en glimlachte bitter.

'Ik heb je geen leugenaar genoemd! Ik heb je alleen maar gevraagd of je er zeker van was. Toe zeg, je vertelt me het meest onwaarschijnlijke verhaal, en het kostte me alleen maar moeite om... ik bedoel, kennelijk denk je dat je gewoon maar – '

De telefoon ging en ik hield mijn mond – dankbaar voor de onderbreking. Maar Caroline maakte geen aanstalten om op te nemen.

'Neem je niet op?'

'Nee.'

De telefoon ging nog twee keer over, waarna het heel even stil was, maar meteen daarna begon hij opnieuw te rinkelen.

'Misschien is het wel belangrijk,' zei ik.

'Dat kan me niet schelen. Ik neem niet op.'

'Nou, dan doe ik het.'

Ik wilde opstaan en ze zei: 'Nee, blijf af! Dit is niet jouw huis. Het huis en de telefoon zijn van mij.'

'Caroline, pap ligt in het ziekenhuis. Misschien heeft het telefoontje wel met hem te maken.'

'Pap mankeert niets.' De telefoon zweeg weer.

'Ik bel naar huis, verdomme.' Ik ging naar de keuken en draaide het nummer van het huis van mijn ouders. Mijn moeder nam vrijwel meteen op. 'Met mij,' zei ik.

'Ja?'

'Ik ben bij Caroline en de telefoon ging en we... we waren te laat met opnemen. Heb jij gebeld?'

'Nee. Wat is daar aan de hand? Is alles goed daar?'

Ik wierp een blik in de woonkamer. 'Ja, ja. We zitten alleen maar wat te praten.'

Caroline kwam de keuken in, pakte de telefoon uit mijn hand en hing op. Ze trok de stekker eruit. Toen keek ze me aan en zei: 'Ik zei toch dat je niet moest opnemen. Ik wil met niemand praten. Met inbegrip van jou.' Ze ging naar boven en ik hoorde haar een deur dichtsmijten. Nadat ik even was blijven staan, volgde ik haar met nijdige stappen de trap op. Ik deed de deur van haar kamer open en trof haar, met haar handen in haar schoot gevouwen, zittend op haar onopgemaakte bed aan. De deur van haar kast stond open en ik zag dat Bills kleren weg waren. Dus dan was het waar – ze waren uit elkaar.

Mijn woede ebde weg en ik ging zonder iets te zeggen naast haar zitten. Na een poosje keek ze me aan en ik sloeg mijn arm om haar schouders. Ik bedacht dat het waarschijnlijk de eerste keer was dat ik dit deed. Ze hield haar lichaam stijf, en zelf deed ik dat eigenlijk ook. Ergens wilde ik niets liever dan opstaan en weggaan – teruggaan naar het huis van mijn ouders, mijn kinderen laten vertellen over wat ze die dag hadden gedaan, en die avond vanuit de achtertuin naar het kleurige vuurwerk kijken dat op het kermisterrein zou worden afgeschoten. Ik wilde alles wat Caroline me had verteld van me af schudden zoals je dat met een onaangename ontmoeting op een parkeerplaats zou doen. Maar ik realiseerde me dat ik daarmee een ernstige fout zou maken.

'Ik wacht wel,' zei ik ten slotte. 'Goed? Ik blijf hier wachten tot je er klaar voor bent. En dan zal ik naar je luisteren. Dat beloof ik je.' Ze knikte, en even leek ze weer op dat verdrietige, raadselachtige meisje dat tot mijn familie behoorde, maar er niet echt deel van uit maakte – toen niet, en eigenlijk nog steeds niet.

Deze foto is genomen op paaszondag. Mijn geagiteerde en geparfumeerde moeder had Caroline en mij voor we naar de kerk gingen voor zich uit naar buiten geduwd en gezegd dat we in onze identieke jurken op de foto moesten omdat onze oma van vaders kant (zucht) daarop had gestaan. Onze jurkjes van lichtblauwe katoen met een klein wit stipje, de hoedjes met linten en de handtasjes van wit leer waren een geschenk van Nana geweest. We moesten elkaars hand vasthouden en ik zie dat mijn glimlach me moeite kost – ik hou alleen Carolines duim maar vast, en dat op de manier waarop je een duim vast zou houden die je op straat hebt gevonden. Caroline glimlacht haar gebruikelijke trieste glimlachje en houdt haar hand bij haar ogen alsof ze zelf een cameraatje vasthoudt en ook een foto maakt. Zij, die gefotografeerd wordt, is degene die het werke-lijke beeld vastlegt.

Ik weet nog dat ik, op het moment dat de foto was genomen, Carolines hand had losgelaten en naar de auto was gerend. 'Wacht op me!' had ze geroepen, maar ik had haar genegeerd. Ik nam een van de felbegeerde plaatsjes bij het raam in beslag en veegde vervolgens de hand die Caroline had aangeraakt stevig af aan de zoom van mijn nieuwe jurk – eerst de binnenkant en daarna de rug. Het is niet ondenkbaar dat ik mijn tasje op dat moment zodanig had neergezet dat niemand zou kunnen zien dat ik dat deed, maar het is mogelijk dat ik dat er later als geschokte volwassene alleen maar bij heb verzonnen.

Wacht, ja, dit is inderdaad een later verzinsel van mij geweest, want opeens schiet me te binnen dat Caroline, toen ze in de auto stapte, haar eigen en mijn tasje bij zich had – mijn tasje dat ik buiten had laten staan. 'Hier, Laura, je was hem vergeten! Je was onze nieuwe tas vergeten!' 'Ik wil hem niet,' zei ik, strak voor me uit kijkend. 'Ik vind hem niet eens mooi.' Het was het woordje 'onze' waar ik over viel. Vanuit mijn ooghoeken zag ik haar aarzelen, waarna ze het tasje voorzichtig tussen ons in op de bank zette. Ze zette hem recht – één millimetertje maar – en ging vervolgens verzitten, maar zonder iets aan te raken en zó, dat verder alles bleef zoals het was.

II

Caroline en ik zaten op de veranda achter haar huis. We aten salade en dronken suikervrije cola. 'Eigenlijk heb ik veel meer zin in chips en uienroomsaus,' zei Caroline. 'Dat komt door de kermis. Daarvan krijg je trek in junkfood.'

'Nou, dan gaan we dat toch halen,' zei ik.

'Nee.' Ze boog naar voren en sloeg op haar enkel. 'Rotmuggen.'

Ik keek op mijn horloge. Ik was hier al bijna twee uur. 'Caroline – '

'Ja, ik weet het.' Ze dronk haar blikje cola leeg en zette het zó voorzichtig neer alsof het van breekbaar kristal was. Dit in tegenstelling tot mijn persoon die het blikje met één hand in elkaar had geknepen, waarna ik een boer had gelaten en had gezegd: 'Heb je dat gezien? Supergirl.'

'Goed dan,' zei Caroline. 'Dan zal ik proberen je het te vertellen. Voor de tweede keer. Misschien is het wat makkelijker als ik je eerst wat achtergrondinformatie geef.

'Een paar maanden geleden was ik op een punt gekomen waarop ik het gevoel had alsof ik, telkens wanneer ik iets voor mijzelf wilde doen, verlamd was. Ik heb het altijd moeilijk gevonden om te nemen... om iets voor mijzelf aan te nemen. Maar dat werd erger dan normaal. Bill en ik verdienen behoorlijk, het huis is van ons en onze auto's ook, en ik kan de rekeningen van mijn creditcards elke maand moeiteloos betalen. Maar het gebeurt meer dan eens dat ik in een winkel een bloesje uit het rek haal en me, terwijl ik ernaar sta te kijken, afvraag waarom ik dat eigenlijk doe omdat ik heel goed weet dat ik het toch niet voor mijzelf zal kopen.'

'Kom, zeg, Caroline, dat doe ik ook. Iedereen doet dat. Je bekijkt iets dat je graag wilt kopen, en dan voel je je schuldig omdat je iets voor jezelf aan wilt schaffen. Vooral vrouwen voelen dat zo. We vinden het egoïstisch als – '

'Maar het was meer dan dat. Het voelde net alsof... het voelde alsof de wereld niet voor mij is. Dat het leven niet voor mij is.'

Mijn blik dwaalde door haar achtertuin en ik keek naar twee gele vlinders die elkaar achternazaten. Moet je die vlinders zien, wilde ik zeggen, maar ik hield mijn mond. Natuurlijk hield ik mijn mond. In gedachten kon ik mijn kinderstem horen zeggen: 'Kom óp, joh. Schiet nou eindelijk eens een beetje op.'

'Dat gevoel werd steeds sterker. Ik kon niet meer werken, kon niet meer slapen en niet meer lezen – soms las ik dezelfde zin ik weet niet hoe vaak, en uiteindelijk wist ik nóg niet wat er stond. Met Bill ging het steeds slechter, en uiteindelijk had hij er genoeg van. Hij kon me niet helpen en hij had schoon genoeg van al mijn gezeur, en eerlijk gezegd kan ik hem dat niet kwalijk nemen. Hij stelde voor een poosje uit elkaar te gaan, en dat ik in therapie zou gaan. Dat had hij al tijden geleden voorgesteld, maar ik kon het niet.

'Maar toen hij weg was heb ik een psycholoog gebeld. Eén van de dingen die ze me heeft gezegd was dat ik iets voor mijn avonden moest verzinnen, dat ik ervoor moest zorgen dat ik minstens één keer per week een avond het huis uit ga. Ik heb me ingeschreven voor een gratis cursus memoires schrijven – van een folder die ik van de bibliotheek had meegenomen. En stel je voor, ik kwam erachter dat ik niet over mijn echte leven kon schrijven. Ik kon alleen maar dingen verzinnen. Ik durfde geen feiten op te schrijven, net alsof ik bang was dat ik het me niet exact kon herinneren. Uiteindelijk dacht ik, nou, je weet waar je hebt gewoond, verdorie nog aan toe. Je weet hoe het huis is waarin je bent opgegroeid. En toen begon ik daarover te schrijven, maar bedacht op een gegeven moment opeens: hé, wacht, stonden er eigenlijk wel bomen in de straat? En wás mijn sprei eigenlijk wel blauw? En dat vertelde ik keer op keer aan mijn psycholoog, en opeens wist ik waar het door kwam dat ik aan alles twijfelde.

'Op een dag kwam het onderwerp schaamte ter sprake, en ik vertelde haar dat ik dat woord niet kon horen zonder er enorm heftig op te reageren – mijn maag balde zich samen en mijn hart sloeg op hol. Ze zei: "Ik stel voor om daar eens wat nader naar te kijken." En ik lag daar op die bank van haar en het was alsof ik een vrachttrein emoties voelde aankomen, het was verschrikkelijk. Ik hád het niet meer en begon te janken, en toen begon ik me dingen te herinneren die me overkomen waren. Het was als een golf van herinneringen, de één na de ander, het hield niet op.'

Ik nam de tijd om over haar woorden na te denken, en uiteindelijk zei ik: 'Ik meen het, Caroline, als ik zeg dat ik wou dat ik me dat soort dingen van onze moeder voor de geest kon halen. Maar ik kan me werkelijk niet herinneren dat ze zich ooit zo heeft gedragen. Let wel, daarmee wil ik niet zeggen dat ik je niet geloof, Caroline. Ik zeg alleen maar dat ik me niets herinner.'

'De erge dingen deed ze niet waar jullie bij waren,' zei Caroline. 'Dat weet ik. Maar wat ik van jou en Steve wilde weten is of jullie je je... kleinere dingen herinneren. Algemene dingen. Als dat zo is, dan is dat een hulp voor mij en kan ik verder. Ik wil alleen maar weten of jullie ook iets hebben opgemerkt. Snap je wat ik bedoel? Het is niet dat ik zou twijfelen aan wat er is gebeurd, maar ik heb het gevoel dat ik, om er iets aan te kunnen doen, net even iets meer nodig heb.'

Ik leunde op mijn ellebogen naar achteren en keek omhoog naar de lucht. Het begon donker te worden. De wolken waren als ragfijne zijde en de sterren waren er doorheen te zien. Een compleet melkwegstelsel boven ons, en een heel melkwegstelsel binnen in ons.

Mijn gedachten keerden terug naar onze jeugd en ik probeerde me een keer te herinneren dat Caroline opzettelijk door mijn moeder gekleineerd was, maar er wilde me echt niets te binnen schieten. Het was me niet ontgaan dat Carolines houding jegens mijn moeder op een gegeven moment van verafgoding naar minachting was omgeslagen, maar dat was Steve en mij net zo vergaan toen we in de puberteit waren gekomen. Met Caroline was het alleen dramatischer geweest – en daar keek niemand van op. Ten slotte zei ik: 'Ik ben bang dat ik er niet zo op heb gelet, Caroline.'

Terwijl ik dat zei vroeg ik me opeens af wat dat in feite betekende. Waarom had ik zo helemaal in mijn eigen wereldje vastgezeten? Wat gebeurde er bij ons thuis waardoor ik me zo bewust van alles afzonderde en mijn eigen fantasie mijn enige realiteit was? Kon het zijn dat de psycholoog uit mijn studietijd gelijk had gehad met te zeggen dat er bij ons thuis iets mis was waardoor ik me genoodzaakt had gezien mijn heil elders te zoeken? Maar was het niet al te gemakkelijk om als volwassene je ouders de schuld te geven van alles wat er mis met je was? Ik was die smoes meer dan zat.

'Ik vind het echt heel moeilijk, Caroline, om me dingen van zo lang geleden te herinneren. Ik bedoel, alleen al van mijn eigen leven, laat staan van het jouwe. Het enige wat ik nog weet zijn losse momenten, maar er zijn hele jaren waar ik niets meer van weet.'

Ze knikte. 'Ja.'

'En wat ik ook niet snap is waarom je mijn bevestiging en die van Steve nodig hebt. Je zegt immers dat je weet dat dit is gebeurd.'

'Ik denk dat dit is omdat ik mijn broer en zus als bondgenoten wil zien, en om te weten dat ik er niet alleen voor sta. Als ik mam – en pap ook – er niet mee confronteer kom ik hier nooit overheen. Ik moet ze vertellen wat ik mij herinner, en dat ze ernstige fouten hebben gemaakt.'

'O, god.'

'Laura, je hebt geen idee.

'Op een zondag kwam ze mijn kamer in. Ik zat net in de derde klas en ik zat voor het raam naar de blaadjes te kijken. Het was herfst en ze waren prachtig. Ze vroeg waarom ik niet buiten ging spelen. Ik zei dat ik binnen wilde blijven. Ik zei dat ik naar de blaadjes wilde kijken, dat ze zo mooi waren en dat ze bezig waren dood te gaan. Ze werd ongeduldig en begon de spullen in mijn kamer heen en weer te schuiven en te ordenen. Toen zei ze dat ik naar buiten moest, dat ik gewoon maar wat zat te hangen zonder dat daar enige reden voor was, en het was een prachtige dag. Ik zei opnieuw dat ik niet wilde, en ik vroeg waarom de blaadjes dood moesten gaan, waarom dingen dood moesten gaan, en toen greep ze mijn arm vast en begon me de kamer uit te trekken. En ik weet nog dat ik zo hard als ik kon "help" riep, en dat ze toen helemaal over de rooie ging. Ze begon me te slaan en te schoppen en zei dat ik mijn mond moest houden, dat ik mijn bek moest houden. En toen rende ze naar haar slaapkamer, smeet de deur achter zich dicht en begon te huilen – ik kon haar vanuit mijn kamer duidelijk horen. Ik ging naar haar toe en klopte op de deur, en toen ik naar binnen ging lag ze op haar zij met een kussen tegen haar buik gedrukt. Ze zei dat het door mij kwam dat ze dat soort dingen deed, waarom liet ik haar dat soort dingen doen? Ik weet nog dat ik bij haar op bed wilde gaan liggen, want het speet me verschrikkelijk, maar toen hief ze haar hoofd op, en zei op een verschrikkelijke zachte, dreigende toon: "Donder op." Ik ging terug naar mijn kamer en bleef daar tot we aan tafel moesten, en toen ik de keuken in kwam was het alsof er niets was gebeurd.'

'Maar... waar was ik die dag?'

'Je was weg, ik weet niet,' antwoordde Caroline. 'Ik denk dat je bij een vriendinnetje was gaan spelen – je was een lief kind en je had een heleboel vriendinnen. Je was altijd bij iemand aan het spelen en taarten en cakes aan het bakken, en die bracht je dan mee naar huis. Kijk eens wat ik heb gebakken? Je was echt een huisvrouwtje in de dop.'

In gedachten zag ik mijzelf in Sally Burkes keuken lachend de beslagkom uitlikken. We hadden chocoladekoekjes gebakken terwijl Caroline op de rand van haar bed zat, naar haar handen tuurde en zich niet durfde te bewegen. 'O, Caroline. Het is me een raadsel dat je ons niet haat. Ik kan me niet voorstellen dat ik daar niets van heb gemerkt. Dat niemand daar iets van heeft gemerkt. Is er nooit iemand geweest die – waarom heb je het niet aan pap verteld?'

Ze schudde haar hoofd. 'Mam had me ervan overtuigd dat alle slechte dingen die ze deed mijn schuld waren. Echt waar. Ik schaamde me diep voor het feit dat er iets in mij was waardoor zij zich op die manier ging gedragen. Ik wist dat ze zich tegenover jou en Steve heel anders gedroeg, dus het moest mijn schuld zijn. Op een dag heb ik geprobeerd het aan pap te vertellen, maar het was zinloos. Je weet hoe het is, pap wil geen slecht woord over mam horen. Ik ben ervan overtuigd dat hij dacht dat ik alles had verzonnen. Hij dacht waarschijnlijk dat ik stout was geweest en daar op niet al te strenge manier voor gestraft was, waarna ik alles verschrikkelijk had overdreven. Je weet vast nog wel dat ik de neiging had om overal een drama van te maken.'

Ik wilde zeggen dat ze dat nog steeds deed, maar beheerste me. 'Maar... had je dan geen blauwe plekken, of zo?'

'Ja, zo af en toe. Maar die had jij ook. Alleen liep jij ze ergens anders op.'

'Nou, ik... Als mij al die dingen waren overkomen, Caroline, denk ik dat ik zou zijn weggelopen. Dat ik nooit meer iets met onze ouders te maken zou willen hebben.'

'Daar zou ik maar niet zo zeker van zijn. Ik heb een vriend, iemand die ik op groepstherapie heb leren kennen. Eén keer per maand, op de eerste, brengt hij een bezoek aan zijn vader die hem als kind zowel geestelijk als lichamelijk zwaar mishandeld heeft. Hij gaat erheen hoewel hij weet dat het altijd weer zo zal zijn alsof hij dwars door het hart wordt geschoten. Zijn vader begint met hem een poosje de huid vol te schelden, en daarna negeert hij hem. Eddie weet wat hem te wachten staat, maar toch moet hij er elke keer weer heen. En ik begrijp ook waarom. Het heeft met hemzelf te maken, met wat Eddie zichzélf geeft.'

'Maar wat geeft hij zichzelf dan? Het enige wat hij doet is zijn vinger in het stopcontact steken! Dat soort ouders, ouders die het leven van hun kinderen vergiftigen, bestaan echt.'

'Ja, maar... laat ik je iets vragen. Ben je blij met je voeten?'

Zelfbewust trok ik mijn voeten onder mij. Ik dacht dat ze wist dat ik een hekel had aan mijn voeten. Mijn kleine teentjes leken volgens Pete net op miniworstjes. En dat is nog vriendelijk uitgedrukt. En mijn dikke grote teen groeit in een boog naar mijn kleine teentje toe alsof hij medelijden met hem heeft. 'Nee.'

'Ben je wel eens bij de pedicure geweest?'

'Nee!'

'Waarom niet? Misschien heb je er wel wat aan.'

'Omdat dat zou betekenen dat iemand voor langere tijd van dichtbij naar mijn voeten moet kijken.'

'Nou, waarom hak je ze er dan niet af?'

'Mijn voeten?'

'Ja.'

Ik glimlachte vaag. 'Wat wil je daar precies mee zeggen, Caroline?'

'Je hebt altijd al een gigantische hekel aan je voeten gehad. Waarom hak je ze er niet gewoon af?'

Oké, ik zou haar spelletje meespelen. 'Ik heb ze nodig om op te staan. Om te kunnen lopen.'

Ze knikte. 'Precies.'

Ik dacht even na en toen zei ik: 'Goed, ik snap wat je bedoelt.'

'Ik wil dat mam toegeeft wat ze heeft gedaan, want dan kan ik het haar vergeven. Dan kan ik staan. En dan ben ik, om nog even bij de metafoor te blijven, vrij om te lopen waar ik naartoe wil.'

'Goed, in begrijp het.' Ik leunde opnieuw naar achteren op mijn ellebogen. 'Weet je waar ik vooral moeite mee heb, Caroline? Dat je er zo lang mee hebt gewacht.'

'Ja. Ik ken een vrouw die me verteld heeft hoe ze uiteindelijk van haar moeder is gaan houden, en met haar vergeleken is onze moeder een soort van Moeder Teresa. Ze vertelde hoe ze, naarmate haar zelfverzekerdheid toenam, in staat was om van haar moeder te houden, en weet je wanneer dat was?'

'Nee?'

'Toen ze negenenvijftig was.'

Ik lachte. 'Goed, goed. En wat nu? Hoe kan ik je helpen?'

'Nou, je zou kunnen beginnen met te proberen mij te geloven.'

'Maar dat doe ik al!'

Ze knikte en rekte zich uit. 'Ja, dat zeg je nu wel, maar volgens mij is het anders. Volgens mij geloof je me maar voor een deel.' Ik wilde protesteren, maar ze hield haar hand op. 'Daarom vroeg je dat van die blauwe plekken.'

Ik wendde mijn blik af. Ze had gelijk.

Zachter zei ze: 'Het geeft niet. Ik snap best dat het moeilijk is, en ik weet dat het tijd gaat kosten. In ieder opzicht. Het enige wat ik hoop is, dat het uiteindelijk...'

'Dat hoop ik ook, Caroline.'

'We zouden naar binnen moeten gaan voor de muggen nóg actiever worden.'

'Laten we naar de supermarkt gaan,' zei ik.

'Wat heb je nodig?'

'Ik wil iets voor je kopen waar je behoefte aan hebt: chips en uienroomsaus. Het lijkt me een goed idee om klein te beginnen.'

'Ik weet niet of Rainbow nog open is.'

'Ik kijk wel even.' Ik ging naar binnen en pakte de telefoon.
'Hé, Caroline, je hebt boodschappen.'
'Ja, het is Bill maar. Hij belt elke avond. Ik bel hem straks wel.'
'Belt hij elke avond?'
'Ja.'
'Nou, mooi. Dat is toch mooi, of niet?'
Geen reactie.
'Caroline?'
'Ja?'
'Dat is toch mooi? Dat hij elke avond belt?'
'Ja,' zei ze, 'dat is mooi.'
Ik belde de informatie en vervolgens de supermarkt. 'Ze sluiten over twintig minuten!' riep ik.
Caroline kwam de kamer in en de hordeur sloeg achter haar dicht. 'Schiet op, dan!' Het was voor het eerst sinds lange tijd dat ik haar blij zag kijken. En dat kwam natuurlijk niet door het eten.

Op de terugweg naar het huis van mijn ouders dacht ik na over alles wat Caroline me had verteld. Was het mogelijk dat Caroline, op een willekeurige dinsdagavond wanneer we met z'n allen aan tafel zaten, bezig was om bij te komen van iets verschrikkelijks dat onze moeder haar enkele uren daarvoor had aangedaan? Wat was de achtergrond van haar zwijgen geweest?

Op een paar straten van het huis zette ik de radio uit. Ik wilde nadenken over hoeveel ik aan mijn ouders zou vertellen. Zo weinig mogelijk, dat leek me het beste. Ik zou volstaan met te zeggen dat Caroline de volgende middag terug zou komen en dat er een paar dingen waren waar ze het met de familie over wilde hebben. Ik had geen idee van wat ik met de kinderen moest. Ze vonden de kermis enig, maar twee dagen achter elkaar hoefde niet voor hen. Ik zou Pete moeten vragen ze ergens mee naartoe te nemen. Hij hoefde hier niet bij te zijn.

Toen ik iets van wrevel de kop op voelde steken, haastte ik me dat gevoel te onderdrukken – we hadden ons deze dagen hier zo heel anders voorgesteld. Dit had een leuk uitstapje moeten zijn.

Bij het indraaien van de oprit zag ik Pete en de kinderen dicht bij elkaar in een halve kring in de tuin zitten. Ik nam aan dat ze op het vuurwerk zaten te wachten. Ik begroette ze, liet mijn tas vallen, ging voor hen op het gras zitten, trok mijn knieën op, legde mijn voorhoofd erop en haalde diep adem. Eindelijk kon ik me ontspannen. Ik keek op en glimlachte.

'Waar ben jíj geweest?' vroeg Anthony.

'Hoezo? Hebben jullie me gemist?' Ik kwam overeind om hem een paar kusjes op zijn kruin te geven omdat ik wist dat hij daar een hekel aan had. Zijn hoofd had een lekkere, gist-achtige geur. 'Nou, heb je me gemist?'

Hij fronste zijn voorhoofd en wendde zijn blik af.

'Laura,' zei Pete.

Ik keek hem aan. 'Ja?' Maar toen betrok mijn gezicht en vroeg ik: 'Wat is er?' En toen hij opstond en met een intens verdrietig gezicht naar me toe kwam zei ik: 'O, mijn god.'

12

Toen Pete en ik er eindelijk aan toe waren gekomen ons testament te maken, bespraken we wat we wilden dat er op onze begrafenis zou gebeuren. Hij wilde een eenvoudige en formele dienst, ik wilde het iets minder stijf. Ik wilde dat er door familie en vrienden onderhoudende en inspirerende teksten zouden worden voorgelezen: essays van Annie Dillard, gedichten van Mary Oliver. Ik wilde toegedekt worden met een van mijn quilts, en ik wilde een quilt over mijn kist. En een andere quilt, de quilt waar ik ontzettend trots op was en die ik 'Water bij Nacht' had gedoopt en waarmee ik een prijs in een nationale wedstrijd had gewonnen, daarvan wilde ik dat hij verloot zou worden. En terwijl iedereen de kerk uit ging wilde ik dat 'I Feel Good' van James Brown werd gespeeld.

'James Brown? Dat meen je toch zeker niet,' had Pete gezegd.

'Ja, ik wil James Brown. Want ik wil dat de mensen denken dat het daar, aan de andere kant, zo is. Dat je je goed zult voelen.'

'Nou, best,' had hij gezegd, op dat zangerige toontje van hem waarmee hij in werkelijkheid wilde zeggen dat hij dacht dat ik ze zag vliegen.

Natuurlijk is het zo dat je, wanneer je plannen voor je begrafenis maakt, niet echt denkt dat je dood zult gaan. Het is alleen maar een soort van oefening. En oefening voor het geval dát.

Je weet dat je ouders dood zullen gaan, maar dat gebeurt pas over een hele poos. Uiteindelijk gaan ze natuurlijk dood, maar dat zal pas gebeuren wanneer je ze niet langer nodig hebt. Ze weten heel goed dat ze niet kunnen gaan zo lang je ze nog nodig hebt, of ze nodig zou kunnen hebben. Intussen realiseer ik mij dat ik daar altijd zo over heb gedacht.

Op de begrafenis van mijn vader zat ik als verstijfd. Ik hield Pete's hand vast en voelde helemaal niets. De dominee stond op de kansel en vertelde amusante anekdotes over mijn vader opdat we goed zouden beseffen dat we niet hier waren 'om te treuren maar om het leven te vieren'. Te midden van de geluiden van zachtjes huilen en het discreet snuiten van neuzen, werd er ook af en toe al dan niet verplicht gelachen.

Steve zat, met Tessa tegen hem aan geleund, op de rij voor ons. Aan de andere kant van hem zat mijn moeder haar tranen weg te vegen. Aan het eind van onze rij zat Caroline naast Bill, maar wel op een veelzeggend eindje van hem af. Ik keek de kerk rond, naar de gloed van oud goud en de glas-in-lood-ramen. Ik dacht aan een quilt die ik ooit eens had gemaakt van prachtig gekleurde Italiaanse zijde, en die op een glas-in-loodvenster moest lijken. Ik herinnerde me een keer dat ik tijdens de kerstmis naast mijn vader had gezeten. De kerk was prachtig versierd geweest en er was zulke mooie muziek gespeeld dat ik er stilletjes van had moeten huilen. Mijn vader was strak voor zich uit blijven kijken, maar hij had mijn hand in de zijne genomen om duidelijk te maken dat hij het begreep. En nu brak de dijk door en besefte ik dat het waar was: mijn vader was dood en ik zat hier op zijn begrafenis en hij zou mijn hand nooit meer in de zijne nemen.

Ik dacht aan toen hij me keer op keer uit hetzelfde beduimelde Gouden Boekje had voorgelezen toen ik de bof had. En ik dacht aan toen hij mijn knie had verbonden toen ik van mijn fiets was gevallen, aan toen hij me omhelsd had toen ik was gaan studeren, aan hoe hij me over het middenpad van de kerk naar het altaar had gebracht. Hij had tranen in zijn ogen gekregen toen hij zo streng als hij maar kon tegen Pete had gezegd: 'Beloof me dat je goed voor haar zult zorgen.' Ik dacht aan hoe ik, toen ik drie was, op zijn schouders had paardjegereden, hoe hij me had leren fluiten en hoe hij me, toen ik de kunst meester was, een dollar had gegeven. Ik herinnerde mij de avond waarop iemand het snoep had gestolen dat ik met Halloween had opgehaald, en hoe ik huilend naar huis was gekomen – hij had urenlang gezocht naar de jongen die als skelet verkleed was geweest. Ik herinnerde mijn eerste officiële expositie in een galerie. Hij was naar de opening gekomen en had tegen alle aanwezigen gezegd: 'Hé, hallo mensen, ik ben haar vader. Ze is mijn dochter – is ze niet geweldig?'

Mijn borst kwam omhoog in een diepe zucht, en er kwam een zacht, kermend geluid over mijn lippen waarvoor ik mij onder andere omstandigheden geschaamd zou hebben. Maar op dit moment interesseerde me alleen maar dat mijn vader was overleden en dat ik er niet op voorbereid was geweest. Ik was nog niet met hem klaar geweest. Als hij terug zou kunnen komen, al was het maar voor een halfuurtje, dan zou ik hem tenminste nog kunnen zeggen wat ik op het hart had. Wat ik had opgespaard voor later.

Ik dacht: er hing een kaartje met zijn naam aan zijn grote teen.

Ik dacht: zijn kleren waren niet opgevouwen en ze lagen niet op de plank in het metalen nachtkastje, maar ze waren achteloos op de bodem ervan gegooid, en zijn blauwe overhemd was binnenstebuiten gekeerd.

Ik dacht: het enige voorwerp dat op zijn nachtkastje lag was zijn bril, en het enige voorwerp dat in het laatje lag, was zijn portefeuille. Mijn exacte gedachte was: zijn brilletje en zijn kleine portefeuille.

Ik dacht: hij wist het niet, hij had er geen idee van gehad, hij had alleen maar zijn smakeloze ziekenhuismaal willen eten met de gedachte dat hij de volgende avond thuis zou zijn en met mijn moeder samen, zoals elke avond, in de zitkamer televisie zou kunnen kijken. En toen was zijn kopje uit zijn hand gevallen, was de koffie uit zijn mondhoek gelopen, en was hij, hoewel ze alles geprobeerd hadden, niet meer te redden geweest.

Ik drukte Pete's hand en dacht: *laat me niet alleen, laat mij als eerste gaan.* Vanuit mijn ooghoeken zag ik de knieën van mijn kinderen. Ze waren al zo oud, eigenlijk waren ze al geen kinderen meer. *Hou daarmee op,* wilde ik tegen ze zeggen. *Niet verder groeien.*

13

Bij mijn ouders thuis – of liever, bij mijn moeder thuis – zat de woonkamer vol mensen die na de begrafenis mee naar huis waren gekomen. Ik had zoveel onbekenden begroet die mijn vader hadden gekend, en ik had met zoveel vrienden en familieleden gesproken die ik al sinds mijn kinderjaren kende, dat ik er letterlijk hees van was geworden. Omdat ik behoefte had aan een paar minuten rust, ging ik de tv-kamer in, waar ik Anthony vond die, heftig met zijn knie wippend, op de leren leunstoel van mijn vader zat.

'Hoi,' zei ik.

'Hoi.' Hij keek me niet aan. Zijn knie kwam langzaam maar zeker tot rust.

Ik ging op de met blauw fluweel overtrokken fauteuil van mijn moeder zitten. 'Hoe is het met je, lieverd?'

Hij haalde zijn schouders op.

'Het valt niet mee, hè?' vroeg ik. 'Vooral wanneer je bedenkt dat hij het ene moment nog zo – '

'Nee, dat ís het helemaal niet!'

'O.' Ik zweeg en wachtte af.

Hij keek me aan en veegde in een snel gebaar een traan van zijn wang. 'Het is niet dat hij dood is. Het is normaal dat mensen doodgaan. Maar dit, wat hier gaande is, dat vind ik een schandaal. Ik bedoel, zoals iedereen zich volpropt met broodjes en stom staat te lachen. Alsof het een feestje zou zijn! Hoe komt het dat niemand over opa praat?'

'Nou, er zijn anders echt wel mensen die het over hem hebben. Niet veel, dat geef ik toe. Maar ik begrijp denk ik wel hoe je je voelt. Toen mijn oma doodging was er na de begrafenis een broodmaaltijd in de kelder van de kerk, en ik weet nog dat ik om me heen keek en dacht: dit zou alles kunnen zijn, behalve een begrafenis.'

'Precies.' Hij keek me aan. 'Een eindexamenfeestje, of zo. Of een verjaardag.'

'Ja. Maar toch zie ik het anders. Weet je wat ik denk dat het is? Mensen zijn bang om alleen te zijn, en daarom proberen ze altijd zoveel mogelijk te doen te hebben. Snap je wat ik bedoel? En stel dat ze niet mee naar huis waren gekomen? Dan zou oma helemaal alleen zijn geweest, en ze – '

'Niet waar! Wij zouden bij haar zijn geweest.'

'Nou, ja. We zijn nú bij haar. Maar we blijven niet hier. En al deze mensen wonen hier in de buurt.'

Anthony's knie kwam weer in beweging. En toen boog hij zich naar voren en pakte de afstandsbediening. 'Er is een goede honkbalwedstrijd bezig. Ik denk dat ik daar maar naar ga kijken.' Hij keek me aan en trok zijn wenkbrauwen op. 'Goed?'

Ik wist niet of hij het meende of niet. 'Ja, dat zou je kunnen doen.'

'Maar ik wíl helemaal niet naar een wedstrijd kijken!'

'Maar als je dat wel zou doen, is daar niets mis mee. Mensen... iedereen moet zijn eigen manier zien te vinden. Iedereen gaat op zijn eigen wijze met verdriet om, en niemand is beter dan de ander. Misschien heb je er op dit moment wel behoefte aan om naar een honkbalwedstrijd te kijken. Het kan zijn dat het je aan het normale leven herinnert, het leven dat gewoon doorgaat. En oma... nou, voor haar is het belangrijk om te weten dat ze mensen om zich heen heeft die haar willen helpen. Al die mensen "die zich volproppen met broodjes en stom staan te lachen" zullen haar zeggen dat ze, als ze iets voor haar kunnen doen – '

'Ja, maar moet je kijken hoeveel van hen dat ook echt menen!'

'Sommigen zullen het menen, anderen niet. Dat is zo.' Ik leunde naar achteren en voelde een innerlijke onrust. Ik wilde naar buiten. Later zou ik Pete vragen om een eindje met me te gaan lopen. Sinds we hier waren, waren we nog geen moment met z'n tweeën geweest, en daar had ik echt behoefte aan. 'Weet je, Anthony, wanneer iemand zo onverwacht sterft is het net alsof je in een afgrond valt. En die rituelen die we daarvoor hebben, wat ze ook zijn mogen – naar sport op de televisie kijken of samen eten of... ik zeg maar wat, elke derde donderdag een gele das dragen – hebben op de een of andere manier een troostende functie. Snap je wat ik bedoel? Dus je kunt gerust naar honkballen kijken. Hannah kan best met haar vriendinnen bellen – en op dit moment is ze met Gracie aan de telefoon. En in plaats van dat oma alleen in haar donkere kamer zit te huilen, is ze in de keuken bezig om het plasticfolie van de gesneden vleeswaren te halen, en ze maakt een salade en schikt koekjes op een schaal. En dat alles, ik weet niet, heeft een creatief kantje. Het helpt je deze nieuwe en onverwachte gebeurtenis een plaats te geven. Het leert je ermee om te gaan. Of dacht je echt dat oma niet kapot was van verdriet? Natuurlijk wel. Maar heeft opa er wat aan als ze instort van verdriet? En je kunt rustig van me aannemen dat ze nog menige traan om hem zal laten. Maar op dit moment is het beter dat ze met mensen praat en de geschenken aanneemt die ze haar aanbieden. Er is hier niemand die zegt dat opa's leven onbelangrijk is geweest. Ze zijn alleen maar allemaal bij elkaar gekomen om te doen wat ze kunnen. Ze geven structuur aan een situatie waarin iedereen, maar vooral oma, zich machteloos voelt.'

Anthony luisterde en kauwde op zijn onderlip. Toen stond hij op. 'Daarmee weet ik nog steeds niet wat ik zou kunnen doen. Ik hou er niet van om met mensen te praten die ik niet ken, en om antwoord te moeten geven op stomme vragen in de trant van hoe ik het in North Dakota vind, of dat ik basketbal zou moeten spelen omdat ik zo lang ben, bla, bla, bla. Maar als ik... is het een idee als ik de gebruikte wegwerpbordjes verzamel?' Hij lachte het korte, verlegen lachje van een puber.

'Dat lijkt me geweldig.'

Hij kwam naar me toe en legde zijn hand op mijn schouder. 'En... jij, mam? Hoe is het met jou? Weet je wel dat ik me net pas gerealiseerd heb dat... dat hij jouw vader was!'

Ik keek glimlachend naar hem op. 'Met mij gaat het goed. Weet je wat ik eigenlijk voortdurend moet denken? Dat ik zo geboft heb met het feit dat hij mijn vader was. En dat ik zo geboft heb met jou.'

Hij werd een beetje rood en bewoog zijn schouders om de verlegenheid af te wenden. Hij vond dat hij te groot was voor dergelijke blijken van affectie. Toen hij in de tweede klas zat en ik hem, wanneer hij 's ochtends naar school ging, een zoen wilde geven, mocht ik dat alleen maar in de jassenkast doen, en dan met de deur dicht. Toen hij in de derde klas zat wilde hij echt helemaal niets meer van kussen weten. Dat neemt niet weg dat ik nog steeds regelmatig 's avonds op de rand van zijn bed zit en we lange tijd over koetjes en kalfjes praten. Dan ligt hij languit op zijn rug en met zijn handen onder zijn hoofd gevouwen, en ruikt naar shampoo terwijl de lamp op zijn nachtkastje hem een aura om zijn hoofd geeft. 'O'Conner denkt dat hij een beurs voor honkballen kan krijgen,' zegt hij bijvoorbeeld. 'Echt?' zeg ik dan, 'een beurs! Geweldig.' En dan denk ik ondertussen: je bent een man geworden, je bent pal voor mijn ogen van een jongen in een man veranderd. Ik kan de gedachte dat je weldra het huis uit gaat niet verdragen.

'Zal ik iets voor je halen?' vroeg Anthony. 'Een broodje, of zo? Koekjes?'

'Nee, dank je.'

Hij was de kamer nog niet uit, of Caroline kwam binnen. Ze ging op mijn vaders stoel zitten, keek me aan en zuchtte. 'Nou, dat hebben we gehad.'

'Ja,' zei ik verdrietig.

'Ik bedoel, nu zal niemand mij ooit geloven.'

'O, mijn god. Je – ' Ik keek haar met grote ogen aan.

'Wat ís er, Laura?'

Ik schudde mijn hoofd, stond op en ging de kamer uit.

In de zitkamer zag ik dat Hannah alleen op de bank zat. Ik ging naast haar zitten en nam haar hand in de mijne.

'Hoe is het met Gracie?'

'Goed. Ze zegt dat ze me mist.'

'Ach, dat is lief van haar. Het is fijn om gemist te worden, niet?'

'Ik mis opa nu al. En ik heb zo'n spijt. Ik bedoel, van dingen die ik nooit voor hem heb gedaan.'

'Hij was stapel op je, wist je dat?'

Even niets, en toen knikte ze.

'Je hebt een heleboel voor hem gedaan door gewoon jezelf te zijn.'

'Niet waar. Ik had veel meer voor hem moeten doen. Telkens wanneer we weggingen zei hij: "Stuur me eens een kaartje, lieverd!" En dat heb ik maar een paar keer gedaan. Hooguit vier of vijf keer in mijn hele leven!'

'Ik denk dat niemand ooit al die dingen voor een ander doet die hij wel zou kunnen. Maar dit weet ik wel: je bent een fantastische kleindochter geweest en je hebt veel vreugde in zijn leven gebracht. Toen je pas was geboren en hij ons kwam bezoeken, moest ik je zowat van zijn schoot trekken. Hij zat met je in die grote, lelijke schommelstoel die we hadden en vertelde je verhalen en grapjes, en hij stond erop dat je elk woord dat hij zei begreep. "Ze houdt het meeste van mij," zei hij maar steeds. Volgens mij was pap daar een beetje jaloers op.'

Hannah glimlachte en keek me aan.

'En toen hij je vroeg om zo af en toe eens een kaartje te schrijven, bedoelde hij daar alleen maar mee dat hij hoopte dat je af en toe eens wat van je zou laten horen. En dat heb je gedaan.'

'Een keertje, toen ik zes was, heb ik hem gebeld toen je niet thuis was.'

'O ja? En waar hebben jullie over gesproken?'

'Hamsters. Ik wilde een hamster en dat vond jij niet goed. Hij zei – ' ze sloeg haar hand voor haar mond en giechelde ' – ik weet het nog steeds, woordelijk. Hij zei: "O, nee toch, dat meen je toch niet? Hamsters eten hun kinderen op. Je wilt toch zeker niet zien hoe mamahamster mosterd op haar kinderen smeert, hè?" Stel je voor! Is het echt waar dat ze hun kinderen eten?'

'Ja, ik heb gehoord dat ze dat wel eens doen. Zie je hoe wijs ik was om het niet goed te vinden?'

Hannah haalde haar schouders op. 'Ik weet niet. Maar ik vind het goed dat hij zo snel is gestorven, jij niet?'

'Ja, voor hem wel.'

'Denk je dat hij wist dat hij doodging?'

'Dat weet ik niet, lieverd.' Ik keek de volle kamer rond. Voornamelijk mannen die met mannen, en vrouwen die met vrouwen stonden te praten. 'Geen idee.'

'Wat gaat oma nu doen?'

Ik keek naar mijn moeder. Ze stond naast Elaine Pinkers, de jonge buurvrouw. Mijn moeder stond geanimeerd met haar te praten. Ze zou de ideale gastvrouw zijn geweest, ware het niet dat er een... verbaasde uitdrukking op haar gezicht lag.

'Ik weet niet wat oma van plan is. Dat zullen we moeten afwachten.' Flatje, dacht ik. Verhuizen niet alle weduwen naar flatjes met planten op het balkon? En gaan ze niet uit lunchen met vriendinnen, om de restjes dan mee naar huis te nemen voor het avondeten? Vroeg of laat zou ik terug moeten komen om haar met de verhuizing te helpen. En ik zou Steve zeggen dat hij ook moest helpen – deze keer kwam hij er niet onderuit.

'Tante Caroline zat in de badkamer te huilen,' zei Hannah.

'O ja?'

'Ja. Ik kwam toevallig binnen, en ze zat op de rand van het bad te snikken.'

'Nou, ik denk dat we dat op een gegeven moment allemaal wel zullen doen. Huilen is goed, oké?'

'Ja. Mam?'

'Ja?'

'Ik hoop dat je dit niet verkeerd zult opvatten, maar wanneer gaan we naar huis?'

'En ik hoop dat jíj dit niet verkeerd zult opvatten: zo gauw mogelijk.'

Nadat iedereen was vertrokken en mijn moeder naar bed was gegaan, besloten Pete en ik een eindje te gaan wandelen. Een paar straten verder, op het speelterrein van de school, gingen we hand in hand op een bankje zitten. We zeiden niets. Toen ik begon te huilen, trok hij me tegen zich aan en drukte een kus op mijn kruin. 'Ik vind het heel naar voor je.'

Ik knikte en onderdrukte mijn snikken.

'Wil je een poosje blijven? Ik neem de kinderen mee naar huis en dan kun jij blijven en samen met haar bedenken wat de beste oplossing voor de toekomst is.'

'Ik wil eigenlijk naar huis.'

'Nou, dan gaan we toch naar huis.'

'Maar je hebt gelijk, ik zou moeten blijven. En niet alleen voor mam, maar ook voor Caroline. Ze is... O, Pete, ze heeft me de meest verschrikkelijke dingen verteld.'

Ik herhaalde alles wat Caroline me had verteld en wachtte op zijn reactie. En die was niet wat ik verwacht had. Hij knikte alleen maar. 'Ja, zo te horen is het beter dat je een poosje blijft.'

'Maar... vind je het dan niet bijzonder onwaarschijnlijk allemaal?'

'Geloof je haar?'

'Ik probeer het, maar ik weet niet. Het kost me enorme moeite om me voor te stellen dat dit soort dingen zich heeft afgespeeld in het huis waarin ik ben opgegroeid, en dat Steve en ik er niets van gemerkt hebben. Ik weet natuurlijk wel dat mijn moeder in sommige opzichten een beetje vreemd is. En ze is narcistisch, maar volgens mij geldt dat voor elke vrouw die zo mooi is geweest als zij. Maar dat ze dat soort dingen heeft gedaan kan ik me maar moeilijk voorstellen.'

'Goed.'

'Wat wil je daarmee zeggen?'

Hij keek me aan maar zei niets.

'Wat bedoel je met "goed"?'

'Dat het even goed waar kan zijn als niet. En dat ik me realiseer dat het heel erg is, maar dat het voor mij niet zo'n schok is als voor jou.' Hij draaide zich naar mij toe. 'Weet je, ik heb je dit nooit verteld, want dat wilde ik niet. Maar misschien dat ik dat nu zou moeten doen.'

Ik wachtte, en na een poosje vroeg ik: 'Wat?'

'Ik hoop alleen... ik wil niet dat het iets verandert aan wat jij voor mijn ouders voelt.'

'Wát dan, Pete?'

Hij leunde naar achteren. 'Weet je hoe het komt dat ik vloeken zo verschrikkelijk vind?'

'Nee. Waarom?'

'Omdat we, toen we nog heel klein waren... wanneer mijn broer en ik iets stouts deden... nam Subby ons mee naar de garage, rukte daar onze broek naar beneden en gaf ons een ongelooflijk pak op onze billen. En terwijl hij dat deed, vloekte hij de hele wereld bij elkaar. Dat heeft hij een aantal jaren gedaan, en toen hield hij er opeens mee op. Zomaar, van de ene dag op de andere. Ik weet niet waarom. Ik weet niet of hij opeens tot het inzicht was gekomen dat het verkeerd was wat hij deed, of dat hij erdoor in moeilijkheden was gekomen of dat hij ervoor in therapie was gegaan. Maar hij hield er ineens mee op.'

'Wacht. En hoe zit het dan met dat verhaal dat je me ooit eens hebt verteld? Dat hij deed alsof hij je een mep wilde geven?'

'Dat is waar, maar dat was daarna.'

'En wist je moeder het, dat hij jullie zo mishandelde?'

'Ja.'

'Nou, ik moet zeggen... het is amper te geloven! Ik kan het me nauwelijks voorstellen van hen.'

'Omdat het niet past in het beeld dat je van hen hebt. Of had.'

Ik slikte en zei niets. Maar toen: 'Weet je, Pete, mijn vader is net overleden. Waarom heb je me dat verteld? Ik kan er op het moment echt niet nóg meer verdriet bij hebben.'

Hij sloeg zijn arm om mijn schouders en zei zachtjes in mijn oor: 'Omdat iets niet alles is. En omdat niemand weet hoe het er in andere gezinnen precies aan toe gaat en omdat gezinnen zich tegenover anderen veel beter voordoen dan ze zijn.'

Ik maakte me van hem los. 'Dat doen wij niet! Ons gezin doet dat niet.'

'Nou, misschien in mindere mate.'

'Hoe bedoel je? In welk opzicht doen we ons naar buiten toe anders voor dan we zijn?'

'Goed, goed. Maar laat me twee dingen zeggen. Drie dingen. We zeggen niet altijd wat we voelen, of wel? Anthony niet, Hannah niet, en jij en ik ook niet. En is dat ook niet een vorm van liegen?

'Ten tweede, we zijn als gezin nog lang niet van elkaar af, en ik hoop dat we nog heel lang bij elkaar blijven. Maar er zullen dingen gebeuren. We zullen elkaar teleurstellen, het is niet ondenkbaar dat we... Er kunnen gewoon dingen gebeuren. Mensen die in een gemeenschap leven lopen voortdurend het risico om met elkaar in conflict te geraken. In werkelijkheid zijn we helemaal niet zo'n vreedzaam ras. Maar het positieve aan een conflict is dat je er, wanneer je je er doorheen weet te slaan, sterker van wordt.

'En drie: je vader is net overleden. En ik wil je helpen. Ik wil proberen om het je zo gemakkelijk mogelijk te maken. Dus laten we het erover hebben hoe we dat kunnen doen. En, Laura, lieveling? Ik hou van je.'

Ik pakte zijn hand, keek naar het klimrek en het patroon van kubussen in kubussen. Vanwege de hoek. Je kon er op verschillende manieren naar kijken – als je er op de ene manier naar keek, dan zag je ze niet, maar keek je er op een andere manier naar, dan zag je ze wel. 'Ik hou ook van jou,' zei ik. De woorden leken te klein, te onbeduidend.

We zaten lange minuten stilzwijgend naast elkaar, en toen zei ik: 'Ik wil morgen naar huis om een paar dingen te regelen. Ik wil mijn werk. En dan kom ik terug om de boel hier uit te zoeken.'

Maggie had me ooit eens verteld over een vriendin van haar bij wie kanker was geconstateerd. 'Ze was alleen maar naar de dokter gegaan omdat ze diarree had,' zei Maggie. 'Ze dacht dat ze het had opgelopen tijdens een reis naar Mexico. De dokter zei dat ze nog ongeveer een halfjaar te leven had. Het voelde alsof ze onder een stapel bakstenen lag, zei ze. De eerste week deed ze niets anders dan op de bank liggen en huilen en huilen. Maar toen stond ze op en pakte ze de draad van het leven weer op. Ongeveer een maand voor haar dood vertelde ze dat de diagnose een uiterst positief ding tot gevolg had gehad, namelijk de verzoening tussen haar en haar dochter met wie ze al jaren niet meer had gesproken. Ze zei dat dit, als ze geen kanker had gehad, mogelijk nooit was gebeurd en dat ze gestorven zou zijn zonder al die dingen te zeggen die haar zo zwaar op het hart drukten, zonder al die dingen te zeggen die ze voelde. En ik zei: 'Maar daarmee wil je toch zeker niet beweren dat het dit waard was, dat de kanker dit waard was!' En ze zei ja, dat ze dat inderdaad bedoelde. En ik zei: 'Nou, ik moet je eerlijk bekennen dat ik dat maar moeilijk kan geloven. Er is heus wel een andere manier dan zo'n catastrofe om iemand zo ver te brengen dat hij de waarheid zegt.' En ze zei: 'Dat is mogelijk, maar daar zou ik nooit achter zijn gekomen. Wat doet het er uiteindelijk toe hoe je achter datgene komt wat het allerbelangrijkste voor je is? Of wanneer? Als je het maar vindt en je in vrede kunt sterven.' Maggie keek me aan met ogen die vochtig waren van de tranen. 'Maar het moment is wel degelijk belangrijk,' zei ze, en ik zei dat ik dat wist. En toen nam Maggie me opeens met zoveel kracht in haar armen dat het pijn deed. 'Wat boffen we toch,' zei ze, en ik knikte tegen haar schouder. 'Griezelig bijna, zoals wij boffen,' zei ze, en ik knikte opnieuw. Ik snapte precies wat ze bedoelde. Soms is zoveel geluk niets anders dan wachten op het moment waarop alles misloopt.

14

De reis terug was zo heel anders dan de rit heen was geweest. Geen geruzie op de achterbank. Alleen maar een respectvolle stilte die van tijd tot tijd werd doorbroken door een neutrale opmerking of het verzoek of er een andere zender op de radio mocht. Ik keek naar buiten en dacht aan hoe ik die ochtend met mijn broer en zus op de rand van mijn vaders bed had gezeten terwijl mijn moeder ons verschillende voorwerpen aanbood die mijn vader hadden toebehoord. Ze had, op die quasi-opgewekte en wat kortaffe manier van haar, zijn laden opengetrokken en door zijn kast gewoeld. Haar ogen waren vochtig van de tranen waaraan ze kennelijk niet had willen toegeven. Ik had alleen zijn zakdoeken maar genomen waarop, in een hoek, in donkerblauw zijn initialen geborduurd waren. Steve had zijn horloge en manchetknopen gepakt – Steve is de enige man die ik ken die nog manchetknopen draagt – en zijn postzegelverzameling. Caroline nam een foto van hem die kort voordat hij met mijn moeder trouwde was genomen: hij stond naast een oude rammelkast, met zijn voet op de bumper en grijnsde van oor tot oor. Al het andere wat mijn moeder had aangeboden – zijn truien, zijn pijpen, een badjas die hij nooit had gedragen – hadden we geweigerd. Voor mij was het allemaal veel te snel. Voor geen van ons drieën was zijn dood op dat moment al in zoverre aanvaard dat we bereid waren zijn dingen uit hun natuurlijke omgeving te verwijderen.

Terwijl Steve en Caroline elkaar zoveel mogelijk probeerden te ontlopen, elkaar niet aankeken en niets tegen elkaar zeiden, hadden zij en ik tijdelijk vrede gesloten. Ik zei haar dat ik binnen een week terug zou zijn, en dat ik haar zou bellen zodra ik weer bij mijn moeder was. Maar nu, op enkele kilometers van mijn huis, had ik spijt van die belofte. Ik had het gevoel dat ik meer tijd nodig zou hebben om mijn eigen leven weer op de rails te krijgen.

Toen we de oprit indraaiden zag ik Maggie, die twee huizen verderop in haar tuin aan het werk was. Ze zwaaide, glimlachte en kwam naar ons toe. 'Hoe was het?' vroeg ze, toen ik uitstapte. Het volgende moment betrok haar gezicht en ze vervolgde: 'O, hemel. Was het echt zo erg?'

Pete en de kinderen begroetten Maggie, waarna ze het huis in gingen en ons alleen lieten. 'Mijn vader is overleden,' zei ik.

Ze keek me lange seconden aan terwijl ze mijn woorden probeerde te begrijpen. 'Zomaar... nu net? Terwijl jullie bij je ouders waren?'

Ik knikte.

'O, goeie god.' Ze omhelsde me, en deed vervolgens een stapje naar achteren om me onderzoekend op te nemen. 'Wat afschuwelijk. Doug zei dat je gebeld had. Maar ik had je nummer niet en kon niet terugbellen.'

'Dat was niet de reden van mijn telefoontje. En op dat moment was hij nog niet eens... Ik belde je om iets anders.' Ik keek naar ons huis en zag Pete langs het raam van de woonkamer lopen. Hij keek alles na om te controleren of er tijdens onze afwezigheid iets was gebeurd. De kinderen zaten waarschijnlijk op hun kamer waar ze weer zichzelf konden worden na dagenlang ouders en familieleden om zich heen te hebben gehad.

'Als je wilt kunnen we straks verder praten,' zei Maggie. 'Moet je naar binnen?'

'Nou, eigenlijk wil ik er even uit. Kun je mee?'

'Laat me even Doug waarschuwen, en dan gaan we. Ik haal je op. Waar wil je naartoe?'

'Ik weet niet.'

'Nou, alcohol of suiker?'

'Alcohol en zout.'

'Goldie's?' zeiden we in koor. Goldie's was beroemd om zijn nacho's en margarita's. En ik schoot in de lach. Het was heerlijk om te lachen. Ik had ook het gevoel dat ik weer een beetje mijzelf werd.

Ik ging naar binnen om Pete te zeggen dat Maggie en ik iets gingen drinken, en hij zei dat er een boodschap op de voicemail stond. Mijn moeder. Ze zei dat ze een poosje bij ons wilde komen logeren. Ze wilde de volgende dag met het vliegtuig komen.

'Nee,' zei ik.

'Nee?' herhaalde hij verbaasd. 'En hoe wil je dat tegen haar zeggen?'

'Gewoon dat ik het niet wil.'

'Laura.'

'Ik heb toch gezegd dat ik naar háár toe kom?'

'Ze wil hier komen. Vind je echt – '

'Ik ga uit met Maggie. Ik bel haar wel wanneer ik terug ben.' Ik keek naar de stapel kranten en post op de keukentafel. Zelfs dát leek een onoverkomelijke hindernis. 'Ik wil gewoon even weg, Pete.'

Ik ging naar boven om Hannah te zeggen dat ik uit ging. Ze zat op haar bed en was aan het telefoneren. 'Wacht even,' zei ze, terwijl ze mij vol verwachting aankeek.

'Maggie en ik gaan even ergens iets drinken, oké?'

'Ja. Mag ik vanavond ergens gaan eten, en met Gracie schoolkleren kopen?'

School. Dat was ik helemaal vergeten. School begon over drie dagen. 'Ja, dat lijkt me een uitstekend idee. Pap geeft je wel geld. Maar denk eraan – '

'Dat weet ik,' zei ze, met haar ogen rollend. 'Geef niet te veel uit aan één ding. En koop dingen die je kunt combineren.'

'Precies.'

Ik klopte op de deur van Anthony's kamer. Niets. Ik klopte opnieuw en hoorde hem zeggen: 'Binnen.'

Hij lag op zijn bed, en de *Sports Illustrated* lag op zijn buik.

'Ik wilde alleen maar even zeggen dat ik uitga. Pap zorgt voor het eten.'

'Best.' Zijn stem had een defensief ondertoontje.

'Is er iets, Anthony?'

'Nee!'

Ik ging op de rand van zijn bed zitten. 'Zeg op.'

'Niets. Alleen maar... ik hoorde je in de keuken. Met pap. Over oma.'

Ik probeerde me woordelijk te herinneren wat ik had gezegd, en op welke toon. 'Ja?'

'Ik weet het niet, maar ik vind het eigenlijk niet normaal dat je niet wilt dat ze hier komt. Het kan niet gemakkelijk voor haar zijn om alleen in dat huis te zitten, en om overal waar ze kijkt, opa te zien. Misschien wil ze er gewoon even tussenuit.'

'Nou, Anthony.'

Hij wachtte.

'Er zijn een heleboel dingen... ik bedoel, ik heb toch gezegd dat ik terug zou gaan om haar te helpen.'

'Maar misschien wil ze – '

'Weet je wat, lieverd? Maggie staat op me te wachten. We komen hier straks op terug. Ik vind het heel lief van je dat je je zulke zorgen om oma maakt, echt. Maar ik – '

'Schiet dan op!' zei hij. 'Ik hou je heus niet tegen!' Hij nam zijn tijdschrift weer op, en nadat ik even geaarzeld had, ging ik terug naar beneden. Pete's woorden echoden door mijn hoofd. *We zeggen niet altijd wat we voelen, of wel?* Ik overwoog om weer naar boven te gaan en Anthony de waarheid te vertellen. Maar op dat moment wist ik nog niet wat de waarheid was.

Officieel was Goldie's half bar, half restaurant. Maar je kon er aan de bar zitten en alles bestellen wat op de kaart stond, en je kon net zo goed in het restaurant zitten en alleen maar iets drinken. Frank, de eigenaar, was iemand die nergens een probleem van maakte. Je kon van alles bij hem eten, van enchiladas tot kip-tandoori en meerval met een korst van pecannoten. Normaal gesproken dien je dat soort gelegenheden te wantrouwen omdat, wanneer een keuken nergens in gespecialiseerd is, er niets echt lekker is. Maar bij Goldie's was alles even verrukkelijk. Frank had me ooit eens verteld dat zijn vrouw, Goldie, die op haar drieëndertigste plotseling was overleden, 'geen cuisine had gevonden die ze niet de baas kon'. Eten bij hen thuis was altijd een avontuur. Frank had nooit geweten wat hem bij thuiskomst te wachten stond, en dat had hij heerlijk gevonden. Voor haar dood was hij beursmakelaar geweest, en daarna had hij besloten een restaurant te openen om haar te eren. Hij wist niets van het vak, maar wat hij wel wist was dat mensen die uit eten gaan op zoek zijn naar afwisseling en naar iets wat echt lekker is – en dat was precies wat je bij hem kon vinden. Intussen was hij éénenzestig – een knappe man met een dikke bos grijs haar en een indrukwekkend lichaam – en hij trainde elke dag op de sportschool om de alcohol die hij de avond ervoor had gedronken uit zijn systeem te werken. Je kunt waarschijnlijk wel zeggen dat Frank een alcoholist is, maar hij is een charmante alcoholist met smaak. Na Goldie's dood is hij aan de drank geraakt – zijn vrouw was alles voor hem. Ze hadden geen kinderen, en Frank beschouwt zijn klanten als zijn familie. Hij maakt er een punt van om iedereen die meer dan één keer bij hem binnenkomt, bij naam te kennen.

Dus zo kwam het dat Frank, toen Maggie en ik binnenkwamen, ons vanaf de bar toeriep: 'Hé, Laura, hoe was de kermis?'

'O, leuk.' Ik keek Maggie aan, en aan haar gezicht zag ik dat ze het met me eens was. Dit was niet het moment.

'Bar of restaurant?' vroeg Frank, terwijl hij zijn hand in de bak met de menukaarten stak. 'Late lunch, vroeg avondeten, of alleen maar iets drinken?'

'Nacho's met extra kaas en margarita's in het restaurant?' opperde ik.

'Komt in orde.' Frank liet de kaarten weer in de bak vallen en ging ons voor naar de achterzijde van het lokaal dat als restaurant dienstdeed. Het was halfzes en we waren de enige gasten. 'Ga maar zitten waar je wilt,' zei Frank tegen ons, 'en ik geef jullie bestelling door.'

Ik ging aan een tafeltje in de hoek zitten en legde mijn gevouwen handen voor me op het tafelkleed. 'Daar gaat-ie.'

'Heb je tissues bij je?' vroeg Maggie.

'Waarvoor?'

Ze haalde een pakje uit haar tas. 'Hier.'

'Ik ga niet huilen.'

'Best.'

'Ik meen het!'

Ze stopte de Kleenex weer in haar tas. Toen boog ze zich met een glimlachje naar mij toe en vroeg: 'Was het niet volkomen onverwacht?'

'Ja. Een hartaanval. Hij was opgenomen met een lichte hartaanval, en toen kreeg hij een zware.'

Een jonge serveerster, die twee handen nodig had om het dienblad te dragen, bracht onze drankjes. 'Daar zijn ze dan!' riep ze overdreven vrolijk uit om haar onzekerheid te verdoezelen. Als het aan mij lag had ze haar fooi verdrievoudigd. Heel voorzichtig, en met het puntje van haar tong in haar mondhoek, zette ze onze glazen voor ons neer. 'Ziezo!' Ze keek ons stralend aan. 'En wilt u verder nog iets?'

'We hebben nacho's besteld,' zei Maggie. 'Met extra kaas.'

'Ja, ja, dat heeft Frank me verteld. Maar... wilt u verder nog iets?'

'Nee, nee, voorlopig niet,' zei ik. 'Ik roep je wel.'

'Oké. O! Ik heet Paula? En ik ben vanavond uw serveerster?'

'Goed, Paula.'

Ik had een opmerking voor Franks ideeënbus: 'Hé, Frank, wees alsjeblieft het enige restaurant in de buurt dat zijn personeel niet aanmoedigt een intieme relatie met de klanten aan te gaan.'

'Dus hij is onverwacht gestorven, niet?' vroeg Maggie. 'Dat is een goede manier om te gaan, vind ik. Zo is mijn vader ook overleden – een hartaanval. Alleen was hij niet meteen dood, maar heeft eerst nog een paar dagen in coma gelegen. Daarmee had ik de tijd om nog een paar dingen tegen hem te zeggen. Of zoiets, dan. Ik bedoel, ik heb aan zijn bed gezeten en dingen tegen hem gezegd. Maar toen – en daar schaam ik me nu eigenlijk wel voor – had ik ineens de neiging om een beetje new age-achtig te zijn, en ik zei: "Nou, pap, nu kun je wel gaan. Ga maar naar het licht." En daarop sprong mijn moeder uit haar stoel en riep: "Nee, nee, Tom, niet gaan! Laat me niet alleen!" En ze greep hem vast en begon te snikken, en ik stond me naast het bed alleen maar ontzettend ellendig te voelen.'

Ik hief mijn glas, stootte het met een ironische glimlach tegen dat van Maggie, en nam een flinke slok. 'En wat heb je tegen hem gezegd?'

'Tegen mijn vader?'

'Ja.'

Ze wendde haar blik af en keek naar Frank die een paar tafels aan elkaar schoof voor de groep gasten die zojuist was binnengekomen. 'Ach, je weet wel, dingen als, ik wilde je nog bedanken voor je hulp bij het verkopen van de koekjes voor de padvinderij, en voor dat je me hebt geleerd hoe ik een voetbal moet vangen, en voor die keer dat je zei dat ik het mooiste meisje van het jaarboek van school was, terwijl we alletwee wisten dat dat niet zo was. En ik heb hem gezegd dat ik van hem hield, je weet wel, en dat ik altijd... dat hij altijd – ' Onze ogen schoten vol tranen, en ze zocht in haar tas naar de tissues. 'Het is nooit genoeg. Het maakt niet uit wat je zegt. Dus zit er maar niet al te erg over in dat je te laat was.'

'Maar daar zit ik nu juist wel over in. Echt.' Ik veegde nog een paar tranen weg.

'Je moet niet denken dat je dit snel verwerkt hebt, lieverd.

De pijn gaat nooit helemaal weg. Onze vaders zijn nu eenmaal – '

'Dat weet ik.' Ik moest harder huilen, en toen ik mezelf geluiden hoorde maken keek ik Maggie geschrokken aan.

'Wil je dat ik snel van onderwerp verander?'

Ik knikte.

'Goed, goed.' Ze ging staan, draaide zich met haar rug naar me toe, en vroeg over haar schouder: 'Hoe zit deze broek om mijn billen? Zien ze eruit als twee watermeloenen?'

Ik snoot mijn neus. 'Ja.'

'Nee, nee, wees eerlijk. Ik wil het eerlijk weten.'

Ze lachte en ging weer zitten, en we doken op de nacho's die onze nieuwe vriendin Paula voor ons op tafel had gezet. Ik at er één, en nog één, en keek om me heen terwijl ik mijn emoties weer in de hand probeerde te krijgen. 'Voor mijn vader stierf, heeft mijn zusje Caroline me een aantal dingen over mijn moeder verteld.'

'Best, maar éérst wil ik van je weten of mijn billen op twee watermeloenen lijken.'

'Nee... Hooguit op hammen.'

'O, ik snap het. Bedankt, hoor. Ik voel me meteen een heel stuk beter. Wat voor dingen?'

Ik bestelde nog een drankje en stak van wal.

Uren later zaten Maggie en ik op de tribune van het rugbystadion van de school, waar we naartoe waren gegaan nadat Goldie's was gesloten. De sterren leken heel dichtbij, en de constellaties leken op sterrenkaarten. Ik keek op mijn horloge. 'Hemel, het is halfdrie!'

'Denk je dat Pete zich zorgen maakt?'

'Nee. Ik denk dat hij naar bed is gegaan. En Doug?'

'Ik neem aan dat hij zich een beetje zorgen maakt, maar dat geeft niet.'

Ik kwam overeind en stond niet helemaal vast op mijn benen. Hoewel ik niet precies wist hoeveel ik had gedronken, was het duidelijk meer geweest dan normaal. 'We moesten maar eens gaan.'

Ze pakte mijn hand en trok me weer op de bank. 'Zo meteen. Ik moet je eerst nog iets vertellen.'

'Wat?'

'Nou, een verhaal over... nou, elke zomer logeerden we bij mijn oom en tante. We gingen naar hen toe omdat ze aan een meer woonden... sterker nog, de hele familie bivakkeerde altijd in vakantiehuisjes in de buurt en gebruikte hun huis als hoofdkwartier. Maar ik logeerde bij hen thuis – ze hadden een dochter van mijn leeftijd en we sliepen samen op haar kamer. Ik was stapel op dat gezin, en oom Harold was mijn grote favoriet. Hij was knap, en heel aardig en je kon verschrikkelijk met hem lachen. Maar tijdens één van die vakanties – ik was negen – gaf hij me een pak op mijn billen. Hij greep me bij de arm en gaf me vijf of zes harde klappen op mijn billen. Dat deed hij waar andere mensen bij waren, dat weet ik nog goed, want dat maakte het extra vernederend. We stonden op de gang, maar de woonkamer zat vol mensen die het konden zien. De voordeur stond open, het was een prachtige dag. Ik herinner me een briesje dat naar water rook, en de bal katoen die ze op de hordeur hadden gespeld om de vliegen op een afstand te houden. Ik herinner me de rode korte broek die ik aanhad, en een rood gestreept topje met spaghettibandjes die op de schouder werden gestrikt, en dat die bandjes die dag pijn deden omdat ik verbrand was. Al die dingen weet ik nog. Maar ik weet niet waarom ik dat pak op mijn billen heb gekregen, dat kan ik me met geen mogelijkheid herinneren. En het is bij die ene keer gebleven, maar ik was er kapot van. Vanaf die keer wilde ik nooit meer bij hen logeren. Ik was bang voor hem – hij was ineens een heel ander mens voor mij.'

'Je wilde waarschijnlijk dat hij zijn excuus zou aanbieden.'

'Nee, ik geloof niet dat het dat was. Ik heb meer het gevoel dat ik niet meer bang voor hem wilde zijn. Snap je wat ik bedoel?'

'O, Maggie. Wat moet ik doen? Als ik mijn moeder bij ons laat komen logeren, verraad ik Caroline. En als ik tegen mam zeg dat ze niet kan komen, dan verraad ik háár terwijl ze het op het moment juist zo moeilijk heeft.'

'Zeg maar dat ze kan komen,' zei Maggie. 'Laat haar maar bij jou thuis komen, en dan ga jíj naar Caroline. Laat haar haar verhaal af maken.'

Ik slaakte een diepe zucht.

'Het is maar een idee.'

'Het is een uitstekend idee. Ik zou met Caroline en Steve kunnen praten – hij is nog steeds in de stad en logeert bij een oude schoolvriend van hem. Misschien dat ze dan alles kan vertellen wat ze op het hart heeft, dan kunnen we zeggen dat we achter haar staan.' Ik rolde met mijn ogen.

'Denk je dat Steve erbij zou willen zijn?'

'Ja, ik denk van wel. In ieder geval voor een paar uur. Als ik het hem vraag, dan komt hij. Ik zou kunnen zeggen dat Caroline en ik zijn hulp nodig hebben bij een paar dingen die in huis moeten worden gedaan. En dan zouden we hem er langzamerhand bij kunnen betrekken. Ik geloof dat het voor Caroline belangrijk is om ook met hem te praten.'

'Ik help je wel met de kinderen. Zeg maar dat ze altijd welkom zijn als ik ze ergens mee kan helpen. Ik werk thuis trouwens toch veel beter dan op kantoor. Ik ga alleen maar naar kantoor voor de donuts.'

Ik drukte een zoen op haar voorhoofd. 'O, Maggie. Ontzettend bedankt. Wat zou ik zonder jou moeten beginnen?'

'Kom op, we gaan naar huis,' zei Maggie. 'Voor je nóg sentimenteler wordt.'

We gaven elkaar een arm en liepen over het veld. Het enige geluid was dat van onze voetstappen op het gras dat als gevolg van het uitblijven van regen, stijf en hard was. Ik keek naar de vuurvliegjes, naar de oplichtende en dovende lichtpuntjes.

Toen ik naast Pete in bed kroop, had ik mijn gezicht niet met milk of tonic of zelfs maar met water en zeep schoongemaakt. Ik had mijn tanden niet gepoetst en geflost en het kleine tandenborsteltje er niet tussendoor gehaald, en ik had mijn tandvlees niet gemasseerd en het wit niet van mijn tong geschrapt. Ik had mijn peperdure vochtinbrengende crème niet opgesmeerd, een emulsie die waarschijnlijk evenveel voor mijn huid deed als vaseline. Ik had niet voorzichtig mijn onderkin opgetild en mijzelf van meerdere kanten bekeken, en verdrietig vastgesteld dat een chirurgische ingreep waarschijnlijk geen overbodige luxe was. Ik had mijn gingko biloba, dat geacht werd mijn falende geheugen te helpen, niet ingenomen. Onlangs had een vriendin van mij over gingko biloba gezegd: 'Volgens mij helpt dat spul, hoe heet het ook alweer, heel goed. Ik vergeet het alleen maar in te nemen.' Een andere vriendin van me vertelde me over die keer dat ze haar mobiele telefoon had opgenomen en tegen haar vriendin die opbelde had gezegd dat ze op de parkeerplaats voor de praktijk van de dokter stond, maar te vroeg was voor haar afspraak en tijd had voor een gesprek. Ze zei tegen haar vriendin: 'Verdorie, ik kan mijn mobiele telefoon nergens vinden.' Wacht, het wordt nog erger, want toen zei haar vriendin: 'Rustig maar, bedenk waar je het afgelopen uur bent geweest.'

Dus ik had mijn vaste avondroutine van A tot Z overgeslagen, en ik voelde me geweldig. Ik vroeg me af waarom ik mijn leven zo gecompliceerd maakte. Ik voelde me heerlijk vrij. Ik had alleen mijn sandalen en broek maar uitgetrokken, en was op mijn helft van het bed gaan liggen. De matras voelde als een bootje op een woeste zee. Ik zette een voet op de vloer, en het bed hield op met schommelen.

'Hoe laat is het?' vroeg Pete.

Ik keek op de wekker en zei, mijn woorden met zorg articulerend – en ook opgewekt, dacht ik. 'Eén minuut over drie!' Ik vond mezelf ontzettend jolig klinken.

Pete hees zichzelf op één elleboog en keek me aan. 'O, help, je bent helemaal in vorm. Ik hoop dat Maggie heeft gereden. Ja?'

'Ja.' Mijn verhemelte was gevoelloos. Ik voelde aan mijn lippen. Ja, daar zat een beetje gevoel in. In gedachten zag ik het gezicht van dr. Paine, mijn tandarts (ja, ik weet het, en hij weet het ook – iedereen weet het) voor me, compleet met papieren masker, groen beschermingsbrilletje en zijn zwarte krulhaar. 'Is het al verdoofd, Laura?' Nee, nog niet.

'Heeft Maggie evenveel gedronken als – '

'Nee! Jezus – oei! Sorry.'

Hij deed het licht op zijn nachtkastje aan.

Ik hield een hand boven mijn ogen en keek hem met half dichtgeknepen ogen aan. 'Hé, ben je gek?'

'Nee, ik vind dat je een avondje uit verdiend had.' Hij deed het licht weer uit.

'Pete?'

'Ja.'

'Vertel me een herinnering.'

'O, Laura, doe me een lol. Ik ben moe.'

'Maar ik heb het nodig. Ik bedoel, ik heb het nodig dat je me er een vertelt.' Ik draaide me naar hem toe, voelde me duizelig en draaide me weer terug. 'Zal ik er jóu dan een vertellen?'

Geen reactie, maar ik hoorde aan zijn ademhaling dat hij niet weer in slaap was gevallen.

'Ik ben ooit eens naar het hoofd van de school gestuurd omdat ik de wiskundelerares had uitgelachen om haar kin. Ze had een enorme onderkin. Mevrouw Menafee, zo heette ze. Jouw beurt.'

Pete kreunde. 'Ik weet er geen, Laura.'

'Ja, wel. Vertel op. We hebben tot nu toe geen avond overgeslagen, Pete.'

Hij deed het licht weer aan. 'Is alles goed met je?'

Ik schermde mijn ogen af met het kussen. 'Ja.'

Voorzichtig trok hij het kussen weg. Hij was intussen klaarwakker. 'Heb je het aan Maggie verteld? Van Caroline?'

'Ja. We hebben het er uitvoerig over gehad. Héééééél uitvoerig.'

'En wat zei ze?'

Ik trok het kussen terug en bedekte er mijn ogen weer mee. 'Zou je het licht uit willen doen, alsjeblieft?'

Ik hoorde de zachte klik van het schakelaartje, en toen herhaalde Pete: 'En wat zei ze?'

Opeens voelde ik me uitgeput en helemaal niet jolig meer. Ik duwde het kussen omhoog en plaatste het zorgvuldig onder mijn hoofd. 'Ze heeft een idee waar ik het met je over wil hebben. Morgen. Vertel me een herinnering en dan kunnen we gaan slapen. Een korte. En geen verdrietige.'

Hij ging op zijn rug liggen, dacht even na en zei: 'Goed. Ik ben ooit eens weggelopen. En het enige wat er in mijn koffer zat waren broodjes salami.'

'Hoe oud was je?'

'Achttien.'

Ik giechelde. 'Ga weg.'

'Echt waar. De rest kwam later wel, dacht ik. Subby vond me toen ik bijna bij het busstation was.'

'Wat deed hij?'

'Hij nam me mee naar het park waar we een paar van de broodjes hebben gegeten, en toen zijn we naar huis gegaan.'

'En wat deed Rosa?'

'Ze gaf me een mep op mijn achterhoofd, waarna ze me omhelsde en me te eten gaf.'

Ik dacht aan Rosa met haar schort voor, met knikkende knieën van opluchting, die zo blij was dat ze haar zoon weer zag, dat ze hem een klap gaf. Ik vroeg me af hoe vaak je iemand een klap verkocht omdat je in feite van hem of haar hield. Er schoot me iets te binnen en ik werd een beetje helderder. 'Hoe waren de kinderen vanavond?'

'Ik heb Hannah amper gezien. Ze is thuisgekomen met nieuwe kleren. En iets voor haar haren... sperma.'

'Wat?'

'Nou, daar lijkt het op. Je weet wel, iets van gel, of zo. Haar-prut.'

'Hm. Haar uiterlijk wordt steeds belangrijker voor haar. Wat voor soort kleren heeft ze gekocht?'

'Ik weet niet. Ze zal ze je morgen wel laten zien. Anthony en ik hebben bij McMannus een biefstuk gegeten.'

'Hoe vond je hem?'

'Anthony? Gewoon. Hoezo?'

'Was hij boos op mij?'

'Nee, waarom?'

'Hij vindt dat mijn moeder hier zou moeten komen.'

Stilte.

'Pete?'

'Ja?'

'Vind jij dat ook?'

'Ga slapen, Laura. Morgen praten we erover.'

'Goed. Maar mijn nieuwtje van de dag? Maggie wil nog een kind.'

'Meen je dat?'

'Niet dat ze er écht een wil, maar ze zou het leuk vinden.'

'O. Nou, ik ook. Dat is mijn nieuwtje van de dag. Goed? Welterusten.'

'Wil jij nog een kind?' In gedachten zag ik mijzelf in een schommelstoel zitten en naar de baby in mijn armen kijken. Met mijn slappe onderkin. 'Wil je nóg een kind?'

'Ja. Maar niet echt.'

Even was ik stil, en toen zei ik: 'Ik ben zo blij dat ik weer thuis ben.'

Stilte.

'Pete?'

Een diepe snurk. Ik sloot mijn ogen en hoopte dat ik zou kunnen uitslapen.

Het mocht niet zo zijn. Het was een paar minuten voor vijf toen ik Hannah in de badkamer hoorde kreunen. Toen ik bij haar kwam zat ze diep voorovergebogen op de rand van het bad. Ik ging op mijn knieën naast haar zitten en vroeg: 'Hannah? Wat is er?'

Ze streek haar haren uit haar gezicht, keek me aan, en ineens veranderde haar gezicht. 'Wat is er met jou gebeurd?'

'Wat bedoel je?'

'Wat is er met jou gebeurd?'

'Niets.'

'Je ziet eruit alsof... Kijk dan zelf hoe je eruitziet!'

Ik stond op en keek in de spiegel, maar wendde mijn blik vrijwel meteen weer af. Nadat ik opnieuw naast Hannah was geknield zei ik: 'Ik ben alleen maar... Ik heb mijn gezicht niet gewassen voor het slapengaan.'

Ze nam me peinzend op, en toen zei ze: 'Ik heb heel erge kramp. Waarom moeten dat stomme ongesteld zijn ook nog eens zo'n pijn doen?'

'Geen idee. Misschien bij wijze van oefening voor het kinderen krijgen.'

'Ja, en dat doet nog véél meer pijn dat dit!'

'Maar je bent het daarna weer heel snel vergeten,' zei ik, de eeuwenoude leugen instandhoudend. Ik trok het medicijnkastje open en inspecteerde de inhoud.

'Dat heb ik al gedaan.'

'Wat?'

'Ik heb al wat ingenomen.'

'Wát heb je ingenomen?'

'Advil.'

'Goed. Nou, ga dan maar weer naar bed. Ik geef je het elektrische dekentje, en dan kom ik bij je liggen.'

Ze verliet de badkamer en zei over haar schouder: 'Mam? Niet beledigd zijn, hoor, maar zou je alsjeblieft je tanden kunnen poetsen?'

Ik poetste mijn tanden, waste mijn gezicht, nam zelf twee Advils, en haalde het dekentje uit de linnenkast. Dit is een teken, dacht ik. Ik kan hier niet weg. Mijn kinderen hebben me nodig. Dit is een duidelijke boodschap: je bent hier meer nodig dan daar.

Ik stak de stekker van het dekentje in het stopcontact, gaf het aan Hannah en ging naast haar liggen. 'Arme schat.'

'Wat?' vroeg ze haast onverstaanbaar. Ze had haar kussen over haar hoofd getrokken.

'Ik zei: Arme schat. Het valt niet mee, hè?'

Ze tilde haar kussen op en keek me aan. 'Ben je dronken?'

Ik zei niets.

'Mam! Ben je drónken?'

'Och, een heel klein beetje maar.'

'Hoe bestaat het. Je bent dronken! Getver!'

Ik probeerde me zo nuchter mogelijk te voelen en articuleerde zo goed als ik kon. 'Ik heb te veel gedronken. Dat is waar. Maar desalniettemin ben ik hier om jou te helpen. Ik weet precies hoe erg die krampen kunnen zijn.'

Ze ging weer liggen. Ik was half en half vergeven. 'Ja. En wat krijgen jongens? Niets!'

'Niet waar.'

'Nou, wat krijgen ze dan?

'Ze krijgen... de schuld van de zonden van hun vaders.'

'Hoe bedoel je dat?'

'Mannen worden nog steeds smeerlap genoemd, hoewel hun gedrag met sprongen vooruit is gegaan. Hoe zou jij het vinden om voortdurend voor smeerlap te worden uitgemaakt?'

Ze dacht even na. 'Nou, ik zou veel liever voor smeerlap worden uitgemaakt. Die krampen doen echt heel erge pijn, mam.'

'Dat weet ik, lieverd. Ik had er vroeger ook zo'n last van. Een keer, toen ik zo oud was als jij, kreeg ik kramp onder schooltijd en ik nam wat Midol dat ik van een vriendin had gekregen. Maar ik denk dat ik er te veel van had genomen, want ik flipte op een onvoorstelbare manier.'

'Hoezo? Hoe bedoel je?'

'Ik weet niet. Ik voelde me... ontzettend raar. Ik ging naar de wc en ging op de vloer zitten. Ik weet nog dat ik de kleren van het meisjeskoor aanhad – die afgrijselijke groene trui – want we hadden net een uitvoering gehad. Hoe dan ook, ik zat daar en het deed echt heel veel pijn, en iemand haalde de verpleegster en ik draaide helemaal door. Ik weigerde haar te zeggen hoe ik heette, en ik wilde niet dat ze me zou helpen.'

'Waarom was dat?' Hannah steunde op één elleboog en keek me doordringend aan.

'Ik zou het werkelijk niet weten.'

'En wat toen?'

'Het hoofd kwam erbij. De verpleegster belde mijn moeder en vertelde dat ik niet wilde meewerken, dat mijn gedrag heel vreemd was en dat ik haar mishandeld had, en toen kwam oma me halen.'

'Was ze boos?'

'Nee, ze was niet boos.' Ik herinnerde dat we in stilte naar huis waren gereden. Het was geen boze, maar een soort van samenzweerderige stilte. Op een gegeven moment had ze haar hand op mijn knie gelegd en geglimlacht. Toen we thuis waren bracht ze me naar bed en ze maakte een kruik voor me. En ze gaf me een glaasje bramenlikeur, wat haar middeltje tegen krampen was.

Hannah lag op haar rug op de elektrische deken. 'Ik kan me helemaal niet van je voorstellen dat je zoiets hebt gedaan.'

'Dat wil ik best geloven.'

'En waarom heb je me dat verteld?'

Ik lachte. 'Ik weet niet. Het schoot me ineens weer te binnen.'

'Goed. Nou, ik ga weer slapen. Maak me niet wakker, alsjeblieft, ook niet als ik om twaalf uur nog niet wakker ben.' Ze draaide zich op haar zij, met haar rug naar me toe.

Ik trok de deken over haar schouder, ging weer liggen en staarde naar het plafond omdat ik intussen te wakker was om nog te kunnen slapen.

Het zijn Steve en ik die op een zonnige middag met gekruiste benen op de vloer van de woonkamer over een spelletje Monopoly gebogen zitten. We zijn een jaar of zes en tien en grijnzen voldaan; hij, omdat hij bezig is om 'een spel voor grote kinderen' te leren, en ik, omdat ik won. Van dat laatste was ik overtuigd omdat het zelden gebeurde dat ik bij Monopoly verloor, ongeacht wie mijn tegenstander was. Op de achtergrond ligt Caroline in haar pyjama op de bank. Ze heeft de waterpokken. Ze houdt haar grote, gele teddybeer dicht tegen zich aan gedrukt, en rekt haar hals om te kunnen zien hoe we spelen. Ik weet nog dat Caroline haar beer Hope had genoemd, en dat we dat allemaal nogal vreemd hadden gevonden. Hope heeft ook de waterpokken – stipjes van rood etalagekarton die Caroline zorgvuldig heeft uitgeknipt en met plakband op het berenlijf heeft geplakt. Terwijl Steve en ik met onze rug naar haar toe zitten te spelen, putte zij op haar manier troost uit iets wat ze zelf had gemaakt. Ik herinner me hoe ik haar die dag tegen mijn moeder hoorde zeggen dat ze keelpijn had, dat de pokken nu ook in haar keel zaten, waarop mijn moeder zei dat ze zich niet moest aanstellen. Jaren later, toen Hannah de waterpokken had en ik met haar naar de dokter was gegaan, keek hij in haar keel en zei: 'Ja, hoor.'

15

'Je hoeft niet met de auto te komen,' zei ik tegen mijn moeder. 'Je kunt rustig komen vliegen. Je hebt hier geen auto nodig. Je houdt er niet van om lange autoritten te maken. Je houdt er niet eens van om kórte autoritten te maken!' En in gedachten voegde ik eraan toe: 'En ik peins er niet over om je te halen.'

'Maar ik blijf een hele week,' zei ze. 'En jij werkt en de kinderen gaan weer naar school... Stel dat ik ergens naartoe wil? Ik wil jou niet zonder auto laten.'

'Je kunt hem nemen wanneer je wilt. Ik gebruik hem toch haast nooit.' Ik wilde haar niet zeggen dat ik de dag na haar aankomst hier, naar háár huis zou gaan.

Het was een regenachtige maandagochtend. Kort voordat ik mijn moeder had gebeld, had ik met Steve en Caroline gesproken die er beiden in hadden toegestemd om woensdagmiddag naar het huis van onze moeder te komen, zogenaamd om samen te overleggen wat er met het huis moest gebeuren – mam had altijd gezegd dat ze daar niet in haar eentje wilde blijven wonen. Ik wist niet of ze daar nog net zo over dacht, maar dat wilde ik haar op dit moment niet vragen. Steve was een beetje stroef geweest – ik had hem uit een diepe slaap gewekt en hij had die dag weer naar huis willen gaan. Maar nadat ik hem ervan had overtuigd dat het veel handiger was om deze zaak nu te bespreken dan dat hij er later voor terug zou moeten komen, besloot hij te blijven. Hij had bovendien gezegd dat hij naar het vliegveld zou komen om me te halen. Op die manier kon ik hem voor het gesprek met Caroline alvast wat bewerken.

De donder rolde zo luid dat ik de trilling ervan in mijn borst kon voelen. De schuine slagregen beukte tegen de ramen. Het was een wonder dat de kinderen niet wakker waren geworden van het weer. Ik wilde ophangen, want ik had gehoord dat het geen goed idee was om tijdens onweer te telefoneren. In gedachten zag ik een striptekening van hoe de bliksem via de telefoon in mijn hersens sloeg, mijn haren overeind deed staan, mijn ogen als spiralen uit hun kassen rukte en de neuzen van mijn schoenen omhoog liet krullen. 'Ik moet ophangen, mam,' zei ik. 'Tot morgen.'

Ik hing op, liep naar het koffiezetapparaat om mijn mok te vullen en ging bij Pete aan tafel zitten. 'Daar gaat-ie dan.'

Hij keek me even aan, maar boog zich toen weer over de financiële pagina van de krant.

'Ik vind het slecht van mezelf dat ik wegga, net nu de school weer begint.'

'Ze redden zich heus wel,' zei Pete. 'Ze hebben ons niet meer nodig.'

'Natuurlijk wel!'

'Niet meer op die manier. En ik ben thuis. En Maggie is altijd bereid om te helpen.'

Ik pakte het eerste katern van de krant en bekeek de koppen. 'Waarom staat er nooit eens positief nieuws op de voorpagina?'

'Omdat mensen veel meer aandacht aan slecht nieuws besteden.'

'Nee, niet waar. Dat zeg je altijd, maar dat is niet zo!'

Hij legde de krant neer. 'Wil je ruzie, Laura? Heb je behoefte aan ruzie?'

Ik zei niets, knipperde met mijn ogen, en knipperde nog eens.

'Waarom ben je boos?'

'Ik ben niet boos.' Ik begon de krant te lezen, maar hield daar even later weer mee op. 'Ik bén niet boos. Het is alleen... ik heb hier helemaal geen zin in. Ik wil gewoon thuisblijven en werken. Ik heb zoveel te doen. En een gezin om voor te zorgen. Ik wil mijn eigen leven leiden, niet de problemen van een ander oplossen.'

'Maar ze is je zuster!'

'Ik weet niet eens wat dat betekent.'

Hij keek me half grijnzend aan alsof hij wilde zeggen: *Toe zeg, dat meen je toch zeker niet!*

'Nou, ik weet het echt niet. Ze was niet normaal. We hadden geen relatie zoals zusjes die behoren te hebben, en dat weet je best. Ze... o, hou op, als kind sprak ze met de doden, en dat vertelde ze me niet omdat ze me bang wilde maken, maar ze meende het.'

Pete liep naar het aanrecht, spoelde zijn mok af en zette hem in de afwasmachine. En hij zei niets.

'Wat?' vroeg ik, met mijn rug naar hem toe.

'Niets.'

Ik draaide me om. 'Pete. Wat is er?'

'Als het Maggie was die dat soort problemen had...'

'Ja? Je bedoelt dat ik me uit zou sloven om haar te helpen? Natuurlijk. Maar zal ik je eens wat zeggen? Ik ben niet zo'n aanhanger van de theorie van: ze is familie van je, dus je moet iets doen. Misschien zou het veel beter zijn als de mensen hun familie zelf kozen.'

Pete kwam terug naar tafel en ging weer zitten. 'Het is heel goed denkbaar dat je met andere mensen meer gemeen hebt, Laura, maar of je nu wilt of niet, je hebt nu eenmaal je biologische familie.'

'Dat hoef je mij niet te vertellen. Maar betekent dat – ?'

'Ja.' Hij keek op zijn horloge en stond op. 'Ik moet weg. Tot vanavond.'

'Wacht!'

Hij draaide zich om, maar toen ik aan zijn bewegingen zag dat hij een beetje ongeduldig was, zei ik: 'Laat maar.' Ik ging voor het raam staan en keek hem na tot hij was weggereden, en toen ging ik naar boven om te douchen. Daarna zou ik naar de kelder, naar mijn atelier gaan, om mij daar te wijden aan kleur en textuur en patroontjes die helemaal niets met persoonlijkheden te maken hebben. Maar dat hebben ze natuurlijk wel. Toen Anthony een jaar of zes was heeft hij ooit eens aan me gevraagd: 'Als het mogelijk zou zijn om van één ding echt álles te begrijpen, zou je dan ook niet alles van alles kunnen begrijpen? Omdat alles op de een of andere manier met elkaar te maken heeft? En is dat dan de reden waarom God de enige is die alles begrijpt?'

Ik deed het neonlicht in mijn atelier aan en keek om me heen. Ik verheugde me nu al op wat ik ging doen. Daar stond mijn naaimachine. Hij was pas nagekeken en geolied en stond klaar om ermee aan de slag te gaan. Het voelde zo ongeveer als een metalen vinger die me uitnodigend naderbij wenkte. Daar lagen mijn scharen, netjes gerangschikt op grootte. Het houten klossenrek met alle klosjes garen die ik bezat – bij elkaar meer dan honderd verschillende kleuren, gerangschikt op kleur en materiaal: katoen, metaal, zijde, polyester, quiltgaren. Ik had laden vol verschillend naaigerei: naalden, vingerhoeden, spelden en veiligheidsspelden, alle denkbare maten drukknopen, centimeters en linialen, kleine stukjes zeep waar ik mijn quilts mee markeerde, borduurschaartjes, stofscharen in uiteenlopende maten, zware kartelscharen, tornmesjes, en meters en nog eens meters elastiek en klittenband. Ik had een boekenkast vol boeken over stoffen, knopen en patronen en over elke quilt en quilttechniek van antieke exemplaren van de Amish tot eigentijdse modellen. Ik had zelfs een aantal gedichtenbundels waarin ik soms las om inspiratie op te doen. Ik had eigen, uit schuurpapier geknipte patronen die ik zorgvuldig in bruine enveloppen bewaarde, en een ongekende collectie kralen, lovertjes, garens, borduurgarens, stofverven, kwastjes en afzetband. Ik had grafiekpapier en plastic sjablonen in de vorm van vierkanten, driehoeken en halve cirkels.

En stof! Grote, rieten manden vol lappen katoen, zijde, batik, wol, mengweefsels – je kunt het materiaal niet bedenken of ik had het wel – vulden de planken aan de muur. Eén van de redenen waarom ik zo graag in stoffenzaken was, was omdat ik daar werd omringd door mensen die aan dezelfde ziekte leden als ik. Ooit, toen ik eens bij de kassa op mijn beurt stond te wachten om een selectie lieve bloemetjesstofjes af te rekenen, hoorde ik de vrouw die voor mij stond zeggen: 'Ik moet maken dat ik thuiskom om dit te verstoppen. Als mijn man me met nóg meer lapjes thuis ziet komen, vermoordt hij me.' 'Moet je mij vertellen,' had de vrouw gezegd, met wie ze in gesprek was. 'Ik verstop mijn lapjes al jaren. Zorg dat je altijd een zak van de supermarkt bij je hebt om de lapjes in te stoppen, en als je er dan een pak maandverband bovenop legt, hoef je niet bang te zijn dat hij erin zal willen kijken.' Die tweede vrouw had zo'n enorme stapel lapjes in haar armen dat ze er amper overheen kon kijken. Toen de verkoopster, die alles voor haar bij elkaar had opgeteld, haar vroeg wat ze ervan ging maken, antwoordde ze zonder zelfs maar een spoortje ironie: 'Niets.' Ik glimlachte naar de vrouw die achter me stond, die haar schouders ophaalde en zei: 'Je weet wat ze zeggen. Degene die bij haar overlijden de meeste lapjes heeft, wint.'

Het gebeurt wel eens dat we mensen te eten hebben en dat iemand dan vraagt of hij of zij mijn atelier mag zien. Meestal zijn dat vrouwen, maar soms ook mannen. Zodra ze de ruimte binnenstappen, blijven ze in stille bewondering om zich heen staan kijken (de mannen met de handen in hun zakken) en uiten doorgaans slechts één woord: 'Wauw.' Het maakt niet uit of ze van naaien houden of niet, ze zijn alleen al onder de indruk van een ruimte met een dergelijke indrukwekkende voorraad aan materialen, een ruimte die in elk opzicht getuigt van iemands passie. Het lijkt wel een beetje op de manier waarop veel mensen van ijzerwinkels houden. Het doet er niet toe of je weet waar bepaalde dingen voor dienen, waar het om gaat is het feit dat je er alles kunt krijgen.

Op het prikbord hingen een paar bijna antieke zakdoekjes *en pointe* – een suggestie voor een quilt die ik ervan zou maken. De zakdoekjes die ik sinds een aantal jaren verzamelde, gaven een aardig beeld van de sociale geschiedenis – gebloemde exemplaren uit de jaren twintig, dertig, Hij en Zij-zakdoekjes uit de jaren veertig, fantasievolle patroontjes van zwevende broodroosters en Lassie-honden uit de jaren vijftig. Je had bladmotieven voor de herfst, rendier- en snoepgoed-motieven voor de kersttijd, geappliqueerde fluwelen harten voor Valentijnsdag, wit op wit geborduurde zakdoekjes met een kanten randje voor bruiloften. Op één donkerrood zakdoekje was, in een hoekje, het woord *Lipstick* geborduurd. Mijn favoriet was een heel oud, lichtblauw exemplaar waarop een bosje viooltjes was geborduurd, en het zou me niets verbazen als ik er uiteindelijk niets anders mee zou doen dan er alleen maar naar kijken. Alle zakdoekjes waren fluweelzacht van het vele wassen, strijken, opvouwen en vasthouden – van tranen. Soms nam ik de oude hoedendoos waarin ik ze bewaarde op mijn schoot en liet ze, op zoek naar herinneringen, één voor één door mijn handen gaan.

Ik had erg veel zin om aan die zakdoekjesquilt te beginnen, maar ik had een opdracht die eerst af moest. Vandaag zou ik de rand eraan zetten, de pareltjes erop naaien en hem helemaal afwerken, zodat ik hem morgen, wanneer ik naar het vliegveld moest om mijn moeder te halen, naar de post kon brengen. Ik verzond mijn quilts in met zijde gevoerde zakken die gemaakt waren van de restjes stof die ik voor de quilt zelf had gebruikt. Mijn klanten waren gek op die zakken. Sommigen waren opgetogen over de onverwachte verrassing, maar volgens mij kwam het vooral doordat het intussen doodnormaal is om vooral niets meer te doen dan dat waarvoor je betaald wordt.

De telefoon ging. Ik liet hem een paar keer overgaan omdat ik dacht dat het Pete was die belde om te zeggen dat het hem speet dat hij zo kortaf was geweest, en ik hem dat op deze passief-agressieve manier een beetje betaald wilde zetten. Maar het was niet Pete. Het was Karen Benson met wie ik vandaag een afspraak had die ik helemaal was vergeten. Ze belde om te zeggen dat ze drie kwartier later zou komen, en vroeg of dat goed was. 'O, maak je geen zorgen,' zei ik. 'Ik ben gewoon hier aan het werk.' Toen ik had opgehangen keek ik in mijn agenda om te zien wat voor soort quilt ze wilde hebben. Ik vond haar naam naast het tijdstip waarop ze had zullen komen, en daaronder een aantekening over haar wensen – een hondenquilt. Bedoelde ze een quilt voor een hond? Of ter nagedachtenis aan een hond? Of gewoon een quilt van hondenmotieven? Ik moest duidelijker aantekeningen maken van de wensen van mijn klanten, vooral omdat ik de gewoonte had om voor een afspraak verschillende stofjes klaar te leggen.

Ik haalde mijn mand met lapjes van de plank, legde een paar groen met bruine quilts klaar, en zocht tussen de lapjes met duidelijk herkenbare motieven voor het geval ze daar de voorkeur aan gaf. Ik had een katoentje waarop louter treurig kijkende cartoonhonden waren afgebeeld, eentje met wat chiquere hondenafbeeldingen en een lap met taferelen van jachthonden. Ik was tussen de afwerkingsmaterialen aan het zoeken toen ik de achterdeur open hoorde gaan en Maggie mijn naam riep.

'Hier! Beneden!' riep ik terug, en ik glimlachte toen ze het atelier binnenkwam. 'Hoi.'

'Drie keer raden wat ik hier heb.' Ze hield een zakje van de bakker omhoog.

'O, god, Maggie, ik ben net terug van de kermis. En van een begrafenis waar zelfs nog meer wordt gegeten. Want... nou ja, jíj kunt het hebben.'

'Ik heb er maar twee, en ze zijn vetvrij.'

'Echt?' vroeg ik, terwijl ik in het zakje keek.

'Nee. Maar als je jezelf dat wijsmaakt, dan verwerkt je lichaam het ook zo. Of dat geloof ik in ieder geval.'

'Dank je, Maggie.'

Ze ging op mijn stoel zitten en begon het koffiebroodje te eten. 'Ik heb ruzie gehad in de supermarkt.'

'O ja? Hoezo?'

'Ik ben op zoek naar een caloriearme bakmix, oké? Voor een recept van kip met knoedels dat ik heb gevonden? Ik kan het niet vinden, dus ik vraag de jongen die de schappen vult of ze het hebben. Hij weet het niet zeker. En dan zegt hij op een hooghartige toon: "Ik gebruik geen caloriearme bakmix voor pannenkoeken." Waarop ik zeg: "Nou, ik ook niet." En dan zegt hij: "Waarvoor wilt u het dan hebben?"

'Ik denk: *wat moet dat joch?* En ik zeg: "Dat gaat je niets aan!" Hij werpt een blik op het schap met meelsoorten en zegt: "Dat hebben we niet. Uitverkocht. Kennelijk weet niemand nog hoe ze pannenkoeken moeten maken." Daarop draait hij zich om en loopt weg. Ik roep hem achterna: "Hé! Ik gebruik geen kant-enklare mix voor mijn pannenkoeken! Ik maak mijn pannenkoeken zoals het hoort! Met karnemelk!" En nu vraag ik me af of ik ze misschien wel niet allemaal meer op een rijtje heb.'

'Ik gebruik ook caloriearme bakmix,' zei ik, terwijl ik een stevige, bruine flanel naast een groen-zwart miniruitje legde.

'Prima. Maar is dat zo? Ik bedoel, vind jij ook dat ik ze niet allemaal meer op een rijtje heb?'

Ik hield op met het zoeken van lapjes en keek haar aan. 'Nee. Je trekt je alleen te veel aan wat andere mensen denken. En je bent lang niet de enige die dat doet.'

'Ja, ik denk dat je gelijk hebt.' Ze likte haar vingers af en kwam naast me staan. 'Wat maak je?'

'Dat weet ik nog niet precies. Ik heb zo een afspraak met een klant die een quilt met honden wil.'

'Hm. Dat wordt lachen.'

'Ja, daar zou je wel eens gelijk in kunnen hebben.'

'Je zou er speelgoedhondjes op kunnen naaien. Van die rubber dingen die piepen.'

Ik pakte mijn knopendoos van doorschijnend plastic en gaf hem aan haar. 'Kijk of je daarin iets kunt vinden dat met honden te maken heeft. Direct of indirect.'

Ze neusde door de voorraad knopen terwijl ik verder zocht naar stofjes. Even later riep ze: 'Hebbes!'

Ik draaide me om.

'Je hebt knopen met pootafdrukken!'

'Dat bedoel ik,' zei ik. 'Daarom koop ik ook altijd de meest gekke dingen. Uiteindelijk wordt alles gebruikt. Haal ze er maar uit, dan neem ik ze mee naar Minnesota.'

'Dus je gaat echt?'

'Ja. Ik heb je raad opgevolgd. Mijn moeder komt morgen hier, en overmorgen vertrek ik voor een gesprek met Caroline en Steve.'

'Mooi.'

'Hm, ja. Maar ik kan je wel vertellen dat ik er enorm tegenop zie.'

'Dat kan ik me voorstellen, maar het is belangrijk dat je gaat.'

'Als ik het maar niet zo druk had.'

Maggie verkreukelde het zakje van de bakker tot een prop en gooide hem in de prullenbak.

'Heb je ze alletwéé gegeten?'

Ze haalde haar schouders op. 'Jouw schuld.'

'Ja, hoor.'

'Mag ik je iets vragen, Laura? Ik hoop niet dat je het verkeerd opvat. Denk je dat het kan zijn dat je niet wilt gaan omdat je bang bent dat je iets zult ontdekken, iets over jezelf, dat je niet toe wilt geven?'

'O, help.'

'Goed, goed, laat maar zitten. Laten we het liever over iets anders hebben. Het spijt me.'

'Nee, het spijt míj. Je zou wel eens gelijk kunnen hebben, en daarom zit het me ook zo hoog. Het feit dat je iemand hebt laten lijden en geen poot hebt uitgestoken is bepaald geen plezierige gedachte. Dat je bewust je kop in het zand hebt gestoken. Ik heb eens iets gelezen over een meisje dat zag hoe een ander meisje door de pestkop van de klas in elkaar werd geslagen. Ze stond er met een stel andere kinderen in een kring omheen en keek naar het bloed, het snot – het was afschuwelijk om te lezen. Ik weet nog dat ik dacht dat ik zoiets nooit zou doen. Dat ik nooit toe zou kijken zonder iets te doen. Maar is het niet gemakkelijk om jezelf in theorie als held te zien?'

Maggie haalde haar schouders op. 'Nou, het is ook niet gemakkelijk om een ander te hulp te schieten als de kans groot is dat die pestkop zich vervolgens op jou zal uitleven. En hoe dan ook, misschien heb je je kop wel helemaal niet bewust in het zand gestoken. Misschien heb je er echt niets van geweten.'

Ik maakte een selectie van lapjes. Een mooi rood. Een zonnig geel. Felle kleuren. Uitgesproken, primaire kleuren.

'Je zou ook hondennaamplaatjes op de quilt kunnen naaien,' zei Maggie. 'Je kunt ze bij Petco laten maken, en dan zelf graveren met namen als Fido en Rex. Of Spot.'

'Dat is een goed idee. Mag ik het van je stelen?'

'Natuurlijk. Voor vijf dollar.'

Ik legde de stoffen neer. 'Kom mee naar boven.'

'Laura! Je hoeft me niet te betalen! Het was maar een grapje.'

'Dat weet ik ook wel. Ik geef je de bakmix en dan gooi ik je eruit. Ik moet werken.'

'Ik ook. Ik werk thuis.'

'Ja, dat zie ik.'

Toen we in de keuken waren zag Maggie een boek op tafel liggen dat ik net uit had. Ze nam het op, bladerde het door en keek op de rug. '*Lost Lake*. Mark Slouka. Is het een goed boek?'

'Het is zelfs een van de beste boeken die ik ooit heb gelezen.'

'Mag ik het lenen?'

'Natuurlijk.'

'Goed. Nou, tot straks dan maar. Kom maar langs wanneer je klaar bent met werken.' Ik deed de deur achter haar dicht, wilde teruggaan naar mijn atelier, maar draaide me om toen ik Maggie weer binnen hoorde komen. 'De bakmix,' zei ze.

Ik was halverwege de trap toen ik Anthony hoorde. 'Mam? Maak je iets voor het ontbijt? Toe?'

En ik wist dat er een dag zou komen waarop ik dat zou missen.

De foto is met Kerstmis genomen. Het is een foto van onze boom. Ik kijk naar hoe prachtig hij versierd is, en herinner me met welke zorgvuldigheid mijn moeder de zilveren sliertjes één voor één over de takken had gehangen om de boom zijn fonkelende effect te geven. Een deel van de versieringen is gekocht, maar de meeste zijn zelfgemaakt. Ik zie een kerstman die van een gloeilamp is gemaakt, een engel die ik van een servet had gevouwen en een sneeuwpop van wattenbolletjes. Halverwege hangt een stel vilten wantjes die met een draad van rode wol aan elkaar zitten, en die Steve en ik op de kleuterschool hadden gemaakt en van een royale laag glitter hadden voorzien. En dan de eindeloze slingers van rode en groene papieren strips die Steve zo graag maakte omdat hij daarvoor de nietmachine mocht gebruiken. En daar hangt het speculaaspoppetje dat hij van play-do had gemaakt. Nergens zie je iets hangen dat door Caroline is gemaakt, want haar versieringen hangen aan de achterkant. Ik had haar gezegd dat ze ze daar moest hangen omdat de boom voor het raam stond, en dat iedereen haar versieringen daardoor als eerste zou zien. Iedereen die buiten voor het raam stond. Toen ik dit jaren later aan iemand vertelde, moesten we er alletwee om lachen. Op dat moment leek het grappig, dit voorbeeld van concurrentie tussen de kinderen binnen een gezin. Maar intussen denk ik daar anders over. Of laat ik liever zeggen, nu weet ik waaróm ik dat heb gedaan.

16

'Hoe is het met je, mam?' vroeg ik, toen we van de parkeerplaats van het vliegveld reden.

Ik had het eigenlijk niet hoeven vragen. Ze zag er verschrikkelijk uit: dikke wallen onder haar ogen, haar haren ongekamd, haar kleren op zich in orde, maar totaal ongewoon voor mijn moeder: een zomers lichtgrijs trainingspak en gympen. Ze leunde naar achteren tegen de rugleuning en zuchtte. Keek naar buiten. 'Naar omstandigheden goed. Het was zo onverwacht allemaal. En weet je, Laura, ik heb voortdurend het gevoel dat ik hem ergens zie. En dat bedoel ik letterlijk.'

Ik wierp haar een snelle zijdelingse blik toe. 'Bedoel je dat je waanvoorstellingen hebt?'

'Nee, het is... nou, op het vliegveld, bijvoorbeeld. Er zat een man voor in de bus die sprekend op je vader leek. Als twee druppels water. Ik heb hem tijdens de hele rit zitten aangapen. Ik had naar hem toe willen gaan, maar wat had ik moeten zeggen? "O, Stan, ben jij het?" Ik zie hem voor me lopen op het trottoir, in het winkelcentrum, zelfs in huis – ik ga een kamer in en zie hem net de hoek om gaan. Zomaar, in een flits.' Ze lachte zacht.

Ik knikte zonder iets te zeggen.

'Heb jij dat ook?'

'Nee, maar ik heb gehoord dat het mensen overkomt. Weduwen in het bijzonder.'

'O, en wat heb je verder nog gehoord?'

'Over weduwen?'

'Ja.'

Ik stopte voor een voorrangskruising en legde mijn hand even op haar schouder. 'Je emoties zijn normaal. Dat heb ik gehoord.'

'O.'

Ik reed verder en zei zo onschuldig mogelijk: 'Weet je, mam, ik speel met de gedachte om terug te gaan naar Minnesota. Ik wil Caroline weer zien. En Steve, voor hij weer naar huis gaat.'

'Wat? Maar waarom heb je – '

'Ik wil ze alleen spreken. Broer en zussen onder elkaar. Tijd voor een goed gesprek, en zo. Toen we daar waren, was er niet echt tijd en... nou ja, je weet wel, en toen dat van pap...' Het kostte me nog steeds moeite om te zeggen dat hij dood was. Het spijt me, pap, dacht ik. Het voelde als een smakeloze grap die we met z'n allen uitspeelden.

Mijn moeder staarde strak voor zich uit. Ze had haar wenkbrauwen een fractie opgetrokken.

'In werkelijkheid is het zo dat Caroline het een beetje moeilijk heeft en – '

'Je zus heeft het áltijd moeilijk. Altijd. Daar heeft ze bewust voor gekozen.'

Ik stopte voor een rood licht en keek haar aan. 'Ja. Maar heb je je ooit afgevraagd waarom?'

'Dat is haar karakter. Zo is ze nu eenmaal. Je kunt het je aantrekken, maar je kunt het net zo goed negeren. Het is groen.' Ze haalde een tissue uit haar tas. Veegde haar neus af. 'Kunnen we het ergens anders over hebben?'

'Natuurlijk. Best. O, moet je horen. Dat vind je vast een giller. Hannah is kleren voor school gaan kopen, en weet je waar ze mee thuiskwam?'

'Ik snap niet waarom je uitgerekend nú weer naar Minnesota moet terwijl ik net hier ben! Waarom kun je niet wat later gaan? Waarom kunnen we niet samen terug?'

Ik aarzelde, en zei: 'Mam, het spijt me dat dit zo moeilijk voor je is, maar het is iets wat ik moet doen. Misschien had ik het je niet meteen moeten vertellen, zo rauw op je maag. Maar ik wilde het zo snel mogelijk gezegd hebben. Laten we er een gezellige avond van maken.' Ik keek haar glimlachend aan. 'Goed? Ik ben blij dat je er bent, mam. Iedereen vindt het gezellig.'

Even sloot ze haar ogen. 'Misschien kan ik maar beter weer naar huis gaan. Ik weet niet wat ik moet doen.'

Ik zette de richtingaanwijzer aan voor de afrit. 'We zijn er bijna,' zei ik. Het was bedoeld als een geruststelling, als iets vrolijks. Het was geen van beide.

Net toen ik het eten op tafel wilde zetten, ging de telefoon. Het was tante Fran. 'Hé, hoe is het met je?' vroeg ik.

'O, zijn gangetje. Geen nieuws. Rijk en beroemd. En jij?'

'We gaan net aan tafel. Ik heb jouw komkommersalade gemaakt.'

'Kan ik je moeder nog gauw even spreken? Ze heeft eerder gebeld en een boodschap ingesproken.'

'O! Ja hoor,' zei ik, terwijl ik me ondertussen afvroeg wanneer mam had gebeld en wat haar boodschap was geweest.

Ik ging onder aan de trap staan en riep naar boven, naar mijn moeder. Na haar aankomst had ze een poosje in de logeerkamer doorgebracht, waarna ze in een beter humeur beneden was gekomen om me met het eten te helpen. Nu was ze boven, bij Hannah, om samen met haar kleindochter haar garderobe door te nemen.

'Tante Fran voor je aan de telefoon,' riep ik. Ze zei dat ze hem in de logeerkamer op zou nemen.

'Het eten is klaar,' zei ik.

Niets.

'Mam?'

'Beginnen jullie maar vast. Ik kom zo.'

Ik ging terug naar de keuken, nam de telefoon op en hoorde mijn moeder ademloos zeggen: 'Dus ik wil dat je – ' En toen: 'Laura?' Ik hing op, keerde de kalkoenburgers voor de laatste keer, kiepte de ovenpatat in een mandje, deed er zout op, sneed de tomaten in plakjes, goot de maïskolven af, riep Hannah en Anthony, en liep naar de deur van de kelder om Pete te roepen die daar aan werk was. Ik heb ooit eens een essay gelezen over een vrouw die een groot gezin gewend was en die opeens voor zichzelf alleen moest koken, over hoe vreemd en stil dat was. Zo nu en dan heb ik momenten – bij het mengen van de salade, het strijken van de zoompjes van quiltlapjes, of wanneer ik door het keukenraam naar de bloei-ende riddersporen sta te kijken of mijn kinderen hoor lachen – dat ik mij ineens zo waanzinnig gelukkig voel dat het bijna pijn doet. Dit is mijn ware geloof: willekeurige momenten van een bijna pijnlijk geluksgevoel ten aanzien van mijn bestaan, dat ik als een privilege beschouw. Het is vergelijkbaar met de manier waarop je opeens een zonnestraal door een spleet in de rotsen kunt zien breken, die dan vervolgens een veel groter vlak verlicht. En het heeft ook iets van quilten, van een draad die in stiksteek – op en neer – door de stof van doodnormale dagen gaat. Het is niet altijd zichtbaar, maar het is dát wat het allemaal bij elkaar houdt.

'Dus dan ben je er over ruim twee uur?'

'Nou, eerder drie.' Ik draaide me om naar de achterbank en keek haar aan. Pete bracht me naar het vliegveld en ze was meegekomen. 'Ik snap niet waarom je dat vraagt, want dat weet je toch?'

'Zomaar. Ik denk dat ik oud genoeg ben om me nog steeds te kunnen verbazen over de snelheid waarmee je tegenwoordig kunt reizen.'

'In dat geval ben ik ook oud,' zei Pete. 'Ik sta er ook altijd weer van te kijken.'

'Wacht maar tot jullie kinderen oud zijn,' zei mijn moeder. 'Dan weet je pas echt hoe het is om oud te zijn!'

Ik ging rechtop zitten. 'Ik ben niet oud!'

'Nou, dat heb ik je anders vaak genoeg horen zeggen,' zei Pete.

Ik wierp hem een moordlustige blik toe, en wees op het bord van United Airlines voor ons.

'Ja, ik heb het gezien,' zei hij. 'Ik vraag me af of ik er lang genoeg mag stoppen om je eruit te laten.' Hij zette de auto langs de stoep en ik pakte mijn koffer, gaf hem een vluchtige kus en drukte een zoen op mijn moeders wang nadat ze was uitgestapt om voorin naast Pete te gaan zitten. 'Doe Steve de groeten van me,' zei ze.

'Dat zal ik doen.' En Caroline?

Kennelijk hoefde ik haar niets over te brengen, tenzij het de keiharde manier was waarop mijn moeder het portier achter zich dichttrok. Ze zwaaide en zij en Pete reden weg. Ik keek ze na en was het liefste met ze naar huis teruggegaan. In plaats daarvan ging ik, mijn koffer achter me aan trekkend, de vertrekhal binnen om op het bord met vluchtinformatie te kijken. OP TIJD, stond er. De ervaring had me geleerd dat dit net zoiets was als een menukaart met foto's van de beschikbare maaltijden: wat je ziet is niet noodzakelijkerwijze hetzelfde als wat je krijgt. OP TIJD betekent doorgaans dat de vertraging nog niet bekend is. Ik heb met de luchtvaartmaatschappijen te doen, en ik haat ze.

In plaats van rechtstreeks naar mijn gate te gaan, ging ik eerst nog even naar de kiosk. Ik heb een deal met mijzelf: áls ik moet vliegen trakteer ik mijzelf op een *People*-magazine en een extra grote Snickers. Ik hou mezelf voor dat dat is voor het geval er, nadat we allemaal aan boord zitten, zo'n eindeloze vertraging op de startbaan is en iedereen omkomt van de honger, en ik dan kan zeggen: 'Ik heb een Snickers die we kunnen delen.' Maar de werkelijkheid is anders. Ooit eens, tijdens een dergelijke vertraging, heb ik dat hele ding in mijn eentje stiekem, hapje voor hapje, opgepeuzeld. Ik had nog nooit zoiets verrukkelijks gegeten. Volgens mij rook mijn adem naar pin-

da's, want de vrouw die naast me zat wierp me om de haver-
klap jaloerse blikken toe terwijl ik naar buiten, naar het on-
veranderlijke beeld van de startbaan zat te kijken. Ergens in
mijn achterhoofd was een stem die me vroeg of het zo erg zou
zijn om haar ook een stukje te geven, maar de stem die daarop antwoordde zei: 'Is ze soms niet dezelfde kiosk gepasseerd
als ik?'

17

Vraag me niet hoe het kan, maar mijn vlucht arriveerde ruim een halfuur te vroeg, en Steve was er nog niet om me te halen. Ik zat buiten, voor de terminal op een bankje op hem te wachten en naar een verliefd stel te kijken dat elkaar om de hals vloog, toen hij stopte, toeterde en mijn naam riep.

'Neem me niet kwalijk,' zei ik, terwijl ik instapte. 'Ik werd afgeleid.' Ik wees op het stel dat elkaar nog steeds hartstochtelijk stond te kussen. 'Zijn jij en Tessa nog steeds zo?'

Hij sloeg ze via de achteruitkijkspiegel gade. 'Nee.'

'Hoelang waren jullie zo?'

'Ik weet niet. Een uur of wat.'

Ik deed mijn gordel om en streek mijn haren naar achteren.

'Hoe is het met je, schat?'

Hij haalde zijn schouders op. 'Ik weet heus wel wat ons te wachten staat, en dat het niets te maken heeft met wat er met het dressoir moet gebeuren.'

'Ik ben blij dat je dat hebt gezegd.'

'Als je maar weet dat ik het voor jou doe.'

'En ik wed dat Tessa je erom heeft gevraagd.'

Stilte.

'Of niet?'

'Ja, maar ik zou het hoe dan ook voor jou hebben gedaan.'

'Ja, ja.'

'Echt! En verder, wat kan het donderen, laat Caroline het

dan in vredesnaam maar allemaal spuien, wat het ook is dat ze kwijt wil. Misschien zal ze dan eindelijk... ophouden met die onzin.'

De rest van de rit zwegen we en luisterden naar de radio die zachtjes aan stond. Er stond een auto op de oprit. Ik wist het niet zeker, maar vermoedde dat hij van tante Fran was. Ja hoor, toen ik de veranda op stapte en de deur open wilde doen, was ze me net voor.

Ze drukte haar hand tegen haar borst. 'O! Je bent hier!'

Ik lachte. 'Ik had hetzelfde willen zeggen! Waarom ben je hier?'

'Om de koelkast te vullen. Je weet toch hoe je moeder is. Stel je voor dat je zou komen en er niet voldoende te eten zou zijn. Ik heb een paar dingen gebracht... je weet wel, melk en zo... Hoe was je vlucht? Was je te vroeg?'

'Ja,' antwoordde ik, terwijl ik me afvroeg waarom ze in vredesnaam zo zenuwachtig was. En toen drong het tot me door dat mijn moeder haar de reden van ons bezoek verteld moest hebben. De meeste zusjes praten tenslotte met elkaar. Dat telefoontje van de vorige avond. Ik nam aan dat mijn moeder tante Fran over onze Bijeenkomst verteld had.

Nadat Steve tante Fran had begroet, verdween hij naar de studeerkamer om het antwoordapparaat af te luisteren. Zodra hij klaar was met het terugbellen van de mensen, zouden we bij Caroline gaan eten, en daarna hier terugkomen voor ons gesprek.

'Mochten jullie iets nodig hebben, dan bel je maar,' zei tante Fran, en ging toen weg.

Ik deed de voordeur achter haar dicht, en liep naar de keuken waar ik aan tafel ging zitten en naar buiten keek. Er lag geen voer in de vogelhuisjes – het was mijn vader geweest die daarvoor had gezorgd. Ik zag dat zijn potjes met pillen nog op het aanrecht stonden. Ik pakte het middel dat hij tegen hoge bloeddruk had geslikt en bedacht dat het waarschijnlijk het laatste door zijn handen was aangeraakt. *Stan Meyer, innemen volgens gebruiksaanwijzing.* Mijn ogen schoten vol. Ik zette de pillen terug en ging de tuin in. Terwijl ik de tulpen stond te bewonderen hoorde ik de hordeur slaan. Steve plofte neer op een van de terrasstoelen, en ik ging naast hem zitten.

'Warm hier buiten,' zei hij. En toen: 'Zeg eens eerlijk, Laura. Is dit werkelijk nodig?'

'Dat schijnt zo. Voor haar.'

'Maar wat moeten we dan doen?'

'In principe alleen maar luisteren. Laat haar zeggen wat ze op het hart heeft. En dan... nou, ik weet niet. Ik denk dat we haar de waarheid moeten zeggen. Dat we haar moeten zeggen wat we wel, en wat we niet hebben gezien.'

'Ik heb niets gezien. En dat heb ik haar al gezegd.'

'Nou, misschien schieten ons dingen te binnen naarmate ze ons meer vertelt. Het enige wat ze van ons wil is iets van een bevestiging, dat is alles.'

Hij keek op zijn horloge, leunde naar achteren en sloot zijn ogen. Toen hief hij zijn kin op en maakte een paar knoopjes van zijn overhemd los.

'Probeer je een kleurtje te krijgen?'

'Ik heb niets beters te doen.'

'De zon is slecht voor je.'

'Ja. Ik ben dol op dingen die slecht voor me zijn.'

We zwegen een poosje, en toen vroeg ik: 'Mis je pap?'

'Pfff.' Hij zuchtte en schudde zijn hoofd. 'Ik heb zijn dood nog niet eens geregistreerd, als je snapt wat ik bedoel. Het is nog niet echt tot me doorgedrongen dat hij er niet meer is. Als ik aan zijn dood denk dan bezorgt me dat een verdrietig gevoel, maar ik ben nog niet zo ver dat ik hem echt mis. Dat komt nog. Ik weet het zeker.'

Binnen ging de telefoon en ik rende het huis in om op te nemen. Toen ik weer naar buiten kwam zei ik tegen Steve: 'Caroline. Ze wil komen. Nu. In plaats van eerst te gaan eten. We zouden later kunnen eten. Of niet. Ik heb gezegd dat ze dan maar moet komen.' Ik vertelde er niet bij dat ze regelrecht van de therapeut kwam. Dat maakte me zenuwachtig, want het voelde alsof ze met z'n tweeën kwamen.

Hij stond op. 'Oké. Hoe eerder we het achter de rug hebben, hoe beter.'

We liepen naar binnen, naar de woonkamer, en gingen zitten – alletwee met de armen over elkaar, zag ik. We zwegen, maar na een poosje lachte ik. 'Wat zijn we somber, zeg.'

'Logisch, lijkt mij.'

'Mm, misschien heb je wel gelijk. Weet je, in het vliegtuig zat een stel ruzie te maken over de wereldvrede – of het een utopie was of niet. Voor hem was het een onmogelijkheid, voor haar was het een haalbare realiteit. En na een poos zei hij: "Maar wil je dat dan echt, wereldvrede?" en zij riep: "Natuurlijk!" En hij zei: "Kun je overweg met je moeder?" Daar had ze niets op te zeggen. Misschien was die man zo gek nog niet. Misschien zou iedereen met zijn eigen directe omgeving moeten beginnen. Misschien is het voor ons even belangrijk om over deze kwestie te praten, als voor Caroline.'

'Volgens mij is alles voor Caroline heel anders dan het voor ons is.'

'Hoe bedoel je?'

'Dat weet je best. Ze maakt overal zo'n drama van!'

'Ja, nou, misschien komen we er nu achter waaróm ze dat doet.' Ik streek een niet-bestaande kreukel uit mijn broek.

Steve keek opnieuw op zijn horloge. 'Zullen we de tv aanzetten tot ze komt?'

'Best.' We gingen naar de televisiekamer waar we ons hardop afvroegen of we de set braadpannen wel of niet moesten bestellen, want het was ondenkbaar dat ze ooit weer voor zo'n zacht prijsje zouden worden aangeboden. En toen hoorden we de deur opengaan, waarop ik de afstandsbediening pakte en de televisie uitzette.

Caroline kwam binnen, leunde tegen de deurpost, zette haar zonnebril boven op haar hoofd en sloeg haar armen over elkaar. 'Hoi. Fijn dat jullie er zijn.' Ze droeg een zwarte broek en een prachtig turkooiskleurig topje. Ik wilde haar een complimentje maken, maar dit was er niet het moment voor. Dat nam evenwel niet weg dat ik het patroontje van de bies waarmee de onderkant was afgezet, heimelijk bestudeerde.

'Wil je iets drinken?' vroeg ik haar. 'Of iets eten?'

'Nee, bedankt. Kunnen we in de woonkamer gaan zitten?'

Steve en ik liepen achter elkaar langs haar heen, en zij sloot de rij. Voor mij voelde het alsof hij en ik kinderen waren die naar het hoofd van de school werden gestuurd. Ik voelde me defensief en was me er scherp van bewust dat dit aan mijn nek te zien moest zijn. Mijn gedachten dwaalden af naar een vriendin van mij wier ouders haar niet éénmaal hadden gezegd dat ze van haar hielden of dat ze trots op haar waren omdat ze bang waren dat ze het daarvan in haar bol zou krijgen. *Alsof je zo bijzonder zou zijn,'* was een favoriete uitspraak van hen. Op een dag, toen ze in de veertig was, en ze om de een of andere reden bij haar ouders was en aan de keukentafel zat, kwam haar vader achter haar staan, legde zijn hand op haar schouder en zei: 'We houden van je.' Ze voelde zich op slag kotsmisselijk. Ze vertelde dat ze iets in haar keel naar boven voelde komen en dat ze bang was dat ze moest overgeven. Ze was roerloos blijven zitten in de hoop dat hij weer weg zou gaan. Vanuit haar ooghoeken kon ze zijn door de nicotine vergeelde vingers met de veel te lange nagels zien. Ze weigerde hem aan te kijken en had zich pas weer bewogen nadat hij zijn hand had laten vallen en de keuken was uit gesloft. Ze vertelde hoe ze hem achterna had willen schreeuwen: *'Had dat eerder gezegd! Nu is het te laat!'* Maar dat had ze natuurlijk niet gedaan. Ze was gewoon blijven zitten tot hij de keuken uit was, en toen was ze naar huis gegaan. Hij is er nooit op teruggekomen, en zij ook niet. Toen hij stierf huilde ze, maar volgens haar deed ze dat alleen maar om alles wat hij in zijn leven verzuimd had en omdat ze dat zo zonde vond.

Het had ook zó kunnen gaan: zij legt haar hand op die van haar vader. Hoe zou dat zijn geweest? Hoe moeilijk? De enige

171

die dat zou kunnen zeggen was de vrouw zelf. En mogelijk ook haar vader. Ja, misschien ook haar vader.

'Ik wil één ding zeggen.' Steve had het woord genomen. Hij had geduldig geluisterd naar Carolines lange lijst van klachten, die ze op een vreemde, bijna gevoelloze manier achter elkaar had opgedreund. Hij vervolgde: 'Het was bij ons thuis niet zoals bij de meeste andere mensen. We hebben geen paardjegereden op de knie van onze vader. Onze moeder gaf ons na schooltijd geen thee met een zelfgebakken koekje. Geen van beiden leende zich voor vertrouwelijke gesprekken. We wensten elkaar 's avonds niet welterusten zoals dat bij, laten we zeggen, de Waltons de gewoonte was. Maar wat we wel hebben gehad, kan niemand ons afnemen. Er waren dingen waar je op kon rekenen. Ik bedoel, weet je nog die zomer dat we op kamp waren? Ik heb er elke dag een brief van pap en mam ontvangen. Elke dag één!'

Caroline staarde strak voor zich uit en zei niets.

'Jij niet?' vroeg Steve, en ik zag aan hem dat het hem pijn deed dat hij alweer iets had genoemd dat hij van onze ouders had gekregen dat zij mogelijk niet aan Caroline hadden gegeven.

Ze zei nog steeds niets.

'En jij?' vroeg hij aan mij, en ik haalde mijn schouders op en knikte. Ja.

Uiteindelijk zei Caroline: 'Ik ben niet op kamp geweest.'

'Ja, dat ben je wel!' zei ik. 'We zijn alledrie op kamp geweest die zomer, alledrie naar een ander kamp, weet je nog?'

'Jij en Steve,' zei ze, 'maar ik niet. Ik lag in het ziekenhuis.'

'Waarvoor?' vroeg ik. Als dit inderdaad zo was, dan had ik dat moeten weten. Hoe had ik zoiets niet kunnen weten?

Een lange stilte. En toen zei Caroline: 'Omdat mijn moeder me met een mes had bedreigd en ik moeite had om dat te verwerken.'

Ik zette grote ogen en voelde een grijns over mijn gezicht

komen – een totaal misplaatste uitdrukking van opperste verbazing en ontzetting. Ik sloeg mijn hand voor mijn mond.

'De maat is vol,' zei Steve, en hij stond op. En toen ging hij weer zitten. 'Jezus, Caroline! Ik weet dat je liegt! Je bent op zomerkamp geweest. En je bent teruggekomen met... ik weet niet meer, had je niet een portemonnee of zo gemaakt?'

'Ja, in het ziekenhuis.' Ze wendde zich tot Steve. 'Jij en Laura waren niet thuis. Het was zondag en we zouden die avond kip eten. Mam was in de keuken bezig om de kip met een groot slagersmes in stukken te snijden. Ze werd boos om iets wat ik had gezegd en hield het mes boven mijn hoofd. Ze riep: "Ik zal je... ik zal je," en het mes trilde in haar hand. Ik liet me op mijn knieën vallen en zat ineengedoken, met mijn armen over mijn hoofd. De radio in de keuken stond aan – ik kon een paar mannen horen praten en lachen. En toen kwam pap de keuken binnen. Hij brulde haar naam en ze draaide zich met een ruk om en zei: "*Wat?* Wat wil je dán dat ik met haar doe?"'

Ik vroeg: 'Maar waarom, Caroline? Had je dan iets gedaan om – ' Ik zweeg en wou met heel mijn hart dat ik mijn woorden terug kon nemen. Geef het slachtoffer de schuld. Geweldig. Ik probeerde het opnieuw. 'Als dit waar is, waarom wil je dan van ons horen of het echt is gebeurd? Waarom ga je niet gewoon... Ik bedoel, er zullen toch heus wel officiële stukken van zijn.'

'Weet je nog die brand in het ziekenhuis?'

Ja, dat wist ik nog, mijn eerste jaar op de middelbare school. Het was een spectaculaire brand geweest die je van kilometers ver had kunnen ruiken. 'Ja,' zei ik zacht.

'Precies. Wat ik er nog van weet is dat ik er een poosje geweest ben. Dat is alles. Ik ben door meerdere mensen behandeld, maar ik kan me niet één naam herinneren. En de enige die wist dat ik daar was, was pap.'

Ik zag mijn vader in zijn ziekenhuisbed op het moment dat hij me iets belangrijks had willen vertellen en dat uiteindelijk niet had gedaan. Had hij het hier over willen hebben? *O, pap,* schoot het door me heen.

'Pas toen ik thuiskwam uit het ziekenhuis hield ze op me dat soort dingen aan te doen. Volgens mij omdat ze ervan geschrokken was.'

'Maar Caroline,' zei ik, 'hoe hebben ze je weer naar huis kunnen laten gaan als je daar gevaar liep? Waarom is de Kinderbescherming niet over de vloer geweest? Moet die dat soort zaken niet haarfijn onderzoeken?'

'Omdat mam tijdens het gezinsgesprek in het ziekenhuis alles ontkend heeft. En omdat de dokter haar geloofde. En pap zei dat ik een ongebreidelde fantasie had en de neiging om te overdrijven. Dat ik een melancholisch karakter had en dol was op melodrama – knipoog, knipoog.' Ze leunde naar achteren en maakte een gebaar als om aan te geven hoe zinloos het allemaal was. 'Na dat gesprek ging mam naar huis en nam pap me mee naar de kantine van het ziekenhuis om een ijsje voor me te kopen. Al met al is hij er behoorlijk goedkoop vanaf gekomen.'

'Allemachtig.' Steve wreef over zijn hoofd. Ik meende te weten wat hij dacht: *maar dat soort neigingen had je echt.* En natuurlijk dacht ik precies hetzelfde.

Caroline glimlachte koeltjes. 'Het spijt me dat dit zo moeilijk voor je is. En ik ben niet sarcastisch, ik meen het. Maar zou je... Weet je, ik zou het zo fijn vinden om eindelijk eens het gevoel te hebben dat mijn broer achter me staat. Je bent mijn broer.'

'Nou, Caroline, zeg me dan maar wat je wilt dat ik doe.'

Ze boog zich naar voren. 'Zeg dat je me gelooft. Dat is alles.'

Hij keek hoofdschuddend om zich heen. 'Ik weet niet, hoor, maar dit is net – '

'Best,' zei ze. 'Als je het niet kunt, dan kun je het niet. Ik heb het tenminste geprobeerd.'

'Ik heb niet gezegd dat ik je niet geloof!' zei Steve. 'Ik heb alleen maar gezegd... ik probeer je alleen maar duidelijk te maken dat het een enorme schok is, dat is alles!'

'Dat is het inderdaad, Caroline,' zei ik. 'Ik kan zeggen dat ik je geloof, maar het valt niet mee. We dachten dat je op kamp was, want dat hadden ze gezegd, dat we alledrie op kamp waren!'

Steve's mobiele telefoon ging. In een reflex haalde hij hem uit zijn zak, maar hij nam niet op. We luisterden alledrie naar hoe hij nog een paar keer overging en toen zweeg.

'Nou,' zei Steve, 'ik wil alleen maar zeggen dat het me spijt als ik dingen heb gedaan waarmee ik alles er nog erger op heb gemaakt. Ik weet ook wel dat ik nauwelijks op je lette – of op Laura. Als kind leefde ik in mijn eigen wereldje.'

'Ik denk dat we dat allemaal zo'n beetje deden.' Ik wendde me tot Caroline en vroeg: 'Blijf je hier, vannacht?' Misschien dat we over een paar uur wat meer ontspannen zijn en beter kunnen praten.

'Nee. Bill en ik proberen – '

'O, mooi. Daar ben ik blij om, Caroline.'

'Laat me uitspreken. We proberen de details van onze scheiding op een rijtje te krijgen.'

Steve en ik wisselden een snelle blik en ik neem aan dat we hetzelfde dachten: *O, nee, niet nóg meer!* Ik herinnerde me een film die ik had gezien waarin zich de ene ellendige gebeurtenis na de andere afspeelde – de situatie werd steeds erger. 'Zoiets gebeurt alleen maar in de film,' zei ik naderhand tegen Pete. 'In het echte leven gebeuren er tussendoor ook góede dingen.'

Er gleed iets van opluchting over Carolines vermoeide gezicht. Ik neem aan dat het góede in háár geschiedenis was dat ze haar verhaal eindelijk aan ons verteld had. De enige die het nu nog van haar moest horen, was degene die haar op die manier mishandeld had.

Het is een familiefoto die, ergens halverwege de jaren zestig, door een onbekende genomen moet zijn. We zijn allemaal buiten, in een park. Achter ons staat een picknicktafel met een grote, rieten mand erop. Die mand kan ik me nog herinneren. Hij had een houten klep en was afgebiesd met een mooi groen lint met kruisjes erop. Het moet een koele dag zijn geweest – het was bewolkt en we hadden een jack aan. Steve en ik staan glimlachend voor mijn vader en leunen tegen zijn benen. Aan Steve's voeten ligt een honkbal. Ik had een stok in mijn hand – ik neem aan om marshmallows mee te roosteren. Mijn trots grijnzende vader staat met zijn handen op onze schouders. Caroline staat voor onze moeder, en dit is een van de zeldzame momenten waarop ze glimlacht. Onze moeder staat met een strak gezicht en over elkaar geslagen armen achter haar, en doet denken aan een kind dat in een winkel te horen heeft gekregen dat het nergens met de handjes aan mag zitten.

18

Steve en ik aten een hamburger bij een fastfoodtent op het vliegveld. Het was Tessa die eerder geprobeerd had om hem te bellen – ze had iets onder de leden, en hoewel ze zich niet ziek genoeg voelde om naar de dokter te gaan, had ze verzorging nodig. Steve was maar al te bereid om naar huis terug te vliegen om zich over haar te ontfermen. Hij nam de laatste hap van zijn hamburger, en drukte de verpakking in een prop die hij vervolgens in de dichtstbijzijnde prullenbak probeerde te gooien, maar hij miste. Lachend raapte hij de prop op en deed een succesvolle tweede poging van dichterbij. 'En dan te bedenken dat ik als kind een beroemde basketballer had willen worden.' Nadat hij weer was gaan zitten keek hij op zijn horloge. 'Ik moet gaan. God, wat een reis. Je komt voor een simpel familiebezoek, en voor je het weet breekt de hel los. Hoe heb jij alles verwerkt?'

'Ach, voor mij valt het wel mee. Ik heb Pete en de kinderen en... nou ja, je weet wel, mijn leven thuis.' Ik vouwde mijn servet dubbel, en deed dat nog eens, en nog eens, en schonk hem een vluchtig glimlachje. 'Dus...' Niet het echte antwoord. Het echte antwoord was dat ik het niet wist. Ik voelde me als verdoofd door alles wat ik te horen had gekregen, en werd heen en weer geslingerd tussen wat ik moest geloven.

'Hoe bestaat het dat je, wanneer je op die manier mishandeld wordt, dat niet aan iemand vertelt? Aan een leraar of een dominee, of aan een vriendin? Niet dat ze veel vriendinnen had. Maar ze had het toch aan íemand kunnen vertellen. Aan mij, bijvoorbeeld, of aan jou. Misschien deed mam het altijd zo dat wij het niet zagen, maar dan had ze het ons toch kunnen vertellen?'

'Je hebt gehoord hoeveel hulp ze van pap en van de dokter heeft gekregen. En je kunt ook niet zeggen dat wij drieën zo'n hechte band hadden. En bovendien heeft ze me verteld dat ze ervan overtuigd was dat het haar schuld was, dat het door háár kwam dat mam haar zo behandelde.'

Steve schudde zijn hoofd. 'Dan nog. Het gaat er bij mij gewoon niet in dat je iemand die je zo behandelt in je onmiddellijke omgeving kunt velen zonder daar zelfs maar iets van te zeggen. Daar kan ik niet bij.'

'Ja, ik snap wat je bedoelt.' Ik keek naar de tafel naast de onze, naar de drie kleine kinderen die met hun ouders een hamburger zaten te eten. Ze waren opvallend stil en rustig. Een van hen had een speelgoedaap die ze een hapje van de hamburger aanbood. Terwijl ik haar dat zag doen schoot me ineens iets te binnen.

'Steve? Ik weet niet. Misschien gebeurt er in dat soort situaties juist wel het tegenovergestelde van wat we denken.'

'Hoe bedoel je?'

'Heb je ooit wel eens iets gelezen over die apen waarmee experimenten zijn gedaan om liefde te meten?'

'Liefde is niet meetbaar.'

'Goed, dat weet ik, en dat ben ik met je eens. Maar dit was... heb je erover gelezen, of niet?'

'Niet dat ik me kan herinneren.'

'Het stond in de krant. Onderzoekers hebben babyapen bij nepmoeders gezet — moederapen van stof die lekker zacht waren en geknuffeld konden worden, maar die vol zaten met boobytraps. Wanneer de baby's zich aan hen vastklampten deden ze op de meest onverwachte momenten de meest afschuwelijke dingen. Zo werd een van de baby's door de nep-

moeder krachtig door elkaar gerammeld, blies een andere nep-
moeder keihard op de kruin van de baby, en was er een moeder die spijkers in haar borst had die opeens naar de opper-
vlakte schoten. En weet je wat de baby's deden wanneer ze op
die manier mishandeld werden? Ze klampten zich alleen nog
maar meer aan de moeders vast. En als ze door de kracht van
het effect van de boobytrap werden weggeslingerd, haastten ze
zich zo snel mogelijk weer naar de moeder terug.'

Steve keek me met grote ogen aan. 'Hoe bestaat het dat er
mensen zijn die beesten dat soort dingen kunnen aandoen?'

'Steve, waar het om gaat is dat die mishandelde babyapen
zich alleen nog maar meer aan hun moeder hechtten!'

'Caroline heeft zich niet meer aan mam gehecht. Ze behandelt haar ijzig.'

'Ja, nú. Maar ben je vergeten hoe ze haar als kind verafgood-
de? Hoe ze al haar zakgeld besteedde aan cadeautjes voor haar
en – '

'We zijn geen apen, Laura.'

'Wis en waarachtig wel.'

Hij stond op en schoof zijn stoel aan. 'Ik moet gaan. Loop
je met me mee tot aan de controle?'

Ik liep met hem mee, en toen, vlak voordat we ons aanslo-
ten bij de rij, vertelde ik hem over een buurvrouw die ik ooit
eens had gehad, die op de meest vreselijke manier door haar
vader seksueel misbruikt was. En toen ik op een dag bij haar
aan de deur kwam om koffie van haar te lenen, zat die man
haar dochtertje van twee doodkalm op de bank een boek voor
te lezen. De vrouw stelde me aan haar glimlachende vader
voor alsof ze hem aanbad. 'Kijk, dat bedoel ik nou,' zei ik.

En Steve zei: 'Oké, ik bel je gauw.' Hij had geen woord van
mijn verhaal gehoord. Hij was te verzadigd om nog meer op
te kunnen nemen. Of te moe. Of te weet ik veel. En dat kon
ik hem niet kwalijk nemen.

Ik keerde terug naar de huurauto die ik van Steve had over-
genomen, stak het sleuteltje in het contact, en bleef toen roer-

loos zitten peinzen. Er schoot me nog iets te binnen over die apen. De mishandelde baby's waren zo geobsedeerd door hun moeders, door hun pogingen om hun aandacht te trekken, dat ze geen energie meer over hadden voor vriendjes en vriendin-netjes, voor het sluiten van vriendschappen. Ze bevonden zich op een soort van psychologisch eiland en zaten in de val met iets dat hun nooit zou geven waar ze zo'n behoefte aan had-den. Het artikel eindigde met de conclusie dat elke moeder de garantie had dat haar kind van haar zou houden, maar dat een kind er nooit van op aan kon dat zijn moeder ook van hem hield.

Morgen zou ik een mobiele telefoon kopen. Op dit soort momenten had ik daar echt behoefte aan. Ik zou Pete bellen, en als hij dan opnam, zou ik mijn ogen sluiten en alleen nog maar naar hem luisteren.

Terug in het huis van mijn moeder, liep ik van kamer naar kamer en keek om me heen zoals ik dat al in jaren niet meer had gedaan. Toen ik er woonde beschouwde ik de plek als mijn thuis. Dat was voor mij een even grote onwrikbare waar-heid als de neus van mijn vader. Het was een gepersonaliseerd toevluchtsoord waar in mijn behoeften werd voorzien, hoewel ik dat natuurlijk niet bewust zo beleefde. Het was voor mij op de eerste plaats een plek waar ik mijn spullen bewaarde, waar altijd smeerkaas in de koelkast, en extra flessen Pepsi in het washok stonden. In het medicijnkastje stond een metalen doos met pleisters, en in de linnenkast bevond zich een ein-deloze voorraad schone handdoeken. In mijn kamer stond een bureautje waaraan ik mijn huiswerk maakte, en in de zitkamer bevond zich een fauteuil waarop mijn vader 's avonds een boek uit de bibliotheek las. Het gele licht van de lamp scheen op de bladzijden, hij had de mouwen van zijn overhemd op-gerold en zat met zijn benen over elkaar op een manier die ik uiteindelijk vrouwelijk was gaan vinden.

Later, toen ik het nest had verlaten, zag ik het huis van mijn ouders anders – als een plek vol herinneringen die met de jaren – zo niet met de maanden – vervaagden, als een huis dat was ingericht op een manier die helemaal mijn smaak niet was, en ten slotte als een plek waar ik mijn kinderen voortdurend in de gaten moest houden, ook toen ze al niet meer zo héél erg klein waren.

Nu stond ik in hun slaapkamer en vroeg me af hoe hun leven samen in werkelijkheid was geweest. Ik herinnerde me een aantal dingen waar wij kinderen getuige van waren geweest – de zoenen bij het komen en gaan en de stereotype verdeling van huishoudelijke taken – en vroeg me af wat er verder nog was geweest waar we geen weet van hadden.

Ik liep naar hun bed en ging erop zitten. Waar spraken ze over voor het slapengaan? Hadden ze, net als Pete en ik, sentimentele rituelen gehad? Hadden ze vaker ruzie gehad dan we wisten, hadden ze zich boos slapende gehouden terwijl ze in werkelijkheid wakker waren geweest om dan de volgende ochtend met een geestelijke kater wakker te worden?

Nadat ik mijn schoenen had uitgetrokken ging ik op mijn vaders helft van het bed liggen. Op zijn nachtkastje stond alles nog zoals het er altijd had gestaan: de bruine wekker, de grote doos Kleenex en een asbak waarin hij kleingeld bewaarde. Ik sloot mijn ogen en fluisterde zijn naam, en de stilte drukte voelbaar op mijn trommelvliezen.

Ik ging voor mijn moeders toilettafel staan en bekeek mezelf in haar spiegel. Dit was de spiegel waar ze elke ochtend na het opstaan in keek. En wat zag ze nu? Zichzelf, alleen en vijftig jaar ouder dan toen ze deze toilettafel kocht. Het moest heel moeilijk voor haar zijn, de overgang van een vrouw die openlijk en uitbundig aanbeden werd naar iemand die in een doodstil huis leefde. Met het heengaan van mijn vader was er niemand meer die haar voortdurend complimentjes maakte, geruststelde en tot steun was. Of die haar beschermde – vaak zelfs op overdreven wijze. Hij hield niet op met haar van alles te geven, en zij nam alles aan alsof ze er recht op had – ik weet nog hoe ik me daarover kon opwinden. *Geef toch eens iets terug,* dacht ik dan, maar dat deed ze niet, niet echt, in ieder geval. Ze waste zijn ondergoed, kookte zijn maaltijden en legde zijn post op een stapeltje op de eettafel. En ze bleef mooi. Ik trok een van de bovenste laden open. Beha's en onderbroeken, allemaal keurig opgevouwen. In de la daaronder, negligés. Daar keek ik van op, want die had ik haar nooit zien dragen. Ik tilde het bovenste exemplaar op – lichtblauw met een bijpassende peignoir. Hij zag eruit alsof hij gisteren gekocht was. Dat verklaarde dan waarschijnlijk ook waarom ik hem nooit gezien had. Toen ik bezig was een volgende la open te trekken, ging de telefoon. Ik schrok, schoof de la snel weer dicht en haastte me naar de keuken om op te nemen.

'Wat doe je?' vroeg Maggie.

'Wil je dat echt weten?' Ik ging zitten en verheugde me over de klank van haar stem.

'Wat dacht je!'

'Ik zat in de kasten van mijn moeder te neuzen.'

'Heb je iets gevonden dat de moeite waard is?'

'Alleen maar een negligé en een bijpassende peignoir.'

'Dat noem ik een geweldige score.'

'Hij ziet eruit alsof ze hem pas een paar dagen geleden gekocht heeft. Vind je dat niet vreemd?'

'Mensen die een dierbaar iemand hebben verloren doen de meest vreemde dingen. En hoe dan ook, als ze ook maar een beetje op míjn moeder lijkt, dan is hij niet nieuw, maar heeft ze hem alleen maar nog nooit gedragen. "Zonde om aan te trekken."'

'Zo zou mijn moeder nooit redeneren. En nu we het toch over haar hebben, wat gebeurt er in mijn huis?'

'Nou, je moeder heeft vandaag haar beroemde kokoskoekjes gebakken. Anthony heeft me er een schoteltje van gebracht. Hij vertelde dat ze beroemd waren omdat die koekjes zo'n beetje het enige écht lekkere was dat ze kon maken.'

'Dat klopt.'

'En Hannah is thuisgekomen met een stoet vriendinnen – ik zag ze allemaal naar binnen gaan toen Anthony naar buiten ging. Dus je kunt denk ik wel zeggen dat alles gewoon zijn gangetje gaat. En hoe is het met jou?'

Ik overwoog haar alles te vertellen, maar besloot het uiteindelijk niet te doen. 'Ik vertel je alles wel wanneer ik weer thuis ben. Nog een dag of twee hier moet voldoende zijn.'

'Nou, ik wilde alleen maar even horen of je nog leefde.'

'Daar ben ik je dankbaar voor.'

'En of het goed met je gaat. Gaat het goed met je? Echt?'

Ik aarzelde even, en toen zei ik: 'Ja.'

'Je wilt er alleen niet over praten.'

'Nee, op dit moment niet, Maggie. Nog niet.'

'Best. Nou, dan zie ik je over een paar dagen. Bel me gerust wanneer je daar behoefte aan mocht hebben. Het maakt niet uit hoe laat het is.'

Ik had nog niet opgehangen, of de telefoon ging opnieuw. Ik nam lachend op en vroeg: 'Wat nú weer?'

'Hallo?'

Steve. 'O, hoi!' zei ik. 'Ik dacht dat je Maggie was. Ben je thuis?'

'Ja.'

'Hoe is het met Tessa?'

'Ze heeft griep, maar niet de ernstige soort.'

'Wat wil je daar precies mee zeggen?'

'Ach, je weet wel, zonder alle lichamelijke nattigheid.'

'O, nou, da's dan boffen.'

'Moet je horen, Laura, ik moet je iets vertellen. Ik heb in het vliegtuig een dutje gedaan, en toen ik wakker werd, of misschien zelfs nog voor ik wakker was, dacht ik... of liever, ik herinnerde me iets. En ik wilde je vragen om dat aan Caroline te vertellen.'

'Ik? Hoezo? Wat is het dan?'

'Daar gaat-ie. Ik was, denk ik, een jaar of vijf, want ik weet nog dat Caroline in de eerste klas zat en dat mam werd opgebeld door de verpleegster van school, en dat ze naar school moest om Caroline te halen. En ze was woedend. Ik moest natuurlijk mee, en onderweg zat ze aan één stuk door te mopperen over hoe ze wist dat het natuurlijk alleen maar theater van Caroline was. Maar toen we op school kwamen bleek ze écht ziek te zijn. Ze was verschrikkelijk bleek. Op weg naar huis lag ze heel stilletjes op de bank achterin. Ik weet nog dat ik de hele situatie vreemd vond, maar ik kon niet goed zeggen waarom. Maar nu denk ik... weet je wat het volgens mij was? Ik denk dat Caroline die ochtend, voor ze naar school ging, tegen mam had gezegd dat ze ziek was, maar dat mam haar had gedwongen om toch naar school te gaan. En volgens mij heeft de verpleegster mam de les gelezen omdat ze Caroline naar school had gestuurd.'

'Maar Steve, dat kun je Caroline toch zeker zelf wel vertellen?'

'Hebben jullie niet afgesproken dat je morgenmiddag naar haar toe gaat?'

'Ja, maar – '

'Vertel haar nu maar gewoon dat ik me dat herinnerd heb, goed? Zeg haar maar dat ik helemaal niet denk dat ze geschift is. Ik heb alleen geen behoefte aan de een of andere opgeblazen – ik wil alleen maar dat ze weet dat ik haar geloof. Zou je haar dat willen zeggen?'

'Best.'

'En ik... nou ja. Ik zal haar binnenkort bellen. Echt.'

'Goed. Liefs aan Tessa.'

Ik hing op, liep naar buiten en ging op het stoepje achter naar de sterrenhemel zitten kijken. Hij wilde haar niet bellen. Hij had zijn handen ervan af getrokken. Ik kende hem. Hij zou vanavond weer in zijn bar aan het werk zijn, zijn mannelijke klanten op de schouder slaan en zijn vrouwelijke gasten complimentjes maken. Over honkbal praten. Deze emotionele toestand was niets voor hem. Ik heb een persoonlijke theorie over waarom de meeste mannen niets van emotionele problemen willen weten. Volgens mij is dat omdat ze geen kinderen kunnen krijgen. Zij zijn degenen die worden opgevoed om op jacht te gaan en daarmee zijn ze op het leven buitenshuis gericht. Vrouwen worden grootgebracht met het idee dat ze kinderen ter wereld moeten brengen en thuis moeten blijven om voor die kindertjes te zorgen. Mannen lossen de problemen buitenshuis op, vrouwen doen dat met de problemen binnen het gezin.

Ik wou dat de kermis niet was afgelopen. Ik wou dat ik buiten kon zitten en naar het vuurwerk kon kijken, naar de uiteenspattende vonken in het duister. Dat zou de ideale afleiding zijn geweest. In plaats daarvan dacht ik aan Caroline en aan het leven dat ze in dit huis geleid had: moordlustige woedeaanvallen en daarna een avondmaal met varkenskoteletjes met een moeder wier gezicht geen enkele emotie verried, met een door liefde verblinde vader en een broer en een zus die overal oog voor hadden, behalve voor haar. Na een dergelijk avondmaal was het dagen, mogelijk zelfs weken relatief rustig. Maar ik vroeg me af of die schijnbaar rustige momenten draaglijker waren, aangezien ze voortdurend in afwachting van het volgende incident moest hebben geleefd.

Ik wilde het huis uit en keek op mijn horloge. Het was nog vroeg. Ik zou naar de boekhandel een paar straten verderop gaan, een ijskoffie drinken en op de wetenschappelijke afdeling kijken. Ik had een klant die een quilt met in elkaar grijpende slingers wilde hebben. 'Iets in de stijl van DNA,' had ze gezegd. 'Weet je hoe DNA eruitziet?' Het ziet er fascinerend uit. Ondoorgrondelijk. Maar het is slechts voor een deel wat ons maakt tot wat we zijn.

Naast me, in de cafetaria van de boekhandel, zaten twee vrouwen van mijn leeftijd. 'Volgens mij komt het door de hormonen,' zei de een. 'Ik ben erg emotioneel. Op weg hierheen zag ik een blinde oversteken. Ik wilde hem helpen, maar was bang dat hij dat op zou vatten als een belediging. Dus ik bleef alleen maar een poosje naar hem staan kijken. Hij hield zijn hoofd schuin en luisterde heel aandachtig naar het verkeer, maar toen pakte ik hem uiteindelijk toch bij de arm en zei: "U kunt nu oversteken." Hij schonk me zo'n stralende glimlach dat ik ter plekke bijna in snikken ben uitgebarsten. Vraag me niet waarom.'

'Ja, inderdaad, dat komt door de hormonen,' zei haar vriendin. 'Ik heb ook van die dagen. Dan lijkt het net alsof ik geen huid heb, alsof ik volkomen naakt ben. En op dat soort dagen moet ik om alles grienen. Om sentimentele reclamespotjes, om het bord dat ik uit mijn handen laat vallen... en dat komt door die rothormonen.'

Ik vroeg me echter af of het niet door iets anders kwam. Misschien was het wel de subtiele ironie van de manier waarop wij, die zelf blind zijn, anderen onze arm bieden in de hoop dat we hun oversteek er gemakkelijker op kunnen maken. Misschien kwam het wel door de onverklaarbare tederheid die we opeens jegens een volslagen vreemde kunnen voelen. Of misschien zat het hem wel in het feit dat we maar zo weinig geven terwijl we het in ons hebben om zoveel meer te kunnen geven. Thomas Merton schreef over het moment waarop hij zich opeens zo volkomen met anderen verbonden voelde, dat hij besefte dat 'zij en ik één en dezelfde zijn'. Ik vind het altijd heerlijk om dat soort dingen te lezen, dingen die erop wijzen dat we allemaal bij elkaar horen, dat we allemaal één zijn en dat we allemaal voor elkaar verantwoordelijk zijn. De problemen ontstaan alleen wanneer het op de details aankomt. Het moment waarop je een zwerver ziek en ellendig in de goot ziet liggen en je voor hem op de knieën moet, terwijl je veel liever door zou lopen. Hoe moeilijk het is om met een open hart te luisteren naar iemand die stinkt. Dat zijn moeilijke dingen.

We zitten met z'n drieën in het bad dat tot de rand toe gevuld is met schuim. Steve en ik zitten achteraan en hebben de grootste pret. Met behulp van het volle schuim van White Rainshampoo had ik mijn haren in een enorme kuif gewerkt. Steve had duivelshoorntjes gemaakt. Ik zit met mijn knieën opgetrokken en met wijd gespreide armen – ik weet nog dat ik Dinah Shore nadeed en 'See the USA in your Chevrolet' zong. Steve heeft zijn handen achter zijn hoofd en rekt zich uit. Op de voorgrond, Caroline met een ernstig gezicht en droge haren. Ze kijkt smekend op naar de persoon die over haar heen gebogen staat. Ze wil opgetild worden. Ze wil niet in bad zitten.

19

De volgende ochtend zette ik een pot koffie. Ik zou een kopje drinken en dan een poosje werken aan de quilt die ik had meegenomen – de quilt voor de vrouw die vlak voor mijn vertrek was langsgekomen. Ze bleek een quilt vóór een hond te willen hebben. Dat betekende dat er geen dingen op genaaid konden worden, omdat het dier die eraf zou kunnen knagen. In plaats daarvan zou het thema in de quilt zelf verwerkt moeten worden. Appliqueren leek me een aardige en ook minder kostbare mogelijkheid, maar dat vond de vrouw te prullerig.

Het verbaast me altijd hoeveel geld mensen aan hun huisdieren spenderen. Ik heb dat soort liefde nooit begrepen, hoewel ik het niet als onzinnig af wil doen. Maggie heeft een hond die er van voren als een poedel, en van achteren als een buitenaards wezen uitziet, en ze is stapel op het beest. Elke vrijdagavond krijgt hij een speciaal voor hem gekocht broodje met Italiaanse biefstuk.

Toen de koffie klaar was, trok ik de koelkast open voor de melk, maar het pak was nergens te zien. Wat had tante Fran ermee gedaan? Ik zag een kuipje kwark en een pak Engelse muffins waarvan, hoewel het nog niet geopend was, de houdbaarheidsdatum verstreken was. Een paar plastic bakjes met restjes. En dat was alles. Ik keek in de diepvries met de gedachte dat ze de melk misschien dáárin had weggeborgen – iedereen is immers wel eens afwezig. Niks.

Ik doorzocht de kast op melkpoeder, maar ook dát viel nergens te ontdekken. Misschien zat er niets anders op dan naar Dunkin' Donuts te gaan. Maar eerst zou ik tante Fran bellen.

Toen ze opnam zei ik: 'Hé, jij daar! Wat heb je met de melk gedaan?'

'Met wie spreek ik?'

'Met Laura. Ik dacht dat je melk voor ons had gekocht, maar ik kan hem nergens vinden.'

'O, ja, dat komt... moet je horen, lieverd, is Caroline daar ook?'

'Nee, ik ga vandaag bij haar lunchen. Hoezo?'

'Zou ik je kunnen vragen om eerst bij mij langs te komen?'

'Natuurlijk. Is er iets?'

'Nou, ik wil alleen maar... ik wil je eerst iets laten zien.'

'Best. Geef me een halfuurtje.'

Ik kleedde me aan, stapte in de auto en ging op weg naar het afhaalloket van Dunkin' Donuts. Als ik niet naar binnen ging, zou ik niet in de verleiding komen een donut te nemen. Ik ging voor het zilverkleurige kastje staan en bestelde een grote, normale koffie, magere melk, geen suiker. 'Verder nog iets?' vroeg een stem, waarop ik aarzelde en zei: 'Een donut met chocola?'

Op weg naar tante Fran passeerde ik een op een telefoonpaal geplakte aankondiging voor een tuintoneelstuk. Tante Fran had ooit eens een rol gehad in een van onze tuintoneelstukken (waar Steve de kaartjes voor had verkocht: tien cent voor de voorstelling en een plastic bekertje prik), en ze was zo'n overtuigende boze heks geweest dat een van de kleine kinderen uit het publiek huilend naar huis was gegaan, waarna haar moeder de mijne had gebeld om te klagen. Ik probeerde me de laatste keer te herinneren dat ik bij tante Fran gelogeerd had. Als ik me niet vergis was het in de zomer geweest dat ik veertien was. Die avond had ze mijn nichtjes en mij geholpen met het schrijven van brieven aan bekende sterren. Gregory Peck was haar idool, en mijn favoriet was Paul

McCartney. Iedereen die ik kende was verliefd op Paul of John, behalve Caroline, die verliefd was op Ringo.

Nadat ik had aangeklopt duurde het lange minuten voor tante Fran opendeed, maar daar was ze dan, in haar badjas. 'Ik heb in de tuin gewerkt en was me net aan het verkleden,' zei ze. 'Ik kom eraan. Ga maar naar de keuken, want daar staat een schaal met chocoladekoekjes.'

'Heb je vanochtend gebakken?' vroeg ik.

'Nee,' riep ze vanuit de slaapkamer. 'Ze zijn van de bakker.'

'Wat een teleurstelling,' zei ik.

'Neem er maar eentje,' zei ze, 'en dan ben je je teleurstelling meteen vergeten.'

Aangezien ik mijn dieet toch al verpest had, snoepte ik er twee. En toen ik een tweede glas melk voor mezelf inschonk, kwam tante Fran de keuken binnen met iets onder haar arm. Zo te zien was het een klein formaat fotoalbum.

'Híer is de melk,' zei ik, terwijl ik glimlachte en het pak omhooghield.

'Ga zitten, Laura.'

'Goed.' Ik zette de melk terug in de koelkast en ging aan haar kleine keukentafel zitten. In het midden stond een kan met bloemen – een beeldschoon boeket uit haar tuin: hortensia's, lelies, babyroosjes, hier en daar een takje gipskruid, en dan niet van de vergeelde verlepte soort die ze je in de supermarkt verkochten, maar echte, frisse, kleine witte bloempjes die aan wijd uitstaande petticoats deden denken.

Ze ging tegenover me zitten en legde het album tussen ons in. 'Ik ben niet bij je moeders huis geweest om de koelkast te vullen, maar om dit album te halen. Op verzoek van je moeder.'

Ik herinnerde me het korte gesprek dat ik tussen hen beiden gehoord had. Geen wonder dat mijn moeder niet had gewild dat ik het gesprek hoorde – ik nam aan dat ze tante Fran verteld had over Caroline die weer eens problemen had. En waarschijnlijk had ze haar zus gevraagd om alles uit huis te halen wat voor Caroline een aanleiding zou kunnen zijn om een scène te maken.

'Wat zijn het voor foto's?' Ik wilde het album pakken, maar tante Fran trok het naar zich toe.

'Je moeder wil niet dat je dit weet, maar ik heb besloten dat ik het je zal vertellen. Ik hoop dat het de juiste beslissing is. Maar zij wilde niet dat iemand het zou weten.'

'Wat?'

Ze sloeg het album bij de eerste bladzijde open, bij de foto van een pasgeboren baby'tje in een wieg.

'Dat is je zusje.'

'Caroline.'

'Nee, het is je zusje dat dood is gegaan. Ze heette Claire.'

Ik keek snel even op naar tante Fran, en keek toen weer naar de baby. Ze was opvallend mager.

'Ze is gestorven toen ze negen weken oud was.'

'Waaraan?'

'Een hartafwijking. Ze heeft eigenlijk nooit een kans gehad. En je moeder is er bijna aan onderdoor gegaan.'

Ik keek opnieuw naar de foto. De baby was zo jong dat het moeilijk was om iets speciaals aan het gezichtje te kunnen ontdekken. En ze had haar oogjes dicht. Ze hield haar vuistje vlak bij haar gezicht. Ik sloeg de bladzijde om: foto's van het ouderwetse soort met de gekartelde randjes. Alles bij elkaar waren er maar twaalf – een paar ervan met mijn moeder of mijn vader, eentje met een andere baby. 'Dat ben ik, klopt dat?' vroeg ik, terwijl ik naar de foto wees met de oudere baby die de andere kant op keek.

'Ja, dat ben jij. Ik vraag me af – dat heb ik me eigenlijk altijd afgevraagd – of je je iets van dat kind kunt herinneren.'

Ik schudde mijn hoofd. 'Nee.'

'Je was nog geen twee toen ze stierf.'

'Ik kan me er niets van herinneren.'

'Nou, dat had ik ook eigenlijk niet verwacht. En je moeder hoopte dat ook.'

'Hoezo?'

'Uiteindelijk was er voor haar maar één manier om het verlies te verwerken, en dat was te doen alsof het nooit gebeurd was. Maar toen Caroline werd geboren – veel te snel daarna, je moeder had nooit zo snel alweer een kind moeten krijgen – kwam al het verdriet weer boven. Caroline was een gezonde baby die haar voortdurend aan de dode Claire deed denken. En volgens mij was dat rechtstreeks van invloed op de manier waarop ze Caroline behandelde.'

Ik knikte langzaam, hoewel die verklaring er bij mij niet in wilde. Wie een kind heeft verloren zou juist dolgelukkig moeten zijn wanneer er daarna een gezonde baby wordt geboren.

'In het begin was ze alleen maar doodsbang dat ook deze baby zou sterven. Ze meed het kind. Het kan zijn dat het een postnatale depressie was, iets waar iedereen tegenwoordig de mond vol van heeft, maar waar we toen nog niets van af wisten. Maar ik wil dat je beseft dat je moeder, ondanks alles wat er in het verleden is gebeurd, wel degelijk van Caroline houdt.'

'Als je het mij vraagt, tante Fran, heeft die postnatale depressie wel heel erg lang geduurd. En bovendien was het gedrag van mijn moeder behoorlijk selectief.' Ik tuurde in het hart van een geopende lelie. Toen zei ik. 'Wist jij dat Caroline als kind opgenomen is geweest? Vanwege – '

'Ja, dat weet ik,' viel tante Fran me in de rede. 'Je vader en ik wisten er alletwee van af, hoewel je vader altijd dacht dat hij de enige was. Het was verschrikkelijk. Maar gelukkig heeft Caroline daar een beetje hulp gekregen. Vanaf dat moment ging het beter.'

'Ja, maar... en mijn móeder? Had zíj dan geen hulp nodig?'

'In die tijd was alles heel anders. De mensen waren veel meer op zichzelf aangewezen. Ik neem aan dat je moeder dacht dat, als Caroline maar geholpen werd, zij daarmee ook geholpen zou zijn.'

'Dat slaat nergens op.'

'Het is ontzettend lang geleden.' Tante Fran draaide het album naar zich toe en bekeek de foto's. 'Ze was een beeldschone baby. En glimlachen? Je hebt nog nooit een kind zo zien glimlachen. Vanaf het moment van haar geboorte. Ik zweer je, ik heb nog nooit zo'n blije baby gezien. En toen kwam Caroline, die eigenlijk alleen maar verdrietig was. Ik denk dat je moeder zich vooral stoorde aan die verdrietige uitstraling van haar, aan het feit dat de baby die bleef leven zo – '

'Maar tante Fran! Lieve help! Caroline had redenen te over om verdrietig te zijn!'

'O, dat weet ik ook wel. Dat weet ik. Maar ik vraag me vaak af wat het eerste was. Wie wat bij wie heeft veroorzaakt.' Ze sloeg het album dicht. 'Hoe dan ook, mag ik je vragen om dit geheim te houden?'

'Het spijt me, maar ik denk niet dat ik dat kan.'

'Nou, Laura, ik heb je deze foto's laten zien om je te laten begrijpen dat wanneer Caroline over haar leven klaagt, die klachten voor een deel het gevolg zijn van het feit dat je moeder het heel moeilijk met haar heeft gehad. Maar je moet goed beseffen dat het ook voor een groot deel door Caroline zelf kwam. Ze was een moeilijk kind. Dat ben je vast nog niet vergeten! Ze is ook nu nog een moeilijk mens, zoals ze maar steeds geen vrede met zichzelf kan vinden. Ik hou van haar hoor, echt, maar ze is een gekwelde ziel. Jij hebt reuze geboft met je kinderen, Laura. Ik weet niet of je je ooit wel eens hebt afgevraagd hoe het moet zijn om een kind als Caroline te hebben.

'Ik kan me niet voorstellen dat iemand met het verhaal van Claire geholpen zal zijn. Integendeel, het zou de zaak er alleen maar extra gecompliceerd op kunnen maken. Je moeder heeft fouten gemaakt, maar ze heeft haar best gedaan om voor jullie alledrie te zorgen. Meer kun je als ouder niet doen.'

Ik stond op. 'Ik moet gaan.'

Ze pakte mijn arm. 'Ik verzoek je nogmaals dit geheim te bewaren, Laura. Het was de wens van je moeder dat jullie kinderen dit nooit te weten zouden komen. Niet alleen omdat zij het op die manier gemakkelijker zou kunnen vergeten, maar ook om jullie zo'n verdrietige gebeurtenis te besparen. Ze wilde jullie beschermen, en dat wil ze nog steeds. Ze heeft zo haar best gedaan om het te vergeten, en het moet verschrikkelijk voor haar zijn om te beseffen dat ze door haar eigen zuster is verraden, en dan nog wel zo kort na de dood van haar man. Alsjeblieft, Laura.'

'Ik zal het op dit moment nog aan niemand vertellen. Meer kan ik je niet beloven.'

Wat ik daarmee bedoelde, was dat ik het niet aan Caroline zou zeggen. Maar ik wilde terug naar het huis van mijn moeder en ik wilde een aantal mensen bellen. Als eerste Pete, omdat ik behoefte had aan zijn troostende woorden. En dan Maggie, om een goede raad van haar te krijgen. En ten slotte zou ik Caroline bellen om haar te zeggen dat ik eraan kwam voor de lunch.

Ik reed afwezig naar huis. Het enige wat tot me doordrong was een kerkhof, dat ik zag toen ik voor het stoplicht moest wachten. Ik vroeg me af of Claire daar lag. Ik keek naar een van de grafstenen – een engel in geknielde houding, met hangend hoofd en een vleugel over het hart gevouwen, die stenen tranen weende.

20

Natuurlijk kreeg ik advies van Pete en troost van Maggie. Pete vond dat ik niets tegen Caroline moest zeggen – ze was momenteel zo labiel dat het verhaal dat mij verteld was haar alleen nog maar meer uit haar doen zou brengen.

'Ja, maar het zou haar ook kunnen helpen,' meende ik.

Pete zei: 'Het valt van tevoren moeilijk te zeggen hoe ze erop zal reageren, dus waarom zou je het risico willen nemen?' Daar had hij waarschijnlijk wel gelijk in. Het zou niet de eerste keer zijn dat Carolines reactie ergens op heel anders was dan ik verwachtte. En dit was een delicaat moment.

Maggie zei dat ze met me te doen had omdat ik hier helemaal in mijn eentje voor stond. En ik besefte dat het inderdaad zo was, in ieder geval op dit moment. Ik vroeg haar om me iets grappigs te vertellen, al was het maar om de boel weer in evenwicht te brengen. Ze zei: 'Hm. Iets grappigs. Mag het ook iets onvoorstelbaars zijn?'

'Best.'

'Vroeger kon ik een kwartje op mijn buik laten stuiteren, maar nu kan ik er een terreinwagen in stallen.'

'Het spijt me,' zei ik, 'maar dat kan ik niet onvoorstelbaar vinden. Ik vind dat grappig. En vooral ook handig. De volgende keer dat we moe worden op onze wandeling, halen we gewoon die Hummer van je uit de stalling.'

'De volgende keer dat we gaan wandelen, zijn we te oud om nog te kunnen lopen.'

'Nee, van nu af aan gaan we regelmatig wandelen.'

'Ja, lieverd, dat weet ik.'

'Hé, ik haal mijn wandelschoenen uit de kast.'

Op enkele kilometers van Carolines huis zette ik de radio uit en luisterde naar het geluid van de regen die was gaan vallen. Toen ik de ruitenwissers aan deed moest ik opeens denken aan een taxichauffeur die me, tijdens een bezoek aan New York, op een regenachtige avond naar mijn hotel had gebracht. Zijn ruitenwissers deden het niet goed, het was spitsuur en hij had een pestbui. Omdat ik hem graag wat wilde opvrolijken, zei ik: 'Wat een drukte, hè, op vrijdagavond?' Waarop hij me toebeet: 'Ha! Elke avond, zult u bedoelen!' Ik keek naast me op de lege achterbank alsof er een bondgenoot naast me zat die met zijn ogen rolde. Toen zei ik, zo vriendelijk mogelijk: 'Het valt vast niet mee om hier te moeten wonen.' We stonden voor een stoplicht, en ik verwachtte dat hij met een glimlachje achterom zou kijken. Maar in plaats van dat te doen, begon hij met zijn vuist op het stuur te beuken. Beng.... beng.... beng! Op dat moment besloot ik uit te stappen. Ik zei dat het zo wel goed was, dat ik dichtbij genoeg was, en ik gaf hem een flinke fooi, hoewel hij in werkelijkheid nog geen cent extra had verdiend. Ik liep weg terwijl ik me afvroeg wat die man was overkomen. Waarom was hij zo heel anders dan de taxichauffeur die me eerder had gereden, die een foto van zijn dochter op het dashboard had gehad en die me, met zijn zware Engelse accent, op de toeristische attracties had gewezen en, in afwachting van het moment waarop het stoplicht op groen zou springen, zachtjes voor zich uit had gezongen en naar een collega had gelachen en gezwaaid die naast hem was gestopt? Niemand kwam met gebalde vuisten ter wereld. Wie had die man dat aangedaan?

Echt een voor de hand liggende herinnering, dacht ik, terwijl ik de laatste meters aflegde naar het huis waar mijn zusje woonde. Alleen beukte zij niet op het stuur, maar op zichzelf.

Caroline zat achter haar tekentafel te kijken naar de blauwdrukken van de serre die ze voor iemand moest ontwerpen. Ik keek naar de fijne lijntjes op het grote witte vel en zei: 'Grappig dat we allebei hetzelfde soort werk zijn gaan doen.'

'Hoe bedoel je?' Caroline gumde iets uit en bracht met potlood een correctie aan.

'Ik bedoel, je weet wel... dat we grondstoffen gebruiken om iets te maken. Ik gebruik stof, en jij werkt met hout.'

Ze keek op. 'Dat ben ik helemaal niet met je eens. Ik zie geen enkele overeenkomst. In mijn geval probeer ik de feitelijke substructuur te zien. Jij daarentegen gaat uit van dingen zoals ze zijn, en dan hak je ze in stukjes om er heel iets nieuws van te maken. En dan zeg je: "Kijk! Zó moet het zijn!"'

'Ik snap niet wat je daarmee wilt zeggen.'

'Nou, dat ik erachter probeer te komen wat de onderliggende waarheid is, terwijl jij dingen verandert in iets dat mooi en zacht is, maar daarbij voorbijgaat aan wat ze zíjn.' Ze keek me met grote ogen aan, en rond haar mondhoeken speelde een glimlachje dat even later alweer vervaagd was. 'Het spijt me.'

'Het geeft niet.'

'Ja, dat doet het wel. Het is alleen... Ik ben ontzettend down. Het spijt me.'

Ze stond op en ging onderuitgezakt op een fauteuil zitten. 'Ik heb hier echt schoon genoeg van. Ik ben het zat. En ik heb mijn buik vol van mijzelf. Weet je wat er vanochtend gebeurd is? Ik heb een half broodje geroosterd. Tot dus ver klinkt dat goed, niet?'

Ik glimlachte.

'En toen wilde ik het op een mooie schaal leggen. Ik wilde gewoon iets moois eten omdat mijn therapeute heeft gezegd dat ik mijzelf "moet verwennen en belonen". Dus ik ben die antiekzaak binnengegaan en heb een set prachtige schaaltjes met een afbeelding van kersen erop gekocht. Ik haal zo'n schaaltje uit de kast, maar dan opeens komt die grote, dikke vinger uit de hemel en wijst op mij. "Zet terug! Dat is een schaaltje. Je kunt geen broodje van een schááltje eten!"' Ze keek me aan en zuchtte. 'Altijd maar weer die stem: "Fout. Stom. Dat is niet voor jou. Het is voor alle anderen, maar niet voor jou." En, Laura, ik wil dat je je realiseert dat ik niet zo wil zijn. Dat moet je goed begrijpen. Ik kijk elke avond naar de sterren, en dan zie ik dezelfde schoonheid als jij. Ik bedoel, ik heb echt oog voor wat mooi en lekker is, of voor wat ontroerend is, zoals een klein meisje dat met de tong uit haar mond de straat af rent... echt, dat soort dingen zie ik heus wel.

'Ik wil dat je weet dat, wanneer ik een museum binnenga, alles in mijn hoofd als het ware opzij wordt geschoven. Het maakt niet uit waar ik naar kijk: oude aardewerken schalen, stijlkamers, beelden – het maakt niet uit. Vanaf het moment waarop ik daar binnenstap tot ik weer wegga, ben ik alleen maar bezig met dingen die niets met mijzelf te maken hebben. Ik sta voor een klein Frans doek van een vrouw die iets bij een groentestalletje op de markt staat te kopen, en het enige wat je van haar kunt zien is een deel van haar wang, haar hoed en haar schoenen, maar opeens weet ik alles van haar af: waar ze woont, haar kleine etage waar het veel te warm is, de halve camembert die in vetvrij papier in haar koelkast ligt, de gescheurde voering van haar schoen, hoe hoog het water in haar badkuip staat wanneer ze een bad neemt, de kleine roze roosjes op haar theekopje, hoe ze de citroenen en perziken zal kopen – ik zie het allemaal voor me! Het voelt alsof ik deel uitmaak van een veel groter geheel, en dan kan ik opeens vrij ademhalen. Je kunt je niet voorstellen wat dat voor een opluchting is. Maar dan moet ik het museum weer uit, en moet ik terug naar huis.

'Wat me mankeert is wat er altijd tussenkomt. Het is een schaduw die over alles heen valt. Het is iets wat nooit, maar dan ook nooit weggaat. "Nee! Dat mag je niet doen, schaam je, scháám je!" En ik ben het zó zat! Ik ben het zó spuugzat! Ik wil het deze keer voor elkaar krijgen, deze keer zal het me lukken. En ik ben... ik ben... Ik weiger bang te zijn, hoor je me?' Bij die laatste woorden beukte ze haar vuist op de armleuning van de stoel. En toen zweeg ze en keek ze me diep beschaamd aan. 'Jezus. Wat een scène. Het spijt me.'

'Het hoeft je niet te spijten,' zei ik, terwijl ik naast haar ging staan en mijn hand op haar arm legde. 'Ik ben juist blij dat je me dat hebt verteld, want nu... ken ik je ineens een beetje beter.' Ik keek op mijn horloge. 'Kom op, we gaan ergens eten. Ik trakteer. Je zegt maar waar je heen wilt, en je kunt nemen waar je trek in hebt. Ik heb een boodschap voor je van Steve. En dan wil ik van je weten op welke manier ik je kan helpen.' *En daarna wil ik naar huis.*

'Ik was écht ziek,' zei Caroline. 'En Steve heeft gelijk. Ik lag in de ziekenboeg en hoorde de verpleegster tegen mam tekeergaan. "Heeft u dan helemaal niet gemerkt dat ze koorts heeft, mevrouw Meyer?" Ik weet nog dat ik naar huis wilde omdat ik me zo ellendig voelde, maar aan de andere kant was ik doodsbang omdat ik wist dat mam daar niet blij mee zou zijn.'

Ik speelde met de paar sliertjes spaghetti die op mijn bord waren blijven liggen. Ineens zag ik er een bepaald filigraanmotiefje in dat me erg aansprak. Ik wilde tegen Caroline zeggen: 'Ik luister naar je, Caroline, maar ik heb zojuist iets gezien waar ik een aantekening van moet maken.' Ik voelde dat ik, alleen al bij de gedachte, vanuit mijn nek rood begon te worden in het besef dat het echt maar een haar had gescheeld of ik had mijn schetsblok uit mijn tas gehaald terwijl ik bij voorbaat had geweten dat ze iets zou zeggen in de trant van dat ze het niet erg vond, en dat ik gerust mijn gang kon gaan.

In plaats daarvan zei ik: 'Ik... het moet ontzettend moeilijk voor je zijn geweest.' Ik schraapte mijn keel in het besef dat de empathie van mijn reactie te wensen over had gelaten. Onder tafel balde ik mijn linkerhand tot een vuist.

Caroline glimlachte meelevend. Ze zag dat ik elk moment uit mijn vel zou kunnen springen. 'Luister. Ik besef hoezeer je je best hebt gedaan om... en dat terwijl al die andere dingen...' Ze legde haar hand op de mijne. Het was een uiterst onhandig gebaar en haar hand was plakkerig van het zweet. Als we vriendinnen waren geweest, of echte zusjes, dan zou ik hier op in kunnen gaan, zou ik er een grapje over kunnen maken en dan zou alles goed zijn. Maar gegeven de realiteit leek het me het beste om hetgeen waar we ons alletwee bewust van waren te negeren, al was het maar om het moment niet nóg pijnlijker te maken dan het al was. 'Ik probeer je te bedanken. Je hebt er geen idee van hoeveel het voor me betekent dat je me hebt aangehoord. En dat je gezegd hebt dat je me gelooft.' Ze trok haar hand weg en legde hem op haar schoot.

Ik boog me dichter naar haar toe. 'En wat nu? Heb je nog steeds het gevoel dat je met mam wilt praten?'

'Ik weet dat dit niet het goede moment is, zo met pap...'

'Nee, waarschijnlijk niet.'

'En intussen heb ik het ook nog eens bijzonder druk.'

'Ja, wie niet.'

'Ik ben je dankbaar voor het feit dat je bent teruggekomen, Laura. Je kunt... waarom ga je niet terug naar huis? Ik weet dat je het liefste thuis bent. Maar zou ik je zo af en toe eens mogen bellen?'

Ze had het nodig gevonden om dat te vragen. 'Wanneer je maar wilt,' antwoordde ik, waarop er een klein stemmetje in mijn achterhoofd zong: *Dat meen je lekker niet.* 'Wanneer je maar wilt,' zei ik nog eens, om het stemmetje het zwijgen op te leggen.

Ik besloot de extra kosten te betalen en die avond nog naar huis te vliegen. Voor ik naar het vliegveld ging, belde ik tante Fran. 'Ik heb zitten denken,' zei ik. 'Ik zou zo graag van je willen horen dat je het goed vindt dat ik het hele verhaal aan Caroline en Steve vertel.'

'O, Laura.'

'Ik denk echt dat het zal helpen. Dat het iedereen zal helpen.'

'Ze heeft me laten beloven dat ik het nooit aan jullie zou vertellen.'

'Ja, maar kijk naar wat er gebeurd is. Caroline heeft het momenteel heel moeilijk met het verwerken van haar jeugd. Ik bedoel, haar moeder is haar met een mes te lijf gegaan, en ze – '

'Wát?'

'Nou, tante Fran... dat weet je best. Je hebt zelf gezegd dat je het wist. Dat heb je zelf gezegd! Mam is Caroline met een mes te lijf gegaan, of in ieder geval, op een haartje na. Dat was waarom Caroline is opgenomen.'

'Och, lieverd. Och, hemel. Dat is niet waar. Het was juist andersom! Ze is je moeder te lijf gegaan!'

'Heeft mijn moeder je dat verteld?'

'Ja, en zo was het ook! Och, hemel nog aan toe. Heeft Caroline verteld dat ze door haar moeder is aangevallen? Nee, lieverd, ik zweer je, het was juist andersom. Vraag – o, ik wilde zeggen dat je dat maar aan je vader moest vragen. Hij wist het. Het was Caroline die je moeder met een mes te lijf wilde gaan.'

Daar zat de spin, vorstelijk in haar web, met als diamanten glinsterende dauwdruppels om haar heen. Ik koos mijn woorden met zorg. 'Tante Fran. Geloof je dat echt?' Ik pakte een potlood van de keukentafel en liet hem, in afwachting van haar antwoord, op de knokkels van mijn linkerhand balanceren. *Vooruit, tante Fran, je was altijd mijn lievelingstante. Jij, lachend in een gele zonnejurk, met onder elke arm een kind.*

'Nou, natuurlijk geloof ik dat! Het is de waarheid!'

Ik liet het potlood vallen en het rolde van tafel. Ik nam niet de moeite om het op te rapen. Tante Fran stond aan de kant van mijn moeder, precies zoals mijn vader had gedaan. Er viel niets meer te zeggen. Ik bleef de telefoon vasthouden en keek door het raam naar de ondergaande zon. Prachtige roze tinten. Oud roze. Lila. In de meest schitterende combinatie met grijs-groen.

'Laura?'

'Ik moet gaan.' Ik hing op, sloot mijn moeders huis af en liep naar de auto om naar het vliegveld te gaan. Genoeg. Ik zette de radio aan en draaide het volume hoger. En toen nog een beetje hoger.

Het is een grote reisadvertentie in een krant, een foto van een ouder echtpaar van in de zeventig of in de tachtig, dat in een opblaasboot met ingebouwde kussens in een zwembad dobberde. Het kristalheldere water weerkaatst strepen zonlicht. De man draagt een zwarte zwembroek die bijna tot op zijn knieën hangt en die, in zeker opzicht, grappig aandoet. De vrouw heeft een prachtig, met een Hawaïaanse bloemenprint bedrukt bad-pak aan, en het diep uitgesneden decolleté doet zowaar sexy aan. Ze heeft een schelpenketting om die qua kleur bij haar badpak past, en haar met bloemen bezette badmuts zit zó dat er een prachtige lok zilvergrijs haar onderuit piept. Haar man houdt haar hand vast; hij is degene die zijn hand naar haar heeft uitgestoken. Op de een of andere manier voelt het alsof hij dat altijd zo doet. Haar gezicht straalt van de trots, en haar wenk-brauwen zijn in een sierlijke boog geëpileerd, haar hoge juk-beenderen zijn van rouge voorzien en haar lippenstift is uiterst zorgvuldig opgebracht. Zij glimlacht, terwijl hij ernstiger, bezorgd bijna, kijkt.

Toen ik die foto zag reageerde ik nogal vreemd. Ik liet hem aan Pete zien. 'Moet je kijken,' zei ik, waarop hij zijn blik over het plaatje liet gaan en zei: 'O, wat aandoenlijk.'

'Het is helemaal niet aandoenlijk!' zei ik boos.

Pete keek me verbaasd aan.

'Helemaal niet! Moet je die vrouw dan zien! Ze is haar leven

lang in de watten gelegd. Ze is een nemer, iemand die anderen gebruikt en die alleen maar aan zichzelf denkt. Heb je haar ogen gezien?'

Hij keek nog eens. 'Die zijn helemaal niet te zien.'

Pete had gelijk. De man en de vrouw op de foto droegen een zonnebril.

'Nou, maar ik weet wat voor blik er in haar ogen ligt,' zei ik.

'Hoe dan?' vroeg Pete, en ik gaf geen antwoord omdat ik het niet kon zeggen.

21

Pete haalde me van het vliegveld. Hij boog zich naar me toe voor een vluchtige zoen, en we reden weg. Ik vroeg me af wat hij me zou vragen en wat ik zou antwoorden, en was me opnieuw bewust van mijn onzekerheid. Zo moest het mishandelde vrouwen vergaan, dacht ik. Eerst zie je iemand als een monster, dan als iemand die eigenlijk wel meevalt, en uiteindelijk als iemand die je vertrouwd is en van wie je houdt. 'Verdomme!' zei ik.

'Wat is er gebeurd?' Hij nam gas terug en keek in de achteruitkijkspiegel.

'Niets,' zei ik, met een wuivend gebaar. 'Neem me niet kwalijk, er is niets aan de hand. Rij maar verder. Ik vertel het je later wel. Op dit moment weet ik niet eens precies wat ik voel.' Ik begon te huilen, en dat maakte me alleen maar nóg bozer.

'Is er iets?'

'Ja. Nee. O, ik weet niet.' Ik veegde de paar tranen weg die ik geplengd had. 'Kunnen we misschien ergens iets gaan drinken? Is alles goed met de kinderen?'

'Met de kinderen is alles in orde. Je moeder zorgt voor ze. En... verrassing, mijn ouders zijn er ook.'

Ik staarde hem aan met open mond. 'Wanneer...?'

'Ze zijn zomaar binnen komen vallen, op de terugweg van ergens waar ze waren. Ze waren in de buurt. Je was nog maar net vertrokken.'

Ik leunde naar achteren en sloot mijn ogen. 'Pete. Je weet dat ik stapel op ze ben. Maar alles komt opeens tegelijk!'

'Laten we ergens naartoe gaan.'

'Ja, in de buurt. Ik weet niet waarom ik boos ben. Ik ben niet boos. Ik ben echt niet boos.'

We zaten in de drukke bar van een hotel van het vliegveld. Een groot deel van de gasten had zijn bagage bij zich. Om bij mijn plaats te kunnen, moest ik me langs een grote zwarte weekendtas heen wurmen. 'O, sorry,' zei een jonge vrouw, terwijl ze de tas dichter naar zich toe trok.

'Geeft niet,' zei ik, hoewel ik het liefste 'donder op!' had willen zeggen.

Pete ging naar de bar om een glas wijn voor ons te bestellen, en kwam ermee terug naar ons tafeltje. Ik zei niets totdat hij zich naar me toe boog en me over mijn schouders streek.

'Wat een zooi!' Ik schudde mijn hoofd.

'Is er verder nog iets gebeurd?'

'Je gelooft het nooit. Tante Fran heeft me verteld – ' Ik zweeg in het besef dat de jonge vrouw van de weekendtas aandachtig zat mee te luisteren. 'Ik vertel het je zo,' zei ik, om er nadrukkelijk aan toe te voegen: 'Zullen we niet liever aan een ander tafeltje gaan zitten?'

De jonge vrouw stond op, legde geld op tafel en ging weg. Pete keek haar na. 'Wat had dat te betekenen?'

'Ze zat mee te luisteren.'

'O.'

'Ik kan het niet uitstaan wanneer mensen dat doen.'

Hij zei niets, maar in zijn zwijgen hoorde ik zijn maar al te ware beschuldiging: *dat doe jij voortdurend.*

'Hoe dan ook, tante Fran vertelde dat het Caroline was die mijn moeder met een mes heeft bedreigd, en niet andersom.'

Pete leunde naar achteren. 'Wauw. En wat denk jij?'

'Aanvankelijk was ik ervan overtuigd dat Fran net zo in de ban was van mijn moeder als mijn vader altijd was. Maar intussen twijfel ik en kan ik niet meer helder denken. Ik heb het gevoel alsof ik iets zou moeten doen, maar ik weet niet wat. Ik bedoel, het voelt vreemd om naar huis te gaan en mijn moeder onder ogen te komen zonder te weten of ze... Ik weet niet wat ik moet geloven, Pete. Echt niet.'

'Misschien moet je het een poosje laten rusten. Je hoeft helemaal niet meteen te beslissen. Wat er gebeurd is, is gebeurd, en sindsdien zijn er heel wat jaren verstreken. Caroline heeft verteld wat ze op het hart had en ze is in therapie. Je moeder heeft op het moment geen problemen. Volgens mij... laat ik je dat maar meteen vertellen... volgens mij wil ze langer bij ons blijven. Ze maakt voortdurend indirecte opmerkingen over hoe fijn het is om mensen om zich heen te hebben, en dat we boffen dat ze er is omdat ze met dit en dat kan helpen.'

'Dit en dat?'

'O, oppassen – '

'We hebben geen oppas meer nodig! Na al die jaren kunnen we eindelijk zonder!'

'En boodschappen doen. Daar had ze het ook over.'

'Ik kies graag zelf wat ik eet.'

'Laura?'

'Wat?'

'Het is niet míjn idee. Ze is niet míjn moeder.'

'Alsof ik dat niet weet!' Ik keek hem fel aan. 'O, neem me niet kwalijk. Ik ben gewoon nijdig. Ik wil naar huis en ik wil dat alles weer normaal is. Ik wil niet dat ze er is. En dat meen ik. En ik mis mijn vader, en ik heb zelfs nog niet eens tijd gehad om zijn dood te verwerken.' Ik zuchtte. 'Ik weet niet, misschien heb je wel gelijk. Het enige wat we nu kunnen doen is tijd laten verstrijken. Laten we maar naar huis gaan.'

In de auto – met de radio uit, en de stilte en de duisternis en Pete's nabijheid – kalmeerde ik wat. 'Voorlopig ga ik daar niet terug!'

'Dat hoef je ook niet.' Hij nam mijn hand in de zijne. 'Zal ik je dan maar vertellen wat mij vandaag is overkomen?'

'Wat?' Ik keek hem aan en de opluchting was zo groot dat het me bijna duizelde.

Rosa, Subby, mijn moeder, Pete en ik zaten met z'n allen aan de keukentafel, en de kinderen waren boven op hun kamer. We dronken koffie en aten de verrukkelijke pistachekoekjes die Rosa eerder die middag had gebakken – waarschijnlijk vijftien seconden nadat ze binnen was gekomen. We waren allemaal in pyjama, en ondanks alle toestanden van de afgelopen dagen, voelde ik me gelukkig. Het was net alsof ik een nachtmerrie had gehad en wakker was geworden, alsof ik uit een duister gat was geklommen om met deze dierbare gezichten om me heen in mijn eigen, vertrouwde keuken te kunnen zitten. We spraken door elkaar heen en lachten. Mijn vaders afwezigheid viel natuurlijk op – het was als een gevoelige plek waar je je voortdurend van bewust was. Wat ook opviel was het glimlachende gezicht van mijn moeder dat betrok wanneer ze de knokkel van haar pols wreef zoals ze vroeger altijd over de knokkels van zijn hand had gewreven.

Rosa's korte grijze haar zat in krullers en ze had er een zwart haarnet overheen geknoopt. Ze vertelde over haar vader, over hoe hij een sok met oude lappen vulde en dan deed of het een kat was. 'Hij legde hem op zijn arm en aaide hem, "poesje, poesje, lief poesje", waarna hij dan opeens "miauw" riep en hem op de grond liet springen. We vonden het altijd weer prachtig en gierden tot we er buikpijn van kregen.'

'Ja, en de kinderen van tegenwoordig zijn alleen maar tevreden met cyberspace,' zei mijn moeder.

'Ja, maar ze gebruiken de computer ook om hun huiswerk op te maken,' zei Rosa. 'Het geeft niet. Elke generatie heeft zijn nieuwe dingen.'

Hannah riep me, en ik excuseerde me en ging naar boven, naar haar kamer. Ze hield de telefoon tegen haar borst gedrukt. 'Mag ik zaterdagavond oppassen bij de Pearsons? Hun vaste oppas heeft afgebeld.'

Hoewel Hannah bij het Rode Kruis een cursus kinderoppas had gevolgd, had ze nog nooit bij iemand thuis opgepast. De Pearsons woonden verderop in de straat en hun kinderen waren al niet meer zo heel erg klein – ik schatte ze een jaar of vijf en zeven. 'Natuurlijk,' zei ik.

Ze stak haar vinger op en vroeg of ik even wilde wachten, waarna ze in de telefoon zei: 'Dat is goed... Zeven uur, afgesproken. Dank u.'

Nadat ze had opgehangen keek ze me stralend aan. 'Mijn eerste baantje! En ze betalen me zes dollar per uur!'

'Geweldig!'

'Maar... wat moet ik dan doen?'

'Hoe bedoel je?'

'Om op te passen.'

'O. Nou, je weet wel, je moet er op de eerste plaats voor zorgen dat hen niets overkomt. Daarom nemen ouders een oppas, om ervoor te zorgen dat hun kinderen niets overkomt. Je weet vast nog wel hoe het was toen wij een oppas voor jullie lieten komen.'

'Ja, maar ik wil niet zo zijn als zij.'

'Wat wil je daarmee zeggen?'

'Ze waren ontzettend saai. Ik wil een leuke oppas zijn, iets in de stijl van Mary Poppins.'

'Dat lijkt me een nobel streven.'

'Heb jij veel opgepast, mam?'

'Ja.' Ik liep naar het bed en gebaarde haar dat ze op moest schuiven zodat ik naast haar kon zitten. 'Maar ik kan je wel zeggen dat ik tot de categorie saai behoorde.'

'Waarom?'

'Ik weet niet. Ik denk dat ik gewoon een strenge baas wilde zijn.'

'Nou, ik wil best baas zijn, maar je hebt ook leuke bazen. Denk je dat ik dingen mee kan nemen om aan ze te laten zien?'

'Wat voor dingen?'

'Ik weet niet. Boeken. Of een paar spelletjes?'

Ze hadden natuurlijk hun eigen boeken en spelletjes, maar ik vond haar enthousiasme geweldig. 'Dat lijkt me een heel goed idee.'

'Mooi. Enne... zou je de deur achter je dicht willen doen?'

Weggestuurd.

Ik ging de gang op en bleef boven aan de trap even staan. Beneden hoorde ik mijn moeder over mijn vader praten, en vertellen hoe hij met zijn handen voor ons kinderen schaduwpoppen op de muur maakte. En hoe leuk we dat vonden. En dat we nooit precies wisten wat de beelden moesten voorstellen, maar dat hij dat ook nooit wilde zeggen zodat we altijd alledrie gelijk hadden.

De volgende ochtend stond ik in mijn atelier voor de kniptafel toen Rosa binnenkwam. 'We gaan zo weg.'

Ik legde mijn schaar neer en maakte aanstalten om naar boven te gaan.

'O, nee, blijf alsjeblieft doorwerken. Ik wilde alleen even bij je komen zitten.'

'Best.' Ik zette een stoel voor haar neer en boog me weer over de tafel heen om strips van een felgeel katoentje te snijden.

'Nou, het is officieel. Subby is bij het laatste gaatje van zijn broekriem. Hij komt er niet langer onderuit – hij moet aan de bretels.'

Ik schoot in de lach. 'Dat krijg je ervan als je zo goed kunt koken. Maar ik wil je best bekennen dat ik bretels leuk vind.'

'Maar hij niet!'

'Waarom niet?'

'Omdat zijn oom Yaya bretels droeg, en de man was een enorme viespeuk. Hij kon de knoop van zijn broek niet meer dicht krijgen en de rits van zijn gulp stond altijd een beetje open. En in zijn mondhoeken zat meestal een vlokje speeksel. Hij droeg een oude, gedeukte hoed die hij nooit af wilde zetten, en al zijn overhemden zaten onder de vlekken. Hij was het soort man die voortdurend vliegen om zich heen heeft zwermen. Of dat leek in ieder geval zo. En je weet hoe over-dreven netjes Subby is – hij gebruikt elke dag eau de cologne en kamt zijn haren altijd met een klein beetje vet.'

'Nou, dat hij bretels moet dragen betekent nog helemaal niet dat hij meteen op zijn oom zou moeten lijken.'

'Je weet toch hoe het is. Mensen associëren nu eenmaal. Maar vandaag ga ik mooie gele bretels voor hem kopen, en ik weet zeker dat hij ze prachtig zal vinden. Ik heb ze bij Brooks Brothers gezien. Hij weet het nog niet, maar ik heb gezegd dat we op weg naar huis bij het winkelcentrum langs moeten. En dan kan hij in de camper blijven en een dutje doen, terwijl ik die bretels voor hem ga kopen.'

'Rijden jullie nog steeds in dat ding?'

'O, ja, en met plezier. Je maakt zoveel vrienden.'

Ik glimlachte, sneed nog wat stof en legde de strips op een stapeltje.

'Laura? Ik wil je iets vragen. Hoe is het... hoe voel je je?'

'Och, Rosa, het gaat wel, dank je.' Ik keek haar aan en glimlachte.

'Ik weet nog toen mijn vader stierf, en hoe... Ineens voelde het alsof ik helemaal alleen op de wereld was.'

'Ja.'

'Er is tijd voor nodig, lieverd.'

'Dat weet ik.'

'Mooi. Ik heb saus voor je gemaakt, en alles in de diepvries gedaan. Goud-rood.'

'Dank je! Ik ben dol op je rode saus, en ik kan hem nog steeds niet namaken.'

'Jij maakt je eigen sauzen, en je kunt geweldig koken.'

'Rosa? Ik wil jou ook iets vragen. Als je uit betrouwbare bron iets zou horen over iemand anders – ' Ik keek naar haar wijd opengesperde grijze ogen. 'Oké. Stel dat je zus je iets over je moeder vertelde en dat je dat maar moeilijk kon geloven. Zou je – '

Ze hield haar hand op. 'Ik denk dat ik weet wat je wilt zeggen.'

'Ja?'

'Je moeder en ik hebben in de loop der jaren meer dan eens over je zuster gesproken. Niet vaak, maar regelmatig genoeg om te weten dat het niet zo botert tussen die twee. En ik heb Caroline natuurlijk ook een aantal keren meegemaakt, en ze is... Nou ja, ze is – '

'Ja, ik weet het. Ze is geen gemakkelijk mens. Maar, Rosa, mag ik je in vertrouwen iets over haar vertellen?'

Ik wierp een schuldig gezicht op de trap, en Rosa zei: 'Je moeder zit buiten, met Subby.'

'Goed. Luister. Mijn zuster heeft me een paar verschrikkelijke dingen verteld die er tussen haar en mijn moeder zijn gebeurd. Echt heel erge dingen.'

'Ik ken geen moeder die geen fouten heeft gemaakt – en de moeder die dat beweert, die liegt.'

'Ja, Rosa, maar dit waren wel heel erge fouten. Fouten met consequenties. Ik weet niet... nou, ik moet je bekennen dat ik niet weet wie ik moet geloven en hoe ik hiermee moet omgaan.'

Ze zuchtte. 'Ik ken ook geen moeder die geen erge fouten met consequenties heeft gemaakt.'

'Mijn zus zegt dat mijn moeder haar met een mes heeft bedreigd.'

Rosa bleef even roerloos zitten, en toen liet ze de ingehouden adem uit haar longen ontsnappen. 'Madonna. Iemand zit goed in de problemen.'

Het is een verjaardagspartijtje, maar ik kan niet zien wie de jarige is. Midden op de keukentafel staat een grote taart. Mijn moeder heeft er een enorm stuk – het eerste stuk – van af gesneden en houdt het Caroline voor. Er zitten boterbloemen op het afgesneden stuk, en een kaarsje – het is duidelijk het beste stuk van een verjaardagstaart. Mijn moeder staat met haar hand in haar zij, en met haar rug naar de camera gedraaid. Je kunt haar gezicht niet zien, maar het is niet moeilijk om te weten hoe ze kijkt. Dat komt doordat Carolines strakke, ernstige gezicht wel goed te zien is. Ze weigert wat haar wordt aangeboden. Ik neem aan dat mijn vader de foto heeft gemaakt, want hij is de enige die niet aan tafel zit. Het is me niet duidelijk wat hij met de foto wilde vastleggen. Steve en ik zitten een ballon over te gooien, over Carolines hoofd. Het was ons al vroeg duidelijk dat het soms veel handiger is om een obstakel te omzeilen, om te doen of iets wat je niet begrijpt of waar je genoeg van hebt, niet bestaat.

22

Het was een drukke zaterdagochtend in de stoffenzaak, en Gregory's speurtocht naar een speciaal stofje voor mij nam veel te veel tijd in beslag. Hij kon zich vaag herinneren dat hij ergens, bij de bedrukte katoentjes, een stof met hondenbotten had gezien, maar nu kon hij de rol nergens meer vinden. Hij had alle kinderstoffen doorgewerkt, en vervolgens ook nog eens achter gekeken. 'Misschien heeft iemand hem wel bij zwart-wit gelegd,' zei hij. 'Kom mee kijken.'

Met mijn armen vol rollen stof die niets te maken hadden met de quilt waar ik op dat moment aan werkte, sjokte ik achter hem aan. 'Waarom leg je die niet neer,' zei hij, niet voor de eerste keer, en ik zei opnieuw dat ik dat niet wilde. 'Ben je soms bang dat iemand binnenkomt die de hele rol wil hebben?'

'Dat zou kunnen.'

Hij boog zich over een rij zwart-met-witte stoffen en begon ze systematisch door te werken. 'Mijn partner doet dat in boekhandels. Hij koopt altijd een heleboel boeken tegelijk, en dan loopt hij de hele tijd rond met die enorme stapel boeken. En als ik hem dan zeg dat hij die boeken neer moet leggen, zegt hij nee omdat iemand anders ze dan wel eens zou kunnen kopen. Alsof hij de laatste exemplaren in zijn hand heeft. En zelfs áls dat zo was, dan zou hij ze altijd nog kunnen bestellen.'

'Ik begrijp het volkomen,' zei ik. 'Zo zou het moeten.'

Hij keek over zijn schouder en wierp me een afkeurende blik toe. 'Hm, je bent zeker de oudste.'

'Dat klopt!'

'Raymond ook. Jullie zijn ontzettend bazig.' Hij trok een rol stof uit de berg – een motief van zwarte hondenbotjes op een wit fond. 'Voilà!'

Ik griste hem uit zijn handen. 'O, prachtig! Dank je wel!'

'Kom maar mee naar de tafel, dan zal ik het persoonlijk voor je knippen.'

'En waaraan heb ik die enorme eer te danken?'

Hij haalde zijn schouders op. 'Vriendschap.'

Het was waar. We waren vrienden. Maar toch beschouwde ik onze relatie eigenlijk nooit zo. Wanneer ik een stofje nodig had, ging in naar Fabric World waar ik door Gregory geholpen wilde worden. Ik was teleurgesteld wanneer hij er niet was, en we zaten vaak eindeloos in zijn kantoortje over stoffen te praten en te roddelen, maar desondanks had ik hem tot op dit moment nog nooit als een vriend gezien. Het voelde een beetje hebberig om hem zo te beschouwen – alsof een mens in het leven maar een bepaald aantal vrienden mocht hebben en je daarbuiten geen vriendschappen zou mogen cultiveren. Maar dat was bespottelijk. En dus zei ik: 'Hé, Gregory, zouden jij en Raymond een keertje bij ons willen komen eten?'

'Een keertje? Is dit een vage invitatie?' De laatste woorden fluisterde hij.

'Nee, het is een duidelijke invitatie.'

'Wanneer?' Hij begon een van de rollen uit te rollen. 'Hoeveel?'

'Een meter van elk. En... ik weet niet. Het maakt mij niet uit.'

'Vanavond? Want ik weet dat het anders nog een week of wat moet wachten. We zijn een ontzettend populair stel, dat snap je natuurlijk wel.'

'Ja, dat begrijp ik.'

Hij keek me aan over de rand van zijn bril. 'Je kunt jou ook van alles wijsmaken. Het is niet dat we zo populair zijn, maar we gaan morgen met vakantie. Twee weken San Francisco en ik kan amper wachten.'

'Vanavond? Nou, best, waarom ook niet? Maar ik moet je waarschuwen, mijn moeder logeert bij ons.'

Hij vouwde de afgeknipte lapjes voor me op en boog zich naar me toe om te zeggen: 'Ze zal me enig vinden.'

'O, daar zit ik niet over in.'

'Nou, ik weet zeker dat ik haar ook zal mogen.'

Ik zei niets, en na een poosje schoot hij in de lach, en zei: 'Nou en?'

'Zeven uur?' vroeg ik, en hij knikte. Op dat moment werd hij opgepiept en hij rolde met zijn ogen.

'Ik kan het uitstaan wanneer je op je werk bent en ze je laten werken! Het is gewoon niet eerlijk!'

Om vier uur belde ik Maggie om te vragen of zij en Doug ook zin hadden om te komen eten. 'We kunnen niet,' zei ze. 'We gaan al uit. Met Dougs baas. Ik moet kousen aan, en zo.'

'Jammer.'

'Dat soort dingen moeten nu eenmaal.'

'Dan wil ik een raad van je hebben,' zei ik. 'Als ik de tomatensaus van mijn schoonmoeder op tafel zet, moet ik dan bekennen dat ik hem niet zelf heb gemaakt?'

'Wie zou dat kunnen vragen?'

'Gregory. Ik voel het aankomen.'

'Is het dan zo erg om te zeggen dat iemand anders hem heeft gemaakt?'

'Ik weet niet. Ik vind eigenlijk dat je, als je mensen te eten vraagt, alleen dingen op tafel kunt zetten die je zelf hebt gemaakt.'

'Dat was vroeger zo.'

'Oké, bedankt.' Ik hing op, en de telefoon ging meteen over. Het was Caroline.

'Hé,' zei ik, 'hoe is het met je?' Ik keek op de keukenklok –

ik wilde lasagne maken en moest opschieten. Ik had het gesprek aan het antwoordapparaat moeten overlaten.

'Het gaat wel,' zei ze. En wachtte.

Ik wachtte ook, en uiteindelijk vroeg ik: 'Dus... het gaat goed?' Ik hoorde de gespannen klank van mijn stem en hoopte dat zij het niet kon horen.

'Heb je... weet je wanneer ze thuiskomt?'

'Mam?'

'Ja.'

'Nee, maar ik neem aan binnenkort. Volgens mij had ze gewoon behoefte aan mensen om zich heen. Hoezo?'

'O, alleen – '

'Ben je van plan om... wil je met haar praten?'

'Ik heb me voorgenomen om een poosje bij haar te gaan logeren.'

'Ik weet niet, Caroline. Ze heeft niet veel gezegd over wat haar plannen zijn. Hé, moet je horen, je belt op een nogal onhandig moment. Ik krijg mensen te eten, en – '

'O! Waarom heb je dat niet gezegd? Laat maar zitten.'

'Niet doen.'

'Wat?'

'Hé, het spijt me, oké? Ik heb op dit moment gewoon geen tijd.'

'Ja, dat weet ik. Dat heb je gezegd. Ik heb je wel gehoord.' Ze hing op.

Ik bleef een poosje met de telefoon in mijn hand staan alvorens op te hangen. *Deze keer niet, alsjeblieft,* dacht ik.

Nadat ik de benodigdheden voor de lasagne uit de koelkast had gehaald, begon ik de uien en de knoflook klein te snijden. Maggie had het mis – ik wilde mijn eigen saus maken. De deur zwaaide open en Anthony kwam binnen, gevolgd door Hannah en mijn moeder. In zeker opzicht was mijn moeder niet meer mijn moeder, maar was ze een van de kinderen geworden. Ik mocht haar wel op die manier. 'Waar zaten jullie?' vroeg ik.

'We zijn met oma naar Sam Goody geweest,' zei Hannah. 'En ze heeft cd's voor ons gekocht.'

Mijn moeder leunde op het aanrecht en keek naar hoe ik de uien sneed. 'Wat maak je?'

'Lasagne,' antwoordde ik. 'We krijgen eters.'

'Wie?' vroeg Hannah, en toen ik haar dat vertelde, jammerde ze: 'Nee! En ik kan er niet bij zijn! Ik moet oppassen!'

Dat was ik vergeten, maar dat wilde ik niet toegeven, dus ik zei: 'Nou, dan zie je ze wel een andere keer.'

'Hoe weet je dat nou? Je hebt Gregory nog nooit eerder te eten gehad.'

'Er komt vast wel een volgende keer,' zei ik. En even later, toen de telefoon ging, voegde ik eraan toe: 'Zou je even op willen nemen?'

Hannah nam op, luisterde, en zei: 'O, hallo. Wat enig dat jullie komen eten!' En toen ze nog even had geluisterd: 'O, nee! Echt? Waarom zeg je hem niet dat hij zich hier op slag een stuk beter zal voelen?'

Ik veegde mijn handen af aan de theedoek en stak mijn hand uit naar de telefoon. 'Hier komt mijn moeder,' zei Hannah. Ze griste haar cd's van tafel en rende de trap op naar haar kamer.

'Wie is Gregory?' hoorde ik mijn moeder aan Anthony vragen op hetzelfde moment dat Gregory tegen me zei: 'Ik vermoord Raymond. Beloof me dat je niemand zult zeggen dat ik de dader ben. Ik zal proberen zo menselijk mogelijk te zijn.'

'Wat is er?' vroeg ik.

'Hij is zo'n hypochonder! Hij is ervan overtuigd dat hij problemen met ademhalen heeft, en nu moet ik hem naar de Eerste Hulp brengen – zijn tweede huis, zullen we maar zeggen.'

'Maar is hij dan écht ziek?' vroeg ik geschrokken.

'Welnee,' antwoordde Gregory. 'Het heeft niets te betekenen. Dit is vaste prik voor we op reis gaan. Het is een soort van paniekaanval. Het heeft nooit iets te betekenen, en dat zal nu ook weer zo blijken te zijn. Hij heeft altijd wel iets. En het is altijd iets met een uiterst sombere prognose.' Ik hoor hem iets zeggen met zijn hand over de telefoon, en dan schreeuwt hij: 'Ik kom eraan! Start de auto maar vast.' Tegen mij vervolgde hij: 'De vorige keer zei de dokter tegen hem: "Meneer Haley, waarom gaat u niet gewoon naar huis? Er is niets met u aan de hand." Hé, het spijt me ontzettend dat ik zo op het allerlaatste moment moet afbellen... Hoewel ik mijzelf op het allerlaatste moment heb uitgenodigd.'

'Het geeft niet,' zei ik. 'We doen het een ander keertje.'

'Kan dat?'

'Natuurlijk. Bel me maar wanneer jullie weer terug zijn van vakantie. Dan spreken we opnieuw af.'

'Zijn echte probleem,' zei Gregory, 'is dat hij zojuist ontslag heeft genomen en nog geen nieuw werk heeft gevonden. Hij weet zich geen raad met zichzelf en loopt de hele dag te stofzuigen. Ik bedoel, ik ben de hele dag weg, en als ik thuiskom moet ik al die mensen terugbellen die hebben opgebeld en dan moet hij opeens stofzuigen. En dan zeg ik: "Hé, Raymond? Kun je dan niet zien dat ik –" *Ja, ja, ik kom eraan!*'

'Ik zou maar gaan, als ik jou was.'

'Ja, op naar de macaronischotel in de kantine van het ziekenhuis. Ik popel.'

Ik hing op, sloeg mijn armen over elkaar en keek naar de pan met lasagne. 'Nou, dat is dan dat.'

'Wat? Kan hij niet komen?' vroeg Anthony. 'Maar je kunt toch wel gewoon lasagne maken?' Lasagne was Anthony's lievelingseten. Hij kon er met gemak drie porties van wegwerken.

'Ik maak het wel,' zei mijn moeder. 'Waarom gaan jij en Pete niet uit eten? Dat zal jullie goed doen, een avondje uit.'

Het idee van een avondje uit met Pete sprak me wel aan – een avondje om me mooi te maken om met mijn man te gaan stappen. Uit zonder kinderen.

'Echt, ik meen het. Ik geef de kinderen wel te eten,' zei mijn moeder. 'Haal Pete van zijn werk en verras hem.'

Ik keek op mijn horloge en keek naar haar.

'Toe dan!' zei ze.

Anthony stond op en rekte zich uit. 'Ik vind het best,' zei hij. Hoe minder mensen, hoe meer lasagne.

Ik ging naar boven, naar Hannahs kamer. Ze zat, met haar ogen dicht en haar koptelefoon op haar hoofd, naar haar nieuwe cd te luisteren. Ik tilde de koptelefoon van haar hoofd en zei: 'Pap en ik gaan uit eten, oké? En ik weet dat ik heb gezegd dat ik thuis zou zijn wanneer je moest oppassen.'

'Ik red me wel,' zei ze. 'Ik heb alles gepland – ze zullen stapel op me zijn en me de volgende keer weer vragen. En oma is toch thuis.'

Nadat ik me verkleed had haastte ik me de trap af. Ik zou Pete niets vertellen, alleen dat hij met me mee moest komen. En dan zou ik hem trakteren op een biefstuk ter grootte van Rusland. En we zouden het over van alles en nog wat hebben, behalve over de dingen die me dwarszaten.

Op weg terug van het restaurant zette Pete de radio uit en keek me aan. 'Hé, heb je zin om te vrijen?'

'Ik wist wel dat je dit een mooie jurk zou vinden.' Ik had een rode jurk met een laag uitgesneden hals aangetrokken waarin ik er nog behoorlijk goed uitzag, en daarbij een stel hakken die hoog genoeg waren om pijn te doen. Onder het eten had ik ze onder tafel uitgetrokken.

'Ik meen het. Ik weet een stil plekje hier in de buurt.'

'Hé, hoe komt het dat je zo'n plekje weet?'

'Moet je opletten.' Hij sloeg een paar keer links- en rechtsaf, en stopte op een verlaten parkeerplaats achter een supermarkt.

'Hoe romantisch,' zei ik, terwijl ik mijn blik van de stapel houten kratten die tegen de betonnen muur stonden opgestapeld over een enorme container liet gaan die openstond en waar een hoop afgedankte groene kolen uit keken.

'Dit is de romantiek die bij onze leeftijd hoort: het is donker en we zijn alleen.' Hij zette de radio aan op wat doorging voor een jazzzender en trok zijn wenkbrauwen op. 'Ik zweer je dat we niet gestoord zullen worden.'

'Volgens mij heb je meer wijn op dan ik dacht.'

Hij trok me tegen zich aan. 'Ik hou van mijn vrouw.'

'Nou, daar ben ik blij om.'

Langzaam, heel langzaam liet hij zijn hand over mijn been gaan. Ik begon te lachen en te zeggen dat we te oud voor dit soort dingen waren en dat het bespottelijk was, maar dat waren we niet en het was het niet.

Op de lagere school vulde ik, net als de meeste andere meisjes, hele bladzijden van mijn schriften met de namen van jongens, en schreef ik, ik weet niet hoe vaak, met dromerige letters 'mevrouw' voor mijn naam. Maar dat deed ik op dezelfde manier als ik de kleren droeg die op dat moment in de mode waren – ik verwachtte geen moment dat ik ooit de ware Jacob zou ontmoeten. En inderdaad duurde het heel lang voor ik eindelijk iemand leerde kennen met wie ik wilde trouwen, maar ik ben nog steeds bijzonder dankbaar dat ik heb gewacht. Wat ik van mij en Pete weet, is dat de vlam nooit zal doven. Het zal mij niet overkomen dat ik me onder het mengen van de salade opeens met schrik afvraag hoe ik in deze situatie verzeild ben geraakt. Het zal mij niet gebeuren dat ik, terwijl ik naar zijn achterhoofd kijk, denk: 'Ik wou dat ik wist wie je was.' Ik word 's ochtends wakker naast mijn maatje en ga slapen aan de zijde van mijn geliefde. Ik vind hem nog steeds opwindend, en niet alleen in seksueel opzicht, maar ook vanwege de manier waarop hij over het leven denkt. Ik luister graag naar wat hij te zeggen heeft over mij en de kinderen en onze respectievelijke banen, maar luister ook belangstellend naar zijn mening over het Midden-Oosten, de trek van bepaalde vogels, de hoeveelheid nootmuskaat die er op de aardappelpuree moet en de gevolgen van het feit dat Hitler graag kunstenaar had willen worden maar geen succes had met zijn werk. Voor mij is Pete een intens oprecht, wakker en warmhartig mens. Als ons meer dan één leven beschoren is, wil ik hem opnieuw ontmoeten. Het gezin dat ik samen met hem heb gevormd is mijn bunker en mijn zwaard. Ze zijn een andere vorm van zuurstof: zonder hen zou mijn leven geen zin hebben. Het is beangstigend om te denken dat liefde zoveel macht kan hebben. Maar tegelijkertijd is het ook heel prettig.

Toen we onze straat in reden, zag ik het flitsende zwaailicht van een ambulance. Ik ging meteen geschrokken rechtop zitten. 'Wat zou er aan de hand zijn?'

'Het is niet bij ons,' zei Pete. En toen: 'Het is bij de Pearsons! Is Hannah niet bij hen aan het oppassen?' In een reflex schoten me de beelden van een minidrama door het hoofd: ik, die aan Maggie vertelde: '... *en toen zei Pete: "Is Hannah niet..."*'

We stopten voor het huis van de Pearsons en vlogen uit de auto. Op het gazon ervoor zagen we Hannah, het zoontje van de Pearsons en mijn moeder. Mijn moeder zat naast Tyler geknield en sprak tegen hem. De broeders van de ambulance waren bezig om de brancard met Nicki erop in de auto te laden. Er zat een enorme pleister op haar voorhoofd. Ik rende naar ze toe en vroeg ademloos: 'Wat is er gebeurd?' De broeder die bij Nicki achterin was gestapt boog zich naar voren om de deuren te sluiten. 'Het ziet er veel ernstiger uit dan het is, maar we moeten gaan.' Het portier sloeg dicht en de ambulance reed met loeiende sirene de straat uit.

Pete stond naast de luid snikkende Hannah en sprak zachtjes tegen haar. Ik ging naar haar toe en nam haar in mijn armen. 'Hannah, wat is er gebeurd?'

'Ik had Nicki op mijn rug. We speelden paardje en ik bracht haar naar bed,' bracht ze snikkend uit. 'Ze boog zich naar achteren om een pluchen beest te pakken, en ik liet haar vallen en toen is ze met haar hoofd, met haar oog, tegen de glazen tafel geslagen.'

'Is haar oog beschadigd?'

'Nee, ze heeft een wond vlak naast haar rechteroog,' zei mijn moeder.

'O, Hannah.' Ik trok haar dichter tegen me aan en wreef haar rug. Ze moest zo hard huilen dat ze ervan hikte. Ik keek naar Pete die me aankeek en knikte, hetgeen betekende dat hij zou blijven. Ik pakte haar hand en zei: 'Kom mee, we gaan naar huis.'

'Ik blijf wel hier,' hoorde ik mijn moeder tegen Pete zeggen. 'Ga maar met ze mee.'

Hannah huilde tot ze uitgeput was. Wat Pete en ik ook tegen haar zeiden, niets kon haar kalmeren. Uiteindelijk lieten we haar op haar kamer en gingen naar beneden. Net toen we op de bank neer waren geploft, ging de voordeur open en kwam mijn moeder binnen. 'Mevrouw Pearson is naar het ziekenhuis gegaan en meneer Pearson is zojuist thuisgekomen. Ze zeggen dat alles goed komt met het meisje en dat ze morgen weer naar huis mag.' Ze ging zwaar zitten.

'Vind je dat we naar Jim moeten om met hem te praten?' vroeg ik aan Pete.

'Ik denk dat we beter tot morgen kunnen wachten,' zei hij. 'Morgenochtend gaan we samen.'

'Hoe was hij?' vroeg ik aan mijn moeder. 'Was hij erg van streek?'

'Nou, wat dacht je? Natuurlijk was hij van streek.'

'Nou, ja, natuurlijk, maar... wat zei hij?'

'Niet veel. Hij luisterde naar wat er gebeurd was en verzekerde zich ervan dat alles goed was met zijn zoon. Ik heb hem gezegd dat het Hannahs schuld is, en heb me namens haar bij hem verontschuldigd.'

Even zat ik roerloos, en toen zei ik: 'Wat?'

Ze keek me stralend aan en hield haar hoofd een tikje schuin – een vrouw aan de bridgetafel met haar hand in het bakje pinda's. Rinkelende bedels aan haar armband.

'Wat zei je?' vroeg ik, op schrille toon.

Ze keek niet-begrijpend van mij naar Pete, die zei: 'Laura – '

'Nee!' zei ik tegen hem, en toen, tegen mijn moeder: 'Heb je hem gezegd dat het Hannahs schuld was?'

'Maar dat was het toch ook!' Ze was boos geworden, en er waren twee rode vlekken op haar wang verschenen.

'Het was een ongeluk, mam! Ze heeft het niet expres gedaan!'

'Nou, dat weet ik ook wel, maar het was haar schuld.'

'Heb je dat ook zo tegen haar gezegd?'

Ze deed haar mond open, en deed hem weer dicht.

'Mam?'

'Het kan zijn dat ik iets in die geest heb gezegd, ja. Ik bedoel, het was aanvankelijk niet duidelijk was er precies was gebeurd. Ik werd opgebeld en het kind lag zwaar te bloeden.'

Ik stond op, wilde iets zeggen, maar bedacht me en ging in plaats daarvan naar boven, naar Hannah. Ik deed het licht op haar nachtkastje aan en zag haar met de ogen wijdopen op haar bed liggen. 'Liefje? Luister. Ik weet hoe ellendig je je voelt.'

'Maar oma heeft gelijk. Het is mijn schuld.'

Ze had alles gehoord. 'Het was een ongeluk, Hannah. Je kon van te voren niet weten dat dit zou gebeuren.'

'Ja, maar ze zal er de rest van haar leven een litteken aan overhouden!'

'Hoe weet je dat? Tegenwoordig kunnen ze – '

'Dat heeft oma gezegd. Ze heeft gezegd dat ze de rest van haar leven met een enorm litteken op haar gezicht zal moeten lopen!'

'Hannah, oma – ze weet niet goed wat ze zegt. Ze heeft gewoon het eerste gezegd dat in haar opkwam. Ze was geschrokken, en ze – '

'Nee, mam! Ze heeft gelijk! Dacht je soms dat ik dat niet wist?'

Ze begon opnieuw te snikken, en ik ging naast haar liggen en nam haar in mijn armen. Mijn gedachten gingen terug naar die keer, toen ze vier was, en ik haar had meegenomen naar een Kmart en had gezegd dat ze iets van speelgoed mocht uitkiezen. Ze had besloten dat ze een pop wilde, en we keken uitgebreid naar alle beschikbare poppen – de barbies met de lange haren en hoge borsten, de babypoppen die konden praten en eten en plassen, de poppen in een grote doos compleet met kinderstoelen en boksen en eetservies en speelgoed, en de tere porseleinen poppen met jurken van kant en fluweel en zuinige pruimenmondjes. En Hannah vond een pop die eenzaam op de bodem van een prullenbak lag. Ze zat niet in een doos en haar stoffen lijfje was gescheurd. 'Dit is geen goede pop,' zei ik tegen Hannah. 'Hij is beschadigd.' Het was een pop van het goedkope soort, haar oogjes gingen niet open en dicht, haar jurkje was van dun, glanzend materiaal, de plastic teentjes waren eerder grotesk dan aandoenlijk en ze had nog niet eens een luier. Maar Hannah drukte de pop tegen haar borst. 'Ik noem haar Baby Annie,' had ze gezegd.

Een ander moment schoot me te binnen. Ze had toen ongeveer dezelfde leeftijd, en omdat Anthony bij een vriendje was gaan spelen, besloten zij en ik samen iets leuks te doen. We waren op weg naar de bushalte om samen naar de stad te gaan, toen we een turkooiskleurig eitje op de stoep onder een boom zagen liggen. 'Wat is dat?' vroeg Hannah, terwijl ze ernaast hurkte om het beter te kunnen bekijken, en ik zei haar dat het een eitje van een roodborstje was. Ik vertelde er niet bij dat het leek alsof een kat bij het nest was geweest, of dat het nestje door de wind uit de boom was geblazen, en ik wees haar ook niet op het haast onzichtbare barstje in de schaal. 'Waar is zijn moeder?' vroeg Hannah, en ik zei dat de moeder elk moment terug kon komen. In de stad kochten we kleren in Hannahs favoriete winkel, waarna we ergens een hapje gingen eten met een ijsje toe. En ten slotte gingen we naar de bibliotheek waar we boeken uitzochten om mee naar huis te nemen.

Die avond zette ik haar op haar kinderstoel en liet ik haar helpen met het wassen van de aardappels voor het avondeten. De zon was bijna onder – ik herinner me de manier waarop de roze gloed op haar blonde haar weerkaatste. 'Nu moet je alle aarde van de aardappels wassen,' zei ik, 'en daarna doen we ze in de oven.' 'Goed,' zei ze. En toen: 'Mammie? Is die moeder al terug?' Het duurde even voor ik wist wat ze bedoelde. Maar toen drukte ik een zoen op haar kruin en zei: 'Ja, en op dit moment is ze het eitje naar bed aan het brengen.' 'Hoe weet je dat?' vroeg Hannah, waarop ik diep ademhaalde en zo laconiek als ik maar kon antwoordde: 'Nou, suffie, omdat de zon bijna onder is.' 'O,' zei ze, en ze begon de aardappel schoon te boenen die twee keer zo groot was als haar handje. Het ding moest zwaar voor haar zijn geweest, maar ze boende en boende zonder ook maar een keer te klagen.

Ik zag Hannah alsof ze van bamboe was gemaakt – licht en soepel in de wind. Ze was nog steeds een kind, ongevormd en vol vragen, goedgelovig en onschuldig en met een psyche als van natte klei. Ze zoog alles in haar omgeving in zich op, en het zou haar helpen uitgroeien tot de mens die ze wilde zijn. Ineens wist ik wat ik moest doen. Ik zou bij haar blijven tot ze in slaap was gevallen, en dan zou ik mijn moeder zeggen dat ik wilde dat ze wegging. Dat ik wist wie ze was. Dat ik alles wist.

Nadat ik aan Hannahs diepe en regelmatige ademhaling hoorde dat ze in slaap was gevallen, kroop ik naast Pete in bed. 'Ben je wakker?' vroeg ik fluisterend.

'Ja. Hoe is het met Hannah?' Hij deed zijn ogen niet open, maar ging met zijn gezicht naar me toe op zijn zij liggen.

'Ze voelt zich ellendig, maar uiteindelijk is ze in slaap gevallen. Pete, morgen zeg ik tegen mijn moeder dat ze weg moet.'

Nu deed hij zijn ogen open. 'Laura – '

'Ze heeft een van haar eigen kinderen verpest. Van de onze blijft ze af.'

'Ze heeft Hannah niet verpest. Ze heeft alleen maar iets gezegd op een moment dat – '

'Ze is duivels, Pete!'

'Sssst!' Hij deed het licht aan.

'Het kan me niet schelen of ze me hoort!' Maar ik vervolgde minder luid: 'Waarom neem je het voor haar op? Waarom doe je zo onverschillig terwijl je weet wat ze mijn zus heeft aangedaan?'

'Ik weet nog niet de helft van wat er zich tussen haar en je zus heeft afgespeeld. Ik weet van niets! En jij ook niet. En voor hetzelfde geld komen we er nooit achter.'

'Nou, één ding weet ik wel. Als ze het voor elkaar krijgt dat een kind dat zich toch al diep ellendig voelt, zich nóg ellendiger gaat voelen, als ze zoiets met opzet kan doen, dan is ze tot alles in staat.'

'Maar Laura, denk aan wat ze verder nog heeft gedaan. Denk aan hoe dol de kinderen op haar zijn, aan hoeveel Hannah van haar houdt!'

'Ja, en Caroline hield ook van haar, Pete. Caroline aanbad haar. Totdat ze wakker werd. Ik zeg je, ik gooi haar eruit. Ik wil haar niet in de buurt van mijn kinderen.'

'Misschien moet je er eerst een nachtje over slapen.'

'Ik verander toch niet van gedachten, Pete. Als je het niet wilt zien, dan zie je het niet. Maar niets zal me van gedachten laten veranderen.'

'Laura, als Hannah je moeder die overdreven reactie van haar kan vergeven, kun jij dat dan niet ook?'

'Hannah vergeeft het haar omdat ze geen weet heeft van wat haar te wachten staat.'

'O, en jij dan wel? Laura, mensen maken fouten, en soms maken ze verschrikkelijke fouten. Vergeef ons onze zonden, weet je nog wel?'

'Ja, hoor. Zeg dat maar tegen Onze Vader die in de hemelen zijt. Maar aarde en hemelen zijn niet hetzelfde.'

Hij was even stil, en toen zei hij: 'Nou, ik zal je zeggen hoe ik het zie. Soms is dat wel zo. Of laat ik liever zeggen, het is aan ons om ervoor te zorgen dat het zo is. En ik raad je aan om eerst grondig uit te zoeken of je moeder inderdaad fouten heeft gemaakt voor je haar de schuld geeft van hoe Caroline nu is.'

'En hoe doe ik dat?' Maar dat wist ik al. Ik zou doen wat Caroline me gevraagd had te doen. Ik zou erbij zijn wanneer Caroline haar gesprek met onze moeder had en ze haar grote, zwarte tas openmaakte.

Hij zit nog maar amper vast aan het papier van het album –
het plakband is vergeeld en voelt broos. De foto is klein en het
wazige beeld getuigt van de niet al te grote vakkundigheid van
de fotograaf. Toch straalt het plaatje iets lieflijks uit, iets vredigs.
In het midden staat een grote boom waarvan de blaadjes nog in
de knop zijn. In de hemel een paar hoge wolkjes van het type
cirrus, die eruitzien als een uiteengetrokken suikerspin. Ze
vertonen schuine lijnen en het lijkt bijna alsof er een hand
overheen is gegaan die ze nog verder omhoog heeft geduwd. Het
land is kaal – in het vroege voorjaar groeit en bloeit er zo goed
als niets. Maar er gaat een verzachtende werking uit van de
lage heuvels op de achtergrond, terwijl de rij groenblijvende
bomen in de verte een belofte lijkt in te houden. Onder de foto
staat in zorgvuldige letters geschreven: GEMAAKT DOOR CARO-
LINE. DIT IS NUMMER ÉÉN. Volgende nummers zijn er niet.

23

Pete zat aan tafel te ontbijten toen ik de volgende ochtend de keuken binnenkwam. 'Ik ga Jim Pearson bellen,' zei hij.

'Waarom gaan we niet gewoon naar ze toe? Hij is vast al op, want hij is een ochtendmens.'

'Best. Goed.' Hij stond op, stak zijn handen in zijn zakken en schraapte zijn keel. 'Ben je er klaar voor?'

We staken over en liepen naar het huis van de Pearsons. Ik belde aan, en keek naar Pete. Hij was even zenuwachtig als ik. Alles was mogelijk. Een officiële aanklacht.

De deur ging open en Jim zei: 'Ik wilde jullie net bellen. Kom binnen.'

We stapten de hal in en volgden Jim naar de woonkamer. 'Ga zitten,' zei hij, en we gingen dicht naast elkaar op de bank zitten. Op de vloer lag een stapel boeken waarvan ik me herinnerde dat ik ze aan Hannah had voorgelezen toen ze nog klein was – ze moest ze hebben meegenomen. Ik wendde mijn blik af.

'Je moet weten dat het ons verschrikkelijk spijt wat er gister-avond is gebeurd,' zei Pete. 'Hoe is het met Nicki?'

'Uitstekend. Ze houdt er vooralsnog een klein litteken aan over dat, naarmate ze ouder wordt vanzelf zal verdwijnen. Ze mag vanochtend weer naar huis. Ik ga haar en mijn vrouw zo halen. En hoe is het met Hannah? Is ze heel erg van streek?'

Ik onderdrukte de opwelling om Pete aan te kijken en 'zie

je wel?' te zeggen. In plaats daarvan zei ik: 'Ja, dat kun je wel zeggen.'

'Daar was ik al bang voor,' zei Jim. 'Toen ik in de vijfde klas zat heb ik ooit eens een kind per ongeluk keihard met een honkbalknuppel op het hoofd geslagen. Uiteindelijk bleek er niets aan de hand, maar allemachtig nog aan toe! Ik heb er een paar nachten niet van kunnen slapen.' Hij stak zijn hand in zijn zak en haalde zijn portefeuille eruit. 'Ik heb haar niet eens betaald.'

'Dat hoeft toch niet,' zei ik, waarop Pete zijn hand even op mijn arm legde. Hij vond dat ik het voor haar moest aannemen.

'Ik wil haar graag voor haar werk betalen,' zei Jim. 'En verder hoop ik dat jullie haar zullen vertellen dat vrijwel het eerste wat Nicki zei toen ze me zag, was, dat ze Hannah graag weer als oppas wilde hebben. Tot op het moment van het ongeluk hadden ze een reuze pret. Hannah heeft Nicki geholpen een jasje voor haar pop te naaien, en samen met Tyler heeft ze een schilderij van maïskorrels gemaakt. Het hangt aan zijn muur.'

'Dat zal ik haar zeker vertellen,' zei ik.

'En als we haar niet meteen weer bellen, dan is dat omdat we een vaste oppas hebben – '

'Ja, ik begrijp het.'

Pete stond op en gaf Jim een hand. 'Je wilt vast weg om ze te halen. Reuze bedankt voor je begrip. Je beseft niet half hoe dankbaar ik je daarvoor ben.'

'Niets te danken, Pete. Laten we gauw ergens een biertje gaan pakken.'

Op weg terug naar huis zei ik: 'Dat is nu het soort medeleven dat ik van mijn moeder had verwacht.'

'Hij heeft een nacht de tijd gehad om eraan te wennen, Laura. Bovendien heeft een dokter tegen hem gezegd dat alles goed zal komen met zijn dochter. Hij heeft niet gezien hoe ze daar, met een gezicht vol bloed, stond te schreeuwen.'

Ik zei niets tot we thuis waren. Mijn moeder stond achter

het fornuis iets te bakken. 'Ik breng Hannah ontbijt op bed,' zei ze.

Pete keek me aan. 'Ik ga naar de zaak om wat achterstallige administratie weg te werken,' zei hij. Wat hij in feite zei, was: 'Ik laat het aan jou over.'

Ik ging aan tafel zitten en sloeg mijn moeder gade. Haar manier van bewegen – haar rug onder de badjas – voor het fornuis kwam me nog steeds vertrouwd voor. Ik wist precies op welke hoogte ze de spatel boven de pan zou houden en met welk kortaf ritme ze de eieren zou roeren. 'Is Hannah al wakker?' vroeg ik.

'Ja. Ik hoorde dat ze je riep, en toen ben ik – '

'Ik kom zo terug.' Ik ging naar boven, naar Hannahs kamer. Ze zat in bed een boek te lezen.

'Hé,' zei ik, en ging naast haar zitten.

Ze vouwde een hoekje van de bladzijde dubbel en legde het boek neer. 'Waar was je?'

'Pap en ik zijn bij meneer Pearson geweest.' Haar gezicht veranderde, en ik vervolgde: 'Maak je geen zorgen, alles is goed. En met Nicki ook. Ze mag vandaag weer naar huis en ze zal er maar een piepklein littekentje aan overhouden dat met de jaren helemaal zal verdwijnen. En weet je wat ze wil?'

'Nee?' Ze keek me niet aan.

'Ze wil dat je weer komt oppassen. Ze vond het ontzettend leuk met jou. En meneer Pearson wil ook dat je terugkomt. Hij heeft me het geld gegeven dat je hebt verdiend.'

Ze keek met ogen vol tranen naar me op. 'Ik wil het niet hebben. En ik wil nooit meer oppassen.'

'O, Hannah. Ik kan me heel goed voorstellen hoe je je voelt, lieverd. Echt. Maar als je nooit meer wilt oppassen dan doe je een heleboel kinderen te kort, kinderen die je een paar reuze leuke uurtjes zou kunnen bezorgen. Het was een ongeluk. Niemand geeft je de schuld. Sterker nog, Jim heeft ons zojuist verteld hoe hij ooit eens per ongeluk een kind met een honkbalknuppel op het hoofd heeft geslagen.'

Een half glimlachje. 'Echt?'

'Ja!'

'En hij is niet boos?'

'Helemaal niet!'

'Nou, ik denk toch dat ik een poosje wil wachten. Maar ik zal meneer en mevrouw Pearson zeggen dat het me spijt. Ik zal ze een briefje schrijven.'

'Dat is goed.' Ik drukte een zoen op haar voorhoofd. 'Ik heb gehoord dat je ontbijt op bed krijgt, klopt dat?'

'Ja. Ik heb oma gewekt, maar ze was reuze lief. Ze zei dat ze ontbijt voor me zou maken, en dat het haar speet zat ze zo tegen me geschreeuwd heeft.'

'Echt? Nou, daar ben ik blij om.' Ik wachtte even, en toen zei ik: 'Hannah? Ik breng oma vandaag naar huis.'

'Ja?'

'Ja. Ik ben van plan om haar met de auto naar huis te brengen.'

'Wil ze dan haar huis?'

Ik stond op en trok Hannahs dekens recht. 'Ja, ik denk dat ze intussen wel zo ver is dat ze weer naar huis wil. Het valt niet mee om langere tijd van huis te zijn, weet je.'

'Maar... maar ze heeft gezegd dat ze het liefste hier zou willen blijven wonen.'

'Wanneer? Wanneer heeft ze dat gezegd?'

Hannah hield haar hoofd schuin en keek me doordringend aan. 'Ben je boos?'

'Nee! Wanneer heeft ze dat gezegd?'

Hannah haalde haar schouders op. 'Ik weet niet, een heleboel keer. En ook tegen Anthony. Heeft ze dat dan nooit tegen jou gezegd?'

'Je ontbijt,' zei mijn moeder, terwijl ze met een blad de kamer binnenkwam. Hannah en ik wisselden een blik, en ik zei: 'Ga maar lekker eten, schat. We hebben het er straks nog wel over.' En tegen mijn moeder voegde ik eraan toe: 'Mam? Kunnen we beneden even praten?'

'Wacht!' zei Hannah.

Ik draaide me om, en Hannah zei tegen mijn moeder: 'Mag ik... oma, zou ik mijn moeder even alleen kunnen spreken? Ja?'

'Ja, hoor,' antwoordde mijn moeder luchtig. 'Natuurlijk mag dat. Iedereen heeft recht op privacy. En geniet maar van je eitje.'

Ze sloot de deur op de meest overdreven manier, en ik ging weer op het voeteneind van Hannahs bed zitten.

'Dwing haar niet om weg te gaan, mam.'

'Het is tijd dat ze weer naar huis gaat.'

'Maar waaróm dan?'

'Hannah, ik kan je nu niet alles uitleggen. Maar – ' ik verzachtte mijn stem ' – ik moet eerst een aantal dingen uitzoeken. Op de een of andere manier vertrouw ik haar niet. Ze is tot heel lelijke dingen in staat. Ik heb het vermoeden dat ze – '

Hannah liet haar vork vallen en drukte haar oren dicht. 'Ze is mijn oma!'

Ik wilde zeggen: 'Ja, en jij bent mijn dochter.' In plaats daarvan haalde ik de handen van haar oren en zei: 'Goed, goed, maak je geen zorgen. Eet je ontbijt, oké? Maak je geen zorgen.'

Beneden zat mijn moeder aan de keukentafel achter een geroosterde Engelse muffin met de voor haar gebruikelijke dikke laag boter erop. Ze was dol op boter, en vroeger smeerde ze er mijn schoolboterhammen altijd dik mee in. Elke dag verzocht ik haar om dat niet te doen, maar de volgende dag deed ze het wéér, enkel en alleen omdat zíj dat lekker vond. Ze wilde net een hap nemen toen ze me binnen zag komen, en legde de muffin terug op het bordje.

'Eet,' zei ik, en ik schrok van de bitse klank van mijn stem. Nadat ik tegenover haar was gaan zitten, legde ik mijn hand even op de hare. 'Het spijt me. Ik bedoelde het niet zoals het klonk. Ik bedoelde alleen maar dat je voor wat mij betreft rustig door kunt eten.'

Ze zei niets. Ik zag het kloppen van haar halsslagader, zag het slaapje in haar ooghoek en realiseerde me dat dit de eerste keer was dat ik zoiets bij haar zag. Ik wist niet of mijn moeder slordiger aan het worden was, of dat haar ogen achteruit waren gegaan. Wat ook de reden mocht zijn, ineens voelde ik me minder zeker van mijn besluit. Moest ik haar echt vragen om haar biezen te pakken, en moest ik daarop staan terwijl iedereen in huis dat een slecht idee leek te vinden? Was mijn reactie op wat ze tegen Hannah had gezegd overdreven, omdat dat de enige manier was die ik kon verzinnen om mijn zusje steun te betuigen? Hoe kwam ik erbij om mijn moeder ineens te willen straffen voor het feit dat ze veertig jaar geleden boter op mijn brood had gedaan?

Mijn moeder is degene die ons kinderen op een warme zomermiddag meenam naar een Italiaans restaurant om pizza te halen. De temperatuur in dat restaurant was ondraaglijk. Dat kwam niet doordat het buiten zo warm was, of doordat de ovens zoveel hitten afstonden, maar doordat de airconditioning het had begeven. De vrouw die ons bediende had het zó warm dat het zweet in straaltjes van haar af liep, maar toch schonk ze ons een vrolijke glimlach en wenste ons een geslaagde picknick toe – we gingen picknicken in het park aan de overkant. Na de lunch nam mijn moeder ons mee naar de bloemist naast de Italiaan, waar ze een prachtig boeket voor de vrouw kocht. Ze vroeg mij om het haar te geven. 'Maar wat moet ik dan tegen haar zeggen?' vroeg ik, een beetje nijdig omdat ze de bloemen niet zelf wilde geven. 'Je hoeft helemaal niets te zeggen,' antwoordde mijn moeder. 'Ze zal begrijpen dat we haar die bloemen geven omdat we waardering hebben voor het feit dat ze, hoewel ze het zo verschrikkelijk warm had, toch nog zo aardig tegen ons was.' Volgens mij wilde ze dat ik het deed om me van de reactie te laten genieten, om me te laten zien dat je een volslagen onbekend iemand een plezier kunt doen en er zelf nog meer plezier aan kunt beleven.

Een andere keer uitte ik, zomaar, het verlangen dat ik mijn

teddyberen wilde laten trouwen, en voor ik het wist had mijn moeder een bruiloft tussen mijn twee speelgoedbeesten georganiseerd. Boven in de gang rolde ze een witte loper van keukenpapier uit, en ze bakte een witte taart. Terwijl het baksel in de oven stond haastte ze zich voor de benodigde extra's naar de plaatselijke feestartikelenzaak. Ze kocht servetten met een bruiloftsmotief, zilver en wit crêpepapier, en een plastic bruidspaar voor op de taart. Ze liet Steve, die toen acht was, de dominee zijn, ik was het bruidsmeisje en zelf was ze 'de gasten'. Caroline werd geacht een solo te zingen, iets wat ze op het laatste moment weigerde. 'Er is geen muziek,' zei ze dwars, waarna ze ging zitten om, terwijl ze aan haar tenen friemelde, naar de bespottelijke maar o zo aandoenlijke plechtigheid te kijken. Je kon in de pijpen van haar verschoten rode korte broek kijken, iets waarmee ze de hele ceremonie voor mij grondig verpestte.

Maar daarnaast was er alles wat Caroline me had verteld. Het overkwam me steeds vaker dat me opeens iets van vroeger te binnen schoot, en daarmee lukte het me steeds beter om begrip voor Caroline op te brengen. Als het in het leven ergens om ging, dan was het wel het maken van keuzes, het bepalen van wat de moeite waard was, en wat niet. Zolang me nog zoveel onduidelijk was, wilde ik mijn moeder niet in de buurt van mijn kinderen.

Mijn moeder schoof haar bord van zich af en ging rechter op zitten. 'Waar had je het over willen hebben, Laura?'

'Ik vind dit verschrikkelijk moeilijk, mam, dus ik verzoek om een beetje begrip. Maar alles is zo... nou, ik heb er behoefte aan om een poosje alleen met mijn gezin te zijn. En daarom lijkt het me het beste dat ik je maar naar huis breng.'

'Wanneer?'

'Vandaag.'

Ze haalde scherp adem, wilde iets zeggen, maar stond in plaats daarvan met een ruk op en bracht haar bordje naar het aanrecht. 'Je kunt me nu meteen naar het vliegveld brengen.'

Ze draaide de kraan vol open om haar kopje uit te spoelen, waarbij ze onder de waterspetters kwam. Ze sprong achteruit, liet de mok vallen, sloeg haar handen voor haar gezicht en begon te huilen. Ik liep langzaam naar haar toe, ontweek de scherven en sloeg mijn armen om haar heen. Het volgende moment beantwoordde ze mijn omhelzing abrupt en krachtig, waarna ze in mijn oor fluisterde: 'Je weet het, hè?'

Ik knikte. 'Ja.'

'Heeft Caroline je alles verteld?'

'Ja. En ik weet dat jij het was die Caroline die dag met het mes heeft bedreigd, mam.'

In mijn achterhoofd klampte ik mij bijna wanhopig vast aan de gedachte: *Zeg dat het niet waar is. Zeg dat je dat niet hebt gedaan, dat het nooit gebeurd is.* Maar wat ze zei was: 'Ja.'

Ik sloot mijn ogen en slikte. 'En... en ik weet het van Claire. Tante Fran heeft het me verteld.'

Zuchtend deed ze een stapje naar achteren. Er verstreken lange seconden waarin ze me niet aan wilde kijken. Toen zei ze: 'Dan ga ik maar pakken, en daarna kun je me naar het vliegveld brengen.'

Ik wilde zeggen: 'Zal ik je eens wat zeggen? De tijd dat jij de dienst uit kunt maken is voorbij. Jouw behoeften komen niet langer op de eerste plaats.' Maar het enige wat ik zei was: 'Ik ga ook pakken, mam, en dan breng ik je met de auto naar huis.'

We reden twee uur zonder zelfs maar één woord te wisselen. Terwijl mijn moeder aan het pakken was, verraste ik mijn kinderen met de mededeling van wat ik van plan was, waarna ik naar de winkel belde om het ook aan Pete te vertellen. Bij het vertrek wendde ik mijn blik af toen mijn moeder Anthony en Hannah omhelsde, en probeerde ik hun stugge houding te negeren toen het mijn beurt was om hun een afscheidszoen te geven. Toen ik onder vier ogen met Anthony had gesproken en hem vertelde dat ik oma naar huis bracht omdat ik me zorgen maakte over haar gedrag tijdens het oppasincident, zei hij: 'Jezus, mam, dat is wel een erg hard oordeel, vind je zelf ook niet?' Ik wilde mijn zaak bepleiten, maar herinnerde me Hannahs reactie toen ik haar meer had willen vertellen. Uiteindelijk volstond ik met te zeggen dat ik over een paar dagen weer terug zou zijn, en ging weg. Misschien dat ik op het juiste moment de juiste woorden zou kunnen vinden.

Het voelde vreemd om mijn moeder naast me op de voorbank te hebben. Ik kon me niet herinneren dat ik haar ooit ergens naar toe had gereden. Op de een of andere manier had ik er moeite mee om haar zo vanuit mijn ooghoeken te zien, en haar beweginkjes waar te nemen wanneer ze ging verzitten.

Ik was nog steeds in de greep van de vele tegenstrijdige emoties. Eén daarvan was een rest woede jegens Caroline omdat ze dit alles in gang had gezet. Ik besefte terdege dat het onterecht was, en dat ik juist van mijn zus zou moeten houden en dat ik haar moest steunen. Maar ik bracht het niet op. We zijn als volslagen vreemden voor elkaar opgegroeid. Het viel niet mee om nu, op deze leeftijd, voor het eerst een natuurlijke band te scheppen, om warmte te voelen voor iemand die mijn geduld zo vaak op de proef had gesteld. Stel dat ik Caroline als iemand anders zou leren kennen, als iemand die niet mijn zusje was, zou ik dan medeleven voor haar kunnen voelen? Als het waar was wat ze beweerde, dan zou ik dat zeker kunnen. En het was waar.

En naast mij zat, in de gedaante van mijn moeder, de vrouw die haar kind al die verschrikkelijke dingen had aangedaan. Hoe bracht je met zo iemand een dialoog op gang? Vooral nadat ze voor mij en Steve zo'n totaal andere moeder was geweest. Verdiende ze een laatste kans om zichzelf te verdedigen? Had ze daar recht op omdat ze nog maar zo kort geleden weduwe was geworden? Moest ik beginnen met haar te vertellen dat het van nu af aan anders tussen ons zou zijn? En dat ik haar van nu af aan nooit meer alleen in de buurt van mijn kinderen zou laten? Of moest ik me daar op dit moment niet druk om maken om me, in plaats daarvan, af te vragen hoe ik een gesprek tussen haar, Caroline en mijzelf voor elkaar moest krijgen waarmee ik Carolines problemen voorrang zou verleden? Was het niet hoog tijd dat we Caroline voorrang verleenden?

Ik zette de radio uit. 'Mam?'

'Ik wil nu liever niet praten,' zei ze. 'Laten we wachten tot we thuis zijn.' Ik meende te begrijpen dat ze steun wilde putten uit haar eigen vertrouwde omgeving.

'Dat is goed, maar ik wil je wel vast zeggen dat we, zodra we daar zijn, met z'n drieën een gesprek zullen hebben – jij, Caroline en ik. Daar heeft ze om gevraagd en ik vind dat ze daar recht op heeft.'

'Goed.'

Ik was geschokt. Ik had allesbehalve een dergelijke nuchtere reactie van haar verwacht. Even nam ik haar heimelijk van terzijde op. Een verlepte schoonheid. Een vrouw die met niets-ziende ogen strak voor zich uit keek. Een vrouw die met tot vuisten gebalde handen op haar schoot wachtte tot het doel van de tocht bereikt was.

Nadat ik de radio weer aan had gezet zei ik: 'Ik moet binnenkort stoppen om te tanken. Dan zal ik meteen een broodje voor ons halen.'

'Best.'

'En dan bel ik Caroline om te zeggen dat we eraan komen.'

'Ja, dat weet ik. Ik weet dat je dat zult doen.' Haar hand ging omhoog naar haar oorlelletje om even aan de diamant daar te voelen – haar enige bondgenoot op deze dag die voor haar de dag des oordeels was.

24

Ik ben ooit eens naar een foto-expositie in een museum voor moderne kunst geweest. Er was onder andere een collectie schoolfoto's uit de jaren zestig te zien – kinderen van een jaar of elf die uit de klas waren gehaald om in rijen te poseren voor de schoolfotograaf, zo'n mager type met een slechte adem en een verslagen houding die de kinderen keer op keer om een glimlach vraagt zonder dat het hem echt kan schelen of ze willen lachen of niet. De foto's in het museum waren ingelijst, en ertussenin hingen van aluminiumfolie gemaakte sterren. Verder hingen er overal kleine witte lampjes van het soort waar je de kerstboom mee versiert. De zaal zelf was donker en de muren waren zwart geschilderd. Ik weet nog dat ik dacht dat dit bevorderlijk was voor het gevoel van terug te gaan in de tijd, van het gevoel van ingekapseld te zijn. Je kon jezelf voelen verdwijnen wanneer je daar zo stond te kijken naar die foto's van al die kinderen die je niet kende, maar die je tegelijkertijd juist volkomen vertrouwd voorkwamen.

De meeste foto's waren grappig – het soort kiekje waar je op wees en om moest giechelen: de malle gezichten, de vetkuiven, de beugels, de brilletjes en de scheve kragen. Er was echter één foto die speciaal mijn aandacht trok en waar ik lange tijd met een ernstig gezicht naar heb staan kijken. Nadat ik de expositie had verlaten en naar andere dingen in het museum had gekeken, ben ik opnieuw naar die foto gegaan en heb er nog eens lange minuten naar gekeken. En toen, terwijl ik mijn jas al aanhad en naar huis wilde gaan, ben ik er zelfs nog een derde keer naartoe gegaan. De foto toonde een klein meisje met een strak gezicht en lichte ogen. Haar gezichtsuitdrukking had iets dat diepe indruk maakte, en haar bodemloze ogen lieten me niet los. De foto had een soort van zuigend effect op me – wanneer ik ervoor stond was het alsof ik in haar werd gezogen, waarna ik in mijn eigen binnenste de zware last van haar intense verdriet kon voelen.

Intussen weet ik – en waarschijnlijk besefte ik dat toen ook al – dat die foto Caroline voor mij voorstelde. En nu, jaren na wat haar is overkomen en waar ik me medeschuldig aan heb gemaakt, was ik zo ver dat ik een stap wilde doen die mogelijk van belang zou kunnen zijn. Ik voelde me een beetje – een béétje – als toen ik me op mijn zevenenveertigste inschreef voor een cursus tapdansen. Het was niet dat ik mijn intentie als triviaal beschouwde. Het was alleen dat ik al zo oud was, en dat ik ernstig aan mijn vermogens twijfelde.

Toen we Carolines huis op ongeveer tien minuten genaderd waren, begon mijn moeder te spreken. 'Ik heb ooit eens gelezen over hoe de zorg om een kind kan omslaan in agressiviteit jegens dat kind.'

Ik zei niets, maar dacht: *ik heb ooit eens gelezen over hoe de zwakste van een nest soms door zijn broertjes en zusjes kapot wordt gemaakt. Niemand is onschuldig.*

Ze zei: 'Ik voer dit niet aan als een excuus. Maar de dood van de baby had een verwoestende uitwerking op me! Ik voelde haar nog tijden daarna om me heen. Voelde hoe ze haar armpjes naar me uitstrekte. Het was alsof ik in een diepe put van wanhoop zat waar ik niet uit kon komen. Tante Fran kwam je regelmatig halen, en dan zat ik urenlang op de schommelstoel in Claires kamer te huilen en te huilen. Ik kan zeggen dat ik lange, lange tijd mezelf niet was. En toen, nadat Caroline was geboren, heb ik tegen je vader gezegd dat ik dacht dat ik gek aan het worden was. Ik vertelde hem dat ik niet van haar hield, dat ik soms het gevoel had dat ik haar haatte, en hij zei: "Welnee, er niets met je aan de hand, je hebt alleen maar een groot verdriet te verwerken gehad, en natuurlijk hou je van je kind, dat kan iedereen zo zien." En toen bleek Caroline van begin af aan een ontzettend moeilijk en somber kind te zijn, een kind dat overgevoelig was en voortdurend de aandacht opeiste. Je hebt dat waarschijnlijk nooit zo beseft, maar ze was ontzettend veeleisend. Misschien kreeg ik Steve wel voor een deel omdat ik mezelf wilde bewijzen dat ik geen monster was. Misschien – '

'Mam, ik vind dat Caroline dit ook moet horen. Laten we wachten tot we er zijn.' Ergens, een ietsjepietsje medegevoel voor haar. Een herinnering aan hoe ze me optilde, me wees op iets wat ik volgens haar moest zien, een zoen op mijn wang en het teder wegvegen van de sporen van haar rode lippenstift. Een herinnering aan haar verslechterende handschrift op de cadeautjes die ze voor mijn afgelopen verjaardag stuurde. En ten slotte, niet helemaal verklaarbaar, een herinnering aan een scène uit een film over Mary Kay, van Mary Kay Cosmetics, waarin ze als oude vrouw op haar bed zit. Ze draagt geen pruik en heeft zich niet opgemaakt, en is bezig om blusher op het gezicht van haar opgetogen kleindochter te doen, waarbij ze haar met zachte stem vertelt waarom het 'héél belangrijk is om het zowel op je kin, als je voorhoofd en je wangen aan te brengen'. Haar oude botten en ingevallen borst. De pilaren waarop ze haar leven had gebouwd, die nu niet alleen uit de mode en irrelevant waren, maar ook bijna dwaas aandeden. Maar niet in de ogen van haar kleindochter. Haar kleindochter zag haar en haar relatie met haar, op haar eigen manier.

Ik heb een studievriendin, Anne, die, nadat haar dochter het huis uit was, haar dochters kamer heeft opgeruimd. Ik had altijd gedacht dat die twee het uitstekend met elkaar konden vinden, en die dag vertelde ik Anne hoezeer ik hen daarom bewonderde. Maar ze zei: 'Weet je, ik was bezig om haar boekenkast leeg te halen, en bekeek alle titels. Het was een zalige mix van Franse literatuur, boeken over natuurkunde en Hollandse schilderkunst, gedichtenbundels van Neruda, en toen – als uitsmijter – het *Boek voor het slapengaan.*' Dat was een prentenboek waaruit Anne haar dochter toen ze nog klein was, honderden keren had voorgelezen. Ze had nooit geweten dat haar dochter het bewaard had. Ze begon te janken, niet alleen uit heimwee naar vroeger, maar ook omdat ze nooit had geweten dat haar dochter al die ándere boeken las – ze hadden daar nooit over gesproken. 'Ik had me altijd heilig voorgenomen dat ik mijn kinderen door en door zou kennen – en zij mij,' zei ze. 'Maar op de een of andere manier is het onmogelijk om al je goede voornemens waar te maken. Geen enkele moeder is volmaakt.'

Ik voelde de tranen in mijn ogen springen, en het volgende moment rolde er een over mijn wang. Vanuit mijn ooghoek zag ik mijn moeder me iets aangeven. Een dubbelgevouwen zakdoek – gebloemd, met een kantje erlangs en geparfumeerd. 'Die heb je misschien zelf nog wel nodig,' zei ik, zonder haar aan te kijken.

'Ik heb er nog een,' zei ze. 'Ik heb er altijd wel een paar bij me, wist je dat niet?'

Toen we op Carolines deur klopten was ik overal op voorbereid. Ik hield er rekening mee dat ze uren achtereen door zou willen praten, of niets zou willen zeggen, of dat ze ons met verwijtende gebaren haar polsen met wit verband eromheen onder de neus zou houden. Er was geen peil op haar te trekken geweest toen ik haar had gebeld om te zeggen dat we eraan kwamen, toen ik haar over Claire had verteld en had gezegd dat mam wist dat ik van de hele geschiedenis op de hoogte was.

De deur ging open. Caroline droeg een zwarte broek en een rode top, en ze had zich niet opgemaakt. Ze had haar haren in een staart, en ringen in haar oren. Ze had donkere kringen onder haar ogen, maar haar gezicht was volkomen uitdrukkingsloos. Er kwam een chocoladeachtige geur uit het huis.

'Kom erin,' zei ze, en ze deed een stapje opzij om ons via het halletje de zitkamer binnen te laten. Toen we allemaal waren gaan zitten, zei Caroline: 'Ik moest het vertellen, mam.'

Mijn moeder knikte. Ze had Caroline nog niet eens aangekeken.

'Het zou veel erger zijn geweest als ik het niet had verteld.'

Stilte.

Het hield niet op. Ik dacht aan Pete en de kinderen. Ik vroeg me af waarom de hond buiten zo blafte. Ik peinsde over alles wat na deze ontmoeting zou kunnen gebeuren, en vroeg me af of Caroline zich eindelijk van ons zou willen bevrijden, iets wat ik haar niet kwalijk zou kunnen nemen. Ik vroeg me af hoeveel jaar het zou duren voor deze hele situatie gekalmeerd zou zijn.

Uiteindelijk nam mijn moeder het woord. Ze sprak zacht en aarzelend. 'Caroline? Kun je me een moment uit je jeugd noemen waarop je je gelukkig hebt gevoeld? Eén moment maar?'

Ik ging rechter op zitten en stelde me in op de tirade die mijn moeder verdiend had. Het egoïsme! De wreedheid – opnieuw! Om te vragen naar iets waar het in dit gesprek helemaal niet om ging, om een gekwetst persoon te dwingen af te zien van waar ze zo'n onuitsprekelijke behoefte aan had!

Mijn zusje schraapte haar keel. 'Ja, ik weet wel zo'n moment. Het was kort na... Het was zomer, een paar dagen voordat Laura en Steve thuis zouden komen van kamp. Jij en ik waren een eindje gaan wandelen. Ik geloof dat we een boodschap moesten doen. Maar tijdens die wandeling vertelde je me over hoe boos je als kind was geweest toen jij een bril had moeten dragen en tante Fran niet. En hoe lelijk die bril was die je kreeg. Je vertelde dat hij zwart was, en zwaar en dat je hem voortdurend verstopte, en dat je hem een keer onder het kussen van de bank had verstopt en dat oma erop was gaan zitten en hem kapot had gemaakt en dat ze woedend was. Je kroop weg achter de seringenstruiken opdat ze je niet zou kunnen vinden, en tante Fran bracht je broodjes hoewel je die helemaal niet verdiende, zei je, je verdiende die broodjes helemaal niet. Je lachte en je was zo mooi op dat moment – je droeg een hemelsblauwe rok en een witte blouse. En toen keek je me aan en je pakte mijn hand, en die bleef je vasthouden tot we bij de winkel waren, en al die tijd deed je verschrikkelijk je best om me niet te laten merken dat je huilde. Dat weet ik nog.'

Mijn moeder zat even roerloos als een schilderij – je kon haar amper zien ademhalen. Toen zei ze: 'En... zou je me nu alsjeblieft ook kunnen vertellen wat je wilt dat ik doe? Wat ik zou moeten doen?'

'Nou, ik heb brownies gemaakt,' zei Caroline. 'Ik had gedacht om daar met z'n allen van te eten, en dat we daarna met z'n drietjes zouden kunnen gaan winkelen.'

Ik keek haar met grote, ongelovige ogen aan. En dat is álles? Maar toen ze me aankeek was er iets in haar blik waardoor ik het meende te begrijpen. Het gesprek waar ik getuige van was geweest was een gesprek tussen hen tweeën geweest en had niets met mij te maken, of met mijn verwachtingen over hoe het zou moeten verlopen. En verder had het ook niets te maken met bitterheid of schuld of betaald zetten. Dit was mijn zusters manier om te zeggen: We maken een nieuwe start.

25

Op mijn nachtkastje stond een foto van twee kleine meisjes die ik niet kende – te oordelen naar de manier waarop ze op elkaar leken waren het zusjes. Ze zaten lachend op een schommel. Ze hadden blote voeten en droegen ruimvallende korte broeken en mouwloze T-shirts, en ze hadden een snor van het glas fris dat ze hadden gedronken. Ze zaten naar elkaar toe gedraaid – hun voorhoofden raakten elkaar op enkele centimeters na – en hun handen gebaarden naar elkaar. Het was een beweging die getuigde van genegenheid en vertrouwdheid, en van het feit dat ze bij elkaar hoorden. Ik bewaarde die foto omdat ik er graag naar keek – voor mij was het een plaatje van hoe zusjes met elkaar behoorden om te gaan. Mensen die de foto zagen zeiden altijd: 'O, een foto van jou en je zusje,' en dan lachte ik maar, en zei: 'Nee, ik heb geen idee wie die twee meisjes zijn.' Dit vroeg natuurlijk om een volgende vraag – waarom ik een foto van vreemden naast mijn bed had staan, maar die vraag werd nooit gesteld, en daarom werd hij ook nooit beantwoord.

Maar Hannah, die net in de zesde klas was gekomen, moest van school een opstel over 'het gezin' schrijven. Ze verklaarde het een onmogelijke opdracht te vinden. Toen ik haar vroeg waarom, zei ze: 'Omdat je nooit precies kunt omschrijven wat een gezin is. Een gezin is voortdurend in beweging.' Maar ze schreef het opstel toch, en zette erin wat volgens haar een verstandige opmerking was. Ze schreef dat je in een gezin wordt geboren, maar dat dat gezin ook in jou wordt geboren. Je kunt niet terug, en ruilen is er niet bij.

Na het lezen van Hannahs opstel besloot ik de foto van de twee onbekende meisjes door een andere te vervangen.

Het is winter en Caroline en ik liggen buiten in de tuin sneeuwengelen te maken. We liggen met onze hoofden tegen elkaar aan en de foto is gemaakt op het moment dat we onze armen ophieven en onze vingers elkaar beroerden. Onze ogen zijn dicht en we glimlachen.

Ik weet nog hoe voorzichtig we uit onze afdrukken stapten, hoe belangrijk we het vonden om een volmaakt beeld achter te laten. En ik weet ook nog dat we naast elkaar waren gaan staan en zagen dat het ons gelukt was: daar, voor ons in de sneeuw, lagen twee volmaakte engelen. Maar er was nog meer sneeuw voorspeld – de eerste vlokjes dwarrelden al om ons heen. Het zou niet lang duren voor het bewijs van ons succes verdwenen zou zijn.

Caroline keek omhoog naar de zware, loodgrijze wolken en haalde haar schouders op. 'We kunnen nieuwe maken. Er komen nog een heleboel dagen om nieuwe te maken.'